AF236925

Patricia Welsh

Es war nur ein Schmetterling

*Bibliografische Information der Deutschen Nationalbibliothek:
Die Deutsche Nationalbibliothek verzeichnet diese Publikation in
der Deutschen Nationalbibliografie; detaillierte bibliografische Daten
sind im Internet über http://dnb.dnb.de abrufbar.*

© 2020 Patricia Welsh

Covergestaltung: **B-Ro/99designs**

Herstellung und Verlag: BoD – Books on Demand, Norderstedt

ISBN: 978-3-752-60521-1

Für M.

Kapitel 1

Dein Schicksal verbirgt sich hinter den Mauern deiner Ängste.

2/91, *Buch der Damaren*

Mädchen in einem gewissen Alter neigen zu Träumereien aller Art. Lara war eine von ihnen. In ihrer Kommode bewahrte sie ein Säckchen mit Samen der herrlichsten Blumen und Büsche auf. Obwohl in der Weiten Steppe, deren König ihr Vater war, noch nie etwas Schönes gewachsen war, hatte Lara sich in den Kopf gesetzt, im Burghof Samen zu pflanzen.

„Eins, zwei, drei.", zählte Lara die Samen und ließ sie in der Tasche ihres Kleids verschwinden. Das Säckchen legte sie zurück in die Schublade. Als sie die Tür zum Schlossgang öffnete, flog ihr ein schrilles Quieken entgegen. Ihre kleine Schwester Meira flitzte schreiend den Gang entlang, gefolgt von ihrem Bruder Anhum, der sie nur halbherzig verfolgte und laut auflachte, als Meira in ihrem Zimmer verschwand und die Tür knallend hinter sich zuschlug. Lara schüttelte schmunzelnd den Kopf.

„Dass du mit deinem bezaubernden Lächeln noch keinem den Kopf verdreht hast", sagte Anhum, während er ihr übers Haar fuhr, „ist schlichtweg ein Wunder."

„Marces, der Gemüsehändler, hat schon ein Auge auf mich geworfen," antwortete Lara.

„Du weißt, was ich meine. Einer der Prinzen oder Lords."

Nach kurzem Zögern setzte er betrübt hinzu: „Einer, der uns für immer trennen wird."

„Anhum, sag' doch nicht so etwas. Ich werde nicht zulassen, dass man uns je trennt."

Sie strich über seine Wange.

„Wir sind doch beste Freunde."

Anhum drückte Lara fest an sich, die feuchtglänzenden Augen in ihrem langen Haar verbergend.

Im Hof nahe des Westtores bei den Stallungen hatte Lara ein kleines Beet angelegt, aus dem ein paar verkümmerte Sämlinge ragten. Ferges, der Stallbursche, versorgte die Pferde und summte leise ein Lied.

„Schön euch zu sehen, Prinzessin Lara.", sagte er und blickte zwinkernd zu ihr herüber.

„Hallo Ferges. Ihr kümmert euch wie immer fabelhaft um unsere Tiere." Lara setzte die mitgebrachten Samen in die Erde.

„Wenn ihr mich fragt, ist das vergebene Liebesmüh. Ich habe in der Weiten Steppe noch nie etwas wachsen sehen außer knorrigem Gebüsch."

Lara goss unbeirrt ihr Beet. „Wenn ich mich nur genug darum bemühe, blüht vielleicht bald eine Blume auf der Grauen Feste."

Um einen reich gedeckten Tisch, über dem zwei große Kronleuchter bedrohlich herunter starrten, saß die königliche Familie und speiste schweigend. Ein Diener trat in den düsteren Speisesaal der Grauen Feste. „Majestät, Meryam Fich, der Gewürzhändler aus Trient ist gekommen." Meira legte schon die Gabel ab, um loszulaufen: „Lara, hast du gehört, ein Händler aus Trient." Doch die Mutter legte ihr die Hand auf den Arm und gebot ihr, sitzen zu bleiben. Der König sagte fast schon gelangweilt: „Bittet ihn nur herein."

In den Raum trat ein großgewachsener hagerer Mann mit langem schwarzem Haar. Er trug ein flatterndes langes Gewand aus feinster Seide, das seinen Körper kunstvoll umhüllte. Der Mann verbeugte sich in ehrfurchtsvoller Haltung und begann sofort mit dem Verkaufsgespräch: „Eure Majestät, ich habe wieder einmal die besten Gewürze dabei, die sich weit und breit finden lassen."

„Leistet uns Gesellschaft, Meryam! Ich möchte erst die Neuigkeiten hören, die ihr gewiss im Gepäck habt."

Meryam setzte sich zwischen Königin Miranda und Meira, die frohlockend den Teller belud, den die Dienerin dem Gewürzhändler sogleich bereitstellte.

„Viel wird nicht erzählt in den Elfenlanden. König Meredeth hat wieder einmal zu seinem Damarenfest geladen. Wie ihr wisst, ist es das berauschendste Fest der zwölf Königreiche. Alle Elfenkönige sind eigens dafür angereist. Ich würde nur zu gerne einmal in diesem Meer aus Blumen und tanzenden Gewändern den Damaren huldigen. König Gregor berichtet von Plünderungen im Großen Wald. Die Brücke von Alanur ist aufgrund des Sturms nicht mehr passierbar. Feddery Jork und seine Gemahlin erwarten nunmehr die Geburt ihres zehnten Sprösslings. Vielleicht solltet ihr eure Glückwünsche senden."

Hariam nickte zustimmend.

„Genug, genug.", sagte Meryam, als er seinen vollgeladenen Teller erblickte.

„König Hariam, ich muss schon sagen, ihr seid mein liebster Kunde in den Menschenlanden. Auch wenn ihr gewiss kein Elfenfreund seid, so gibt es auf der Grauen Feste doch immer das vorzüglichste Essen."

„Haben alle Elfen spitze Ohren?", fragte Meira, die Meryam von der Seite freudig betrachtete.

„Aber natürlich."

„Und haben alle Elfen lange Haare?", führte sie fort, während ihr Bruder Anhum sie unter dem Tisch anstieß.

„Ja, mein Kind."

„Die Brücke von Alanur sagt ihr?", fragte König Hariam in Gedanken versunken.

„Ja, eure Majestät."

Lara fing den Gewürzhändler an seinem Planwagen ab.

„Habt ihr etwas für mich, Meryam?"

„Prinzessin Lara, natürlich habe ich euch nicht vergessen. Ihr seid seit meinem letzten Besuch noch schöner geworden."

Er kletterte über drei kleine Stufen in den über und über mit sonderbaren Gläschen und Döschen bepackten Wagen. Hier und da standen kleine Kuriositäten in den Regalen, wie ein ausgestopfter Laipa, oder die eingelegten Zähne eines Graumlings. Der Gewürzhändler kramte – von beständigem Gemurmel begleitet – am vorderen Ende des Planwagens in den Regalen. Nach einigem Gepolter kam er wieder ans Licht und reichte Lara einen schweren, braunen Beutel.

„Was bekommt ihr?"

„Euer Vater hat mich schon reich genug entlohnt. Ich wünsche euch viel Freude damit."

Anhum lag auf Laras Bett. „Ich bin so froh, dass Meryam wieder da war. Sieh nur!" Sie griff unter ihr Bett und reichte ihm den Beutel, den sie von Meryam erhalten hatte. Anhum griff hinein und es kamen zahlreiche Bücher zum Vorschein. Sie waren hochwertig gebunden und hatten wertvolle, mit Steinen besetzte Einbände. Anhum blätterte das erste Buch begeistert durch. „*Die Schlacht um den Funkelwald, Der einsame Fischer, Das Blut der Damaren.*", las er wispernd und schlug vor: „Lass uns gleich mit dem Lesen beginnen."

„Aber heute bitte keine Kriegsgeschichten."

„Für mein Prinzesschen also ein Elfenmärchen mit ganz viel Liebesschmalz."

Schmunzelnd sah er sich die Inhaltsverzeichnisse durch.

Lara haute mit einem Kissen nach ihm: „So war das gar nicht gemeint."

„*Damarenherz*, das klingt doch vielversprechend."

„Als die Damaren vor fast 3.000 Jahre noch unter uns weilten, verlor ein Damar sein Herz an eine Elfen-frau…"

„Meinst du, Damaren gibt es wirklich?", fragte Lara.

„Es sind doch nur Geschichten, Lara."

„In manchen Geschichten steckt aber auch immer ein Fünkchen Wahrheit."

„Sie sollen Riesen mit weißen Flügeln gewesen sein, die über unserem Planeten, über unserem Himmel lebten. Und manchmal sollen sie uns auf Menschengröße geschrumpft besucht haben. Das halte ich doch für weit hergeholt."

„Ich würde nur zu gerne im Funkelwald nach ihnen Ausschau halten. Unsere Köchin Joanna erzählte mir, sie sollen dort noch ihr Unwesen treiben."

„Der Funkelwald ist gefährlich. Du weißt, dass Vater uns verboten hat, hineinzugehen. Graumlinge und Flitze sind wohl noch die harmlosesten Gestalten, die man dort antreffen kann."

Lara hing weiter ihren Gedanken nach.

„Nein, Lara, denk' nicht im Traum daran! Damaren mögen zwar sonderbare Wesen sein, Hüter der Gerechtigkeit. Aber du weißt, auf wessen Seite sie stehen. Es ist nicht die Gerechtigkeit der Menschen, sondern die der Elfen. Kleine Prinzessinnen wie dich würden sie bestimmt gerne töten." sagte er und vollzog mit seiner Hand einen Schwertstoß in ihre Richtung.

Es klopfte an der Tür. Anhum versteckte das Buch unter der Decke. Sogleich trat Königin Miranda ein und schrie entrüstet auf:„Ich warte noch auf den Tag, an dem dein Vater dich erschlägt, Anhum, weil er dich für den Liebhaber seiner Tochter hält. Raus, raus, das ist das Bett deiner Schwester."

„Aber Mutter, …" warf Lara ein. „Kein Aber, es ziemt sich nicht."

Sie bedeutete Anhum, dass er das Zimmer verlassen sollte. Dann setzte sie sich auf die Bettkante.

„Lara, ich habe lange mit deinem Vater gesprochen. Du bist eine erwachsene Frau geworden und das ist auch den heiratswilligen Prinzen nicht entgangen. Sie schicken Einladungen, um dich kennen zu lernen."

„Mutter.", unterbrach Lara, die schon ahnte, dass ihre größten Befürchtungen nun leibhaftig wurden.

„Dein Vater möchte, dass du noch in diesem Jahr die Jünglinge in Augenschein nimmst. Er würde Prinz Ferres aus dem Nordland vorziehen, um die Bande mit König Kandy enger zu knüpfen."

„Ich werde also wie Marktvieh an den Erstbesten verschachert."

„Sprich nicht so von deinem Vater. Du könntest eine gute Partie machen. Du könntest Königin werden."

Kapitel 2

Wo kein Sein ist, ist auch keine Dunkelheit.
3/184, *Buch der Damaren*

„Es ist schade, dass euer Bruder euch nicht begleiten konnte.", sagte Jura. Lara, die ihren Arm bei Jura eingehakt hatte, nickte zustimmend. „Ja, er fühlte sich nicht gut.", sagte sie. „Aber ich bin genauso gerne mit dir unterwegs."

Die beiden jungen Frauen gingen durch die staubigen Straßen Ohanas. Pferdekutschen schepperten dann und wann an ihnen vorüber. Unter den Wenigen, die zu der frühen Stunde unterwegs waren, waren auch zwei Soldaten, die lautstark an der Haustür einer kleinen schäbigen Hütte klopften.

Die Frau, die verschlafen an die Tür trat, war überrascht, als sie die Soldaten erblickte, die sogleich hineinstürmten. Kurze zeit später kamen sie wieder heraus. Einer von ihnen trug ein kleines Stoffbündel. Die Frau schrie lautstark: „Nein, nein, das können sie nicht tun!" Während der eine Soldat das Bündel in die bereitstehende Kutsche legte, hielt der andere die Frau zurück, die hysterisch kreischte und weinte.

„Was ist dort los?", fragte Lara. „Es ist ein uneheliches Kind. Sie nehmen es mit, damit es in einer Familie aufwachsen kann.", erklärte Jura. Sie standen auf der gegenüberliegenden Straßenseite der kleinen Hütte und beobachteten das Geschehen.

„Aber es ist doch ihr Kind!"

„Sie kann laut enumischem Recht nicht dafür sorgen. Deswegen darf sie es nicht behalten. Denn den Kindern soll es an nichts fehlen."

„Das Menschenrecht ist doch grausam!"

„Die Elfen handhaben es genauso.", entgegnete Jura. „Sie kann nur froh sein, dass es kein Mischling ist."

14

„Warum?", fragte Lara und schaute traurig zu der weinenden Frau herüber.

„Die Geburt eines Mischlings ist schmerzhaft und oft tödlich für die werdende Mutter. Außerdem will niemand ein fremdes Mischlingskind großziehen."

„Mir tut diese Frau leid. Sie hat keinen Mann und nun nimmt man ihr das, was sie am meisten liebt.", sagte Lara. „Wir müssen etwas unternehmen!"

Lara wollte auf die andere Straßenseite stürmen, doch Jura packte sie am Arm. „Nicht, Lara, ihr seid die Prinzessin! Ihr könnt euch nicht gegen das Recht eures Vaters stellen!"

Lara wand sich in Juras griff, doch diese ließ sie nicht los.

„Last uns gehen."

Jura ging mit festem Schritt in Richtung Markt und zog Lara hinter sich her. Sie wurden bald von der Kutsche der Soldaten überholt.

Lara ging unruhig vor Anhums Zimmer auf und ab.

„So bleib' doch einmal ruhig stehen.", ermahnte Miranda sie. „Du machst mich noch ganz nervös."

„Mutter, ich muss unbedingt zu ihm. Ich muss wissen, wie es ihm geht."

Die Tür öffnete sich und der Arzt Naides trat mit besorgter Miene hinaus.

„Ich verstehe es nicht. Es tut mir leid, eure Majestät, aber die Medikamente helfen ihm nicht. Sein Zustand verschlimmert sich zunehmend. Ich weiß keinen Rat mehr."

Lara stürmte mit Tränen im Gesicht an das Bett ihres Bruders. Selbst ihre Mutter, die noch versuchte, ihren Arm zu greifen, konnte sie nicht zurückhalten. Mit blassem, schweißnassem Gesicht blickte Anhum an die Zimmerdecke. Er hatte kaum Kraft seinen Kopf zu Lara zu drehen. Seine zittrige Stimme nannte ihren Namen. Lara saß auf der Bettkante, seine Hand in der ihren.

„Ich werde dafür sorgen, dass es dir wieder besser geht."

Ein raues Keuchen von Anhum erfüllte das Zimmer.

„Du kennst doch die Druiden in den Höhlen der Großen Berge. Es heißt, sie können alle Krankheiten heilen."

Anhum drückte Laras Hand.

„Du brauchst keine Angst um mich haben, Bruder. Ich werde auf mich aufpassen. Aber verrate mich bitte nicht."

Das Keuchen wurde lauter. Anhums Gesicht verzog sich vor Schmerzen. Der Arzt eilte hinzu.

„Ich werde ihm ein Schmerzmittel geben. Das wird es ihm leichter machen."

Lara sah, wie der Blick ihres Bruders in eine Welt entschwand, in die sie nicht folgen konnte. Sie war sich sicher, dass ihr nicht mehr viel Zeit blieb.

Lara wühlte in ihrem Kleiderschrank: „Jura, bring mir eines deiner Kleider." Jura verweilte zögerlich in der Mitte des Raums. „Na, lauf schon. Ich muss sofort aufbrechen."

Im Licht der Mittagssonne ritt Lara durch die Weite Steppe. Das Kleid des Dienstmädchens war ihr ungewohnt. Es war ihr am Busen und an der Taille zu eng und die Arme waren zu kurz. Der Stoff rieb unangenehm auf ihrer Haut.

Sie durchquerte das Felsenmeer, eine von riesigen aufeinandergetürmten Felsen umgebene Landstraße. Plötzlich sprangen vier Banditen hinter den Felsen hervor. Sie zwangen Lara, von dem Pferd zu steigen und ihre Taschen zu leeren. Sie suchten nach Wertgegenständen, fanden jedoch nichts. Der Anführer der Bande fragte: „Wer seid ihr, dass ihr mit leeren Taschen reist?"

„Ich bin eine Zigeunerin. Ich habe in Ohana meinen kranken Vater besucht."

„Das nächste Mal, wenn du von deinem Vater kommst, bring'
ein paar Schmuckstücke mit."

Er packte alle Sachen zurück in ihre Tasche und sagte: „Lasst sie
gehen."

„Aber Glinch, wir könnten doch eine Menge Spaß mit ihr haben.", sagte ein anderer und fasste nach ihrer Hand. Glinch haute
ihm mit seinem Dolch auf die Hand, so dass das Blut spritzte.
Ein Schrei gellte durch das Felsenmeer.

„Ich habe gesagt: Lasst sie gehen. Sie ist ja noch ein halbes Kind."
Lara ritt weiter, nicht ohne sich noch einmal zu vergewissern, dass
sie nicht verfolgt wurde. Doch die Bande versteckte sich wieder
hinter den Felsen und wartete auf weitere mögliche Opfer.

Ein steiler Weg führte zu den Höhlen, die die Druiden in den
Großen Bergen bewohnten. Lara entschied sich, ihr verängstigtes
Pferd am Fuße der Berge zurückzulassen und machte sich allein
auf den Weg. Sie folgte einem schmalen Pfad, der sich um den
Berg schlängelte. Mit zunehmender Höhe wurde dieser immer
enger und an manchen Stellen rieselten ihr die Kiesel unter den
Füßen hinweg in die Tiefe. Lara sprang dann schnell vorwärts,
aus Angst, selbst hinunterzustürzen.

Sie erreichte eine Höhle, aus der der Schein einer Flamme nach
außen drang. Das Feuer tanzte an den Wänden und in ihren
Augen. Lara rief: „Hallo. Ist da jemand." Aus dem Inneren der
Höhle kam ein klein gewachsener Mann mit langem, weißem
Bart. Er trug ein langes braunes Gewand und ging an einem ge-
wundenen Stock. Er trat ganz nah an Lara heran und betrachtete
sie mit zugekniffenen Augen.

„Ach, Prinzessin Lara, ihr seid es?"

„Woher wisst ihr meinen Namen?"

„Ich habe euch bereits erwartet. Folgt mir."

Er ging mit Lara tief in die Höhle hinein, vorbei an wilden Male-
reien von Ungeheuern, von denen Lara in ihrem ganzen Leben
noch nie etwas gehört hatte.

„Es steht nicht gut um die Gesundheit eures Bruders."

„Könnt ihr ihm helfen?"

„Gewiss. Doch jede Hilfe hat ihren Preis."

„Mein Vater wird euch für das Leben seines Sohnes sicherlich einen großzügigen Teil aus seiner Schatzkammer zusprechen."

„Ihr seid hergekommen. Ihr müsst auch zahlen."

„Aber ich habe nichts bei mir."

„Das ist nicht schlimm, Prinzessin. Wir legen keinen Wert auf Schätze und Besitztümer."

„Aber wie soll ich euch entlohnen?"

„Wenn die Zeit gekommen ist, werdet ihr bezahlen."

Lara und der Druide waren am Feuer angekommen. In den weiteren Gängen, die vom Zentrum des Feuers abgingen, konnte sie ein emsiges Treiben beobachten. Druiden liefen auf und ab, Kräuter und Bücher in den Händen. Elixiere von einer Seite zur anderen tragend. Der Druide reichte ihr einen Beutel. „Das wird eurem Bruder helfen."

Lara nahm den Beutel und blickte hinein. Sie fand darin eine goldene Münze, deren Vorderseite das Bildnis von König Asamek zeigte. Auf der Rückseite war ein Boot. Beide Bilder waren umrahmt von Schriftzeichen, die Lara nicht lesen konnte.

„Das ist eine Erlösermünze. Sie muss lediglich in die Handfläche gelegt werden, um ihre Wirkung zu entfalten." Lara steckte die Münze zurück in den Beutel.

„Habt Dank."

„Wenn die Zeit gekommen ist, werdet ihr bezahlen.", rief ihr der Druide hinterher.

Als Lara den steilen Weg wieder hinabstieg, beschloss sie, den Rückweg durch den Funkelwald zu nehmen. Denn sie befürchtete, dass die Banditen sie am Felsenmeer erneut anhalten und die Münze rauben könnten.

Im Funkelwald wusste Lara gar nicht, wo sie hinsehen soll. Überall standen riesige Bäume und im Laub, das sich auf dem Boden sammelte, glitzerten dann und wann im spärlichen Sonnenlicht kleine Splitter von Funkelglas. Kleine Sämlinge suchten sich den Weg nach oben zu ihren Onkels und Tanten. Ein brauner Falter kreuzte ihren Weg und landete auf dem Stamm eines Baumes, sodass Lara ihn kaum noch ausmachen konnte. Die Luft war angefüllt mit dem herben Duft der feuchten Erde und dem süßlichen Duft des sprießenden Grüns. Und dann und wann kam ein kleiner Luftzug vorbei, der nach Frische und Abenteuer roch.

Aus dem Dickicht sprang mit einem Mal ein Graumling an den Hals des Pferdes und warf es um. Lara landete auf ihrem Rücken im dichten Laub und betrachtete verängstigt die Bestie, von deren Existenz sie nur aus Märchenbüchern wusste. Der Graumling blickte sie schnaubend mit seinen gelben Augen an. Lara erstarrte vor Schreck. Sogleich stürzte der Graumling auf sie zu. Lara versuchte noch, auf die Beine zu kommen und zu fliehen, da packte er sie am Unterschenkel und seine spitzen Zähne bohrten sich in ihr Fleisch. Lara fiel und schrie. Ihr Pferd ergriff die Flucht und stürmte tiefer in den Wald.

Plötzlich erschien ein gleißendes Licht, das sich zügig durch den Wald bewegte und neben dem Graumling zum Stehen kam. Lara konnte nicht viel erkennen. Aber sie merkte, dass sich die Zähne von ihrem Bein lösten und die Bestie wimmernd in die Büsche flüchtete. Das gleißende Licht näherte sich und verwandelte sich in eine Gestalt in einem weißen Gewand, das mit goldfarbenen Ornamenten verziert war. Das Wesen trug einen Umhang und eine tief ins Gesicht gezogene Kapuze, die jeden Blick auf das Gesicht verwehrte. Die Kleidung glitzerte in den Sonnenstrahlen, die durch das dichte Kronendach fielen.

Die Gestalt kniete sich vor Lara. Sie sah dorthin, wo das Gesicht sein musste, jedoch nur Schwärze zu finden war. „Lomar ecta.", sagte eine klare, kraftvolle Stimme, in deren Hauch ein feiner Kristallstaub schimmerte. Dann wendete sich die Gestalt ab und verschwand wieder auf demselben Weg, den sie gekommen war. Im Gehen fielen von dem Umhang des Wesens kleine Splitter von Kristallglas herab.

Lara sackte kraftlos zusammen. Das Blut strömte aus ihrer Wunde. Als sie wieder zu sich kam, fühlte sie sich zu kraftlos, um aufzustehen. Hinter den Bäumen blitzte ihr die Sonne entgegen. Sie konnte Teile einer grünen Wiese ausmachen, die dahinterliegen musste. In der Hoffnung, von vorbeifahrenden Händlern entdeckt zu werden, zog sie sich mit ihren Händen über den Boden. Das Bein schmerzte und die Bilder vor ihren Augen schienen zu schwimmen. Aber sie zog sich weiter vorwärts. Sie konnte jetzt nicht aufgeben. Sie musste ihren Bruder retten.

Sie konnte das Gras zwischen den Fingern spüren. Sie hatte es geschafft. Vor ihr lag eine üppige Wiese, an deren Ende ein Weg in die Ferne führte. Aber die Kräfte, die sie in sich gesammelt hatte, verließen sie mit dem Gefühl der Erleichterung sofort wieder und Lara verlor ihr Bewusstsein.

Kapitel 3

Ein sonniger Tag endet mit einem schönen Abend.
Das Lied der ewigen Freude

Ein Reiter auf einem kräftigen weißen Pferd war an der Grenze des Seenlands Richtung Süden unterwegs. Er jagte im Galopp die Straße entlang, sodass die Hufen des Pferdes eine große Staubwolke aufwirbelten, als würde ein stürmischer Wind wehen. Der elfenbeinfarbene Umhang des Reiters, der aus feinster Samsawolle gefertigt war, flatterte wie eine Fahne im Wind. Bäume und Hütten flogen an ihnen vorüber, Wiesen mit üppigem Gras, wie man sie überall im Seenland finden konnte, und Sonnenblumenfelder. Weiter Richtung Osten reitend tat sich der Funkelwald, über den die Menschen viele schaurige Geschichten zu erzählen wussten, auf der Rechten von Reiter und Pferd groß und geheimnisvoll auf. Doch weder das Pferd noch sein Reiter ließ sich von den Bäumen, deren Reihen endlos schienen, beeindrucken. Kiefern, Fichten, Birken flogen an ihnen im Galopp vorüber, ein Reh, das ihnen äsend nachblickte, ein Rabe, der aufgeschreckt das Weite suchte, ein Bündel, das scheinbar ein Wanderer verloren hatte.

„Brr.", stoppte der Reiter sein Pferd und lenkte es über die abschüssige Wiese, die an den Waldrand führte, wo das Stoffbündel lag. Das war nicht das Gepäck eines Reisenden. Da war eine nackte Hand, die wie greifend auf dem Gras lag. Daneben lag ein blasses Gesicht. Vielleicht eine verunglückte Bäuerin. Der Reiter sprang vom Pferd und lief die letzten Schritte. Es war noch Furian, der letzte Monat im Jahr, in dem die Nächte bitterkalt werden konnten. Er bückte sich zu ihr herunter und strich ihr die Haare aus dem Gesicht. Sie regte sich nicht. Ihre Augen waren geschlossen. Ihre Haut war eiskalt und blass. Er entdeckte eine Fleischwunde an ihrem Bein. Der Boden und ihr Kleid waren mit Blut getränkt. Ihn durchfuhr ein Schrecken. Er fühlte nach ihrem Puls. „Sie lebt noch.", sagte er halb zu sich selbst und halb zu seinem Pferd. Er hob sie auf sein Pferd und ritt mit ihr in Richtung Golan. „Los, Bzenasa, lauf so schnell du kannst." Er jagte mit ihr über Wiesen und Feldwege, suchte sich den schnellsten Weg. Immer wieder blickte er zu ihr herunter, aus Angst, sie könnte ihm auf dem Weg in den Armen sterben.

Gleichmäßige Erschütterungen, die sie immer wieder nach oben warfen und hart aufprallen ließen, weckten Lara. *Wo bin ich? Was ist das hier?* Nur mit großer Anstrengung konnte sie sich zwingen wach zu bleiben. Sie hörte das Geräusch von Pferdehufen, die sich schnell über eine Straße bewegten. *Ein Pferd?* Lara drückte mit aller Kraft ihre Augen auf und ließ ein Bild herein. Sie sah eine Gestalt mit einer tief ins Gesicht gezogenen Kapuze. Angst fuhr ihr durch die Glieder. Hatte der Unbekannte im Wald sie entführt? Sie atmete schnell. Wo brachte er sie hin? Die Hand, gegen dessen Arm ihr Rücken gelehnt lag, umfasste ihre Schulter fester und drückte sie an seine Brust.

„Habt keine Angst!", sagte eine weiche, tiefe Stimme. Er hatte einen süßlich-zarten Duft an sich, wie ihn Tannennadeln bei einem langen Waldspaziergang in die Nase zaubern. Ein Schmerz an ihrem rechten Bein zwang sie dazu, einen lauten Schrei zu unterdrücken. Sie schloss die Augen und sackte kraftlos in sich zusammen. Ihr fehlte die Kraft, den Schmerz zu ertragen.

„Dschatam!", fluchte der Reiter. Eine zweite Hand strich Lara über das Haar. Sie fürchtete sich. Selbst der Graumling war winselnd vor dem Wesen geflohen. Vielleicht würde er sie lange quälen, bevor er sie sterben ließ? Lara riss vor Angst die Augen auf. Sie starrte direkt in das Gesicht des Reiters, der sie freundlich anblickte. Es war kein unheimliches Monster, das sie da entführte. Diese Kapuze hatte ein Gesicht. Dunkle, buschige Augenbrauen thronten über tiefgrünen Augen. Die Lippen, die scheinbar nicht oft lächelten oder gar lachten, waren schmal und man konnte nur erahnen, dass es kein schmerzverzerrter Gesichtsausdruck war. Das Gesicht war von der Kapuze eines langen Umhangs eingerahmt, den der Reiter auch über Laras Schulter gelegt hatte, um sie zu wärmen. Der Stoff war zart und kuschelig. Lara hatte bisher nur selten ein derart feines Gewebe gespürt. Lediglich die Händler aus dem fernen Ostend hatten manchmal Waren dabei, die ähnliche Qualität aufwiesen. Sie lenkte ihren Blick weiter nach unten. Sie konnte ein helles Hemd erkennen und eine Jacke, die wie der Umhang elfenbeinfarben war. Die Jacke, auf deren Arm ihr Rücken ruhte, war aus einem groben, festen Material, das sie an Cord erinnerte. Nur dass diese Jacke sehr viel feiner wirkte, da in ihr mit Goldfäden Rosen eingearbeitet waren. Das konnte kein Halunke sein. Eher ein Ritter oder Kaufmann, der sie zufällig am Waldesrand gefunden hatte.

„Ihr seid immer noch wach.", sagte der Reiter erstaunt. „Sagt mir euren Namen." Lara blickte ihm wieder in die Augen. Er schaute sie erwartungsvoll an. Seine Augen waren so grün, wie der Smaragd, den sie einst auf dem Markt von Ohana bewundert hatte, als sie sich mit Anhum auf dem Pferdewagen eines Gemüsehändlers in die Stadt geschlichen hatte. Ihr Vater hatte sie danach zwei Wochen lang nicht aus ihren Zimmern gelassen.

„Habt ihr keinen Namen?", fragte die warme Stimme. Vielleicht war es auch eher das Grün des Waldes, das sich in seinen Augen gesammelt hatte. Vielleicht war er einer dieser Damaren, die im Funkelwald ihr Unwesen trieben. Ihr Vater hatte sie oft genug vor ihnen gewarnt. Dass sie niemals eine Menschenfrau verschonen würden. Aber konnten diese warmen Augen und diese ruhige Stimme wirklich die eines skrupellosen Mörders sein? Sie blickte noch genauer in seine Augen, als könnte sie darin die Wahrheit finden. Und hinter dem fragenden Blick entdeckte sie eine tiefe Traurigkeit, die aus seinen Augen sprach. Diese Schwermut, die sie tief in ihrem Herz erfasste, bekümmerte sie sehr. Ein Gesicht, das so freundlich und schön zu sein schien, in solcher Traurigkeit vorzufinden. Ihr Blick wanderte über sein Gesicht. Sie hatte das Gefühl, sich gar nicht an ihm sattsehen zu können. Als sie erneut in seine Augen blickte, um ihm endlich ihren Namen zu sagen, sank sie wieder in sich zusammen, noch immer das Bild der tiefgrünen Augen in ihrem Kopf. „Bzerodi ecta. Dialo ennama statta.", murmelte der Reiter.

Pferd und Reiter passierten die Stadtmauer von Golan, der Hauptstadt des Seenlandes. Passanten sprangen ehrfürchtig zur Seite. Doch immer wieder stießen Pferd und Reiter auf Gassen, die von Fuhrwägen und Ständen blockiert waren. Ohne dass der Reiter Anweisungen geben musste, suchte sich das Pferd einen neuen Weg, der durch noch verwinkeltere Gassen führte. Dann überquerten Sie die steinerne Brücke, die über den Adyton zum Dornenschloss führte. Der Reiter stoppte das Pferd erst im Schlossgang, wo er von den Wachen mit seltsamen Blicken beäugt wurde. Ein Schamane, der das Klappern der Hufen im Schloss vernommen hatte, trat aus dem Schlossgarten herein.

„Was ist los, Meredeth? Ihr seid ja ganz außer Atem!"

„Kommt schnell, Idiworf. Dieses Mädchen wurde von einem Graumling angefallen."

Meredeth lief mit Lara im Arm die Treppe hinauf und legte sie auf das Bett im gelben Zimmer, das für Gäste des Schlosses reserviert war. Das gelbe Zimmer war wie alle Räume des Schlosses mit einer Vielzahl an Blumenvasen geschmückt, in denen elfenbeinfarbene Rosen standen. Es unterschied sich lediglich in der Farbwahl der Tapeten und Bettwäsche von den anderen Räumlichkeiten. Diese waren in einem dezenten Gelb gehalten. Das Bett stand mit dem Kopf an der rechten Seite des Raums. Gegenüber reihten sich drei Fenster vor einem Schreibtisch. An der hinteren Wand stand ein großer Kleiderschrank, der seit Längerem nicht mehr geöffnet worden war.

Meredeth schob die Kapuze seines Umhangs vom Kopf und zum Vorschein kamen lange goldblonde Haare. Idiworf, der den beiden schnellen Schrittes gefolgt war, nahm die Wunde in Augenschein und untersuchte Lara. Meredeth stand am Fenster und blickte unruhig hinaus. *Lasst sie nicht sterben. Lasst sie nicht sterben.* Idiworf atmete tief durch, als er seine Untersuchung beendet hatte.

„Sie ist ein Mensch.", sagte er abfällig. Das waren nicht die Worte, die Meredeth erwartet hatte.

„Sie hat gelebt. Ich konnte sie nicht sterbend zurücklassen."

„Ihr solltet am besten wissen, dass Menschen uns immer nur Unglück gebracht haben."

Meredeth schwieg.

„Sie hat viel Blut verloren. Sobald sie wach ist, muss sie viel trinken. Magda sollte über Nacht an ihrem Bett wachen und ihr beständig Gloras einflößen."

Meredeth nickte nachdenklich.

„Ich möchte wissen, wer sie ist und was sie im Funkelwald wollte."

Lara lag schlafend im Bett des gelben Zimmers. Ihre Haut glänzte samtig im Schein der Sonne. Die dicken Haare lagen offen auf dem Kissen. Sie war mit mehreren Decken zugedeckt worden. Lediglich ihr Dekolleté, das frei lag, spürte das Kitzeln der Sonnenstrahlen auf der Haut. Das grüne Kleid, das man ihr angezogen hatte, war aus feinster Seide. Die gerafften Träger liefen in einem V-Ausschnitt zusammen, der in der Taille endete, die von einer hohen Taillennaht betont wurde. Magda, die am Schreibtisch saß, zerstieß Irbiskraut und Elkerweh in einem Schälchen. Idiworf stand neben dem Bett und fühlte Laras Temperatur. Die Tür ging auf.

„Wie steht es um unsere Patientin?"

„Die Wunde verheilt gut und auch ihr Zustand bessert sich. Keine Anzeichen für Fieber."

Meredeth nickte, während er Lara eingehend betrachtete.

Magda fügte kleinlaut hinzu: „Sie hat letzte Nacht viel getrunken. Wir haben sie gewaschen und umgezogen. Ich habe eines der Kleider eurer Schwester Larissa aus dem Schrank genommen."

Idiworf grinste.

„Jetzt wirkt eure kleine Streunerin fast wie eine Prinzessin."

„Habt ihr etwas in Erfahrung bringen können?"

Meredeth' Blick wanderte von den rosigen Wangen zu den schlanken Armen und grazilen Händen herunter und wieder hinauf bis zu ihrem Dekolleté.

„Mir sind einige Prellungen aufgefallen. Ich denke, dass sie mit einem Pferd unterwegs war und heruntergefallen ist. Vielleicht eine Zigeunerin."

Idiworf wartete eine Reaktion ab und merkte, dass Meredeth in Gedanken versunken die schöne Gestalt betrachtete, die vor ihm im Bett lag.

„Auf jeden Fall keine Bäuerin. Diese Hände haben nie harte Arbeit verrichtet.", sagte er schließlich, um die Stille zu unterbrechen, und deutete dabei auf Laras Hände. Der großgewachsene Mann auf der anderen Seite des Bettes starrte noch immer ungerührt die junge Frau an, sodass Idiworf sich räusperte.

„Eine überaus hübsche, junge Frau."

Meredeth blickte ihm nun streng in die Augen.

„Ist das alles?"

„Nein, fast hätte ich es vergessen. Sie hatte dies in ihrer Tasche."

Er reichte Meredeth einen kleinen Beutel.

Lara vernahm das Gemurmel von flüsternden Stimmen. Ihre Augen wogen schwer und sie mühte sich, die Lider zu heben. Es war, als hätte sie ihr jemand für immer verschlossen. Sie hielt einen Moment inne und versuchte es erneut, um schließlich zu triumphieren. Das Bild vor ihren Augen war verschwommen. Sie sah einen kleinen Mann mit Halbglatze, dessen lange, weiße Haare strohig in einen Vollbart übergingen, der fast noch einmal genauso lang war. Er trug eine grüne Tunika, die mit goldfarbenen Ornamenten reich bestickt war. Um den Hals trug er etliche Ketten mit funkelnden Steinen. Seine Unterschenkel waren blank wie seine Füße. Lara konnte sich nicht erinnern, einmal eine ähnliche Gestalt gesehen zu haben. Neben ihm stand ein groß gewachsener Mann mit langem blondem Haar. Er trug eine helle Bluse und eine elfenbeinfarbene Jacke, dazu eine enganliegende Hose und helle Stiefel. Er hatte eine überaus gerade und anmutige Haltung.

Lenore hatte ihr Stunden über Stunden die gerade Haltung einer Dame gelehrt: „Brust raus! Kopf gerade!" Die arme Lenore verzweifelte an manchen Tagen, weil Lara sich keine Mühe gab. Die beiden Männer unterhielten sich und der Großgewachsene ging ein paar Schritte auf und ab. Von diesem Mann hätte selbst die gutmütige Lehrerin etwas lernen können. Seine Haltung war tadellos und es sah keineswegs anstrengend aus. Lara betrachtete unwillkürlich die breiten Schultern. Ihr Blick wanderte nach unten auf den knackigen Hintern und die kräftigen Oberschenkel.

Das Bild vor Laras Augen wurde klarer und sie erkannte die Rosen, die in seine Jacke eingestickt waren. Das musste der Reiter sein, der sie mitgenommen hatte. Als er wieder stehen geblieben war, sah sie in sein Gesicht und erkannte dieselben Züge darin, die tiefgrünen Augen. Ihr Herz schlug schneller. Sie wollte ihre Hand heben, damit er nach ihr griff, aber ihr fehlte die Kraft. Sie überlegte, etwas zu sagen. Ihre Gedanken kreisten um die mit Rosen bestickte Jacke, den Graumling, die finstere Gestalt im Wald, das flaue Gefühl in ihrem Magen, die Samen in ihrem kleinen Garten, um die sich niemand kümmerte, und Jossi, ihr erstes Pony, das vor zehn Jahren an einer Ususkrautvergiftung gestorben war. Dann fielen ihr wieder müde die Augen zu.

Lara öffnete ihre Augen und sah ganz deutlich vor sich eine gelbe Tapete, auf der schimmernde Rosen zu sehen waren. Ein großer Kleiderschrank tauchte die rechte Seite des Raums in Schatten. Am Fuß des Bettes stand ein Schreibtisch, auf dem eine große gelbe Vase thronte. In ihr stand ein Strauß elfenbeinfarbener Rosen. „Ihr solltet noch etwas trinken.", erklang eine Stimme auf ihrer linken Seite, die sie zusammenschrecken ließ. Als Lara sich umdrehte, sah sie in das lächelnde Gesicht einer älteren, stämmigen Frau, die ihr ein großes Glas mit einer milchigen Flüssigkeit entgegenstreckte. Lara ängstigte sich: „Wo bin ich?"
„Ihr seid auf dem Dornenschloss."
„Dornen… Aber das ist ja im Seenland. Ich muss nach Hause. Ich muss sofort nach Hause."
Die Frau hielt sie zurück.
„Ihr solltet euch ausruhen."
Lara schwang sich auf der anderen Seite aus dem Bett. Als sie in die Tasche ihres Kleides greifen wollte, bemerkte sie, dass sie nicht mehr das Dienstkleid von Jura trug, sondern das grüne Kleid einer elfischen Adligen.
„Wo sind meine Sachen?", schrie sie verzweifelt.
„Den Beutel, den ihr bei euch hattet, hat der König an sich genommen."
Lara stürmte aus dem Zimmer – vorbei an der verwirrten Magda. Das Glas Gloras glitt ihr aus der Hand und fiel zu Boden.
Lara lief den Schlossgang entlang. Ihr Bein schmerzte noch leicht. Alle Türen, an denen Sie auf Ihrem Weg vorbeikam, öffnete sie einen kleinen Spalt, um hineinzusehen und sie leer vorzufinden. Sie nahm die Treppe nach unten. Lara vernahm am anderen Ende des Ganges, der sich nun vor ihr auftat, zwei männliche Stimmen. Sie folgte den kaum hörbaren Lauten, bis sie schließlich vor einer Flügeltür ankam, die prunkvoll mit geschnitzten Ranken

verziert war. Das musste der Thronsaal sein. Die Stimmen erklangen hinter dieser Tür.

Ohne anzuklopfen riss sie beide Flügeltüren auf und stürmte hindurch. Ihre blanken Füße huschten über den kalten Marmor, der den Boden des Thronsaals bedeckte. Am gegenüberliegenden Ende stand auf drei Stufen der Thron, auf dem der König saß. Ein uniformierter Mann unterhielt sich mit ihm. Die beiden verstummten, als Lara in den Raum stürmte. Sie lief vorbei an von Rosen umrankten Säulen, die so stark bewachsen waren, dass man zwischen den Blättern und Blüten nur noch den Marmor erahnen konnte. Auch die Wände des Raums, an denen Wachen standen, waren von den Ranken bewachsen und trafen sich an der Decke, die lediglich mit Glasscheiben bedeckt war und zwischen den Ranken das Sonnenlicht in den Thronsaal fallen ließ. Lara hatte keine Augen für die grüne Pracht des Raumes und lief auf die beiden Männer zu.

Vor dem Thron blieb sie außer Atem stehen und schrie wie von Sinnen: „Wo ist meine Münze?" Erstaunt stellte sie fest, dass auf dem Thron der Reiter saß, der sie auf das Schloss gebracht hatte. Vier Wachen, die dem Thron am nächsten standen, hatten sich von ihren Posten gelöst und ergriffen die empörte. Sie versuchte, nach den Männern zu schlagen und zu treten, doch ihre Griffe waren zu fest. Und als einer der Wachen ihr sein Schwert vor die Brust hielt, wagte sie nicht, sich weiter zu rühren. *Anhum, mein Bruder, ich werde dich retten.*

„Begrüßt ihr so einen König? Einen König, der euch vor dem Tode gerettet hat?", fragte Meredeth mit kühlem, durchdringendem Blick.

Lara schrie noch immer entrüstet: „Majestät, ich verlange meine Münze." *Ich muss sie wiederhaben.* Meredeth griff in seine Jackentasche und holte die Münze hervor, drehte sie in den Fingern.

„Es ist eine sehr außergewöhnliche Münze. Ich habe noch nie eine Goldmünze gesehen, in der ein Boot eingraviert ist - und Worte in juitischer Schrift. Könnt ihr dies lesen?"

„Nein."

30

„Ich kann lesen, was hier steht."

Er hielt die Münze vor seine Augen und sagte: „Weschnu tamsa. Attaweschnu olochna dai. *Für die Lebenden ein Segen. Für die Toten eine Erleichterung.* – Was hat das zu bedeuten?"

Lara sträubte sich gegen die scheinbar immer fester werdenden Griffe der Wachen und antwortete ausweichend:

„Ich brauche sie – sofort."

Meredeth reagierte erfreut.

„Diese Münze scheint ja ziemlich wertvoll zu sein."

Er warf sie in die Luft und fing sie wieder auf.

„Ich sollte sie behalten. Als Gegenleistung für euer Leben."

Er steckte die Münze zurück in seine Jackentasche. *Nein, ich brauche sie. Anhum verlässt sich auf mich.* Lara kullerten drei Tränen über die Wangen. Sie presste ihre Augen fest zusammen, damit nicht noch weitere Tränen aus ihren Augen schossen.

„Bringt sie zurück in das gelbe Zimmer. Magda soll sich um sie kümmern.", sagte Meredeth und erhob sich von seinem Thron. Mit souveränem Blick stolzierte er in Begleitung des Uniformierten an Lara vorbei. Sie blickte ihn genau an, doch er würdigte sie keines Blickes. Seine spitzen Ohren entgingen ihr nicht.

Er ist ein Elf!, dachte sie erschrocken. *Aber natürlich, er ist ja der König des Seenlandes!* Ihr Vater hatte sie immer vor den Elfen gewarnt. Dass sie Menschen töteten, auf qualvolle Art und Weise – mit Gift, das sie lange am Leben hielt. Dass sie ihre Opfer während des langsamen Todes mit grauenvollen Instrumenten folterten. Dass das Seenland die schlimmste Heimstätte dieser widerwärtigen Brut sei. Und der König war ihr furchtbarer Anführer.

Lara stand weinend am Fenster. Dort hinten am Horizont lag die Grenze zu ihrer Heimat. In der Weiten Steppe wartete ihr kranker Bruder auf sie. Hätte sie doch nie den Funkelwald betreten.

Dann wäre sie jetzt nicht hier. Es klopfte an der Tür. Magda trat leise herein.

„Ich werde euch das Schloss zeigen. Aber ihr müsst euer Bein noch schonen. Ich habe unten einen Rollstuhl für euch." Lara stand am Fenster und blickte in die Ferne. „Ich möchte nicht." Magda sah die Tränen in Laras Gesicht. Sie legte ihr eine Hand auf die Schulter.

„Die frische Luft wird euch guttun."

Lara blickte Magda fragend an.

„Der Garten steht in voller Blüte. Das wird euch vielleicht nicht all euren Kummer vergessen lassen. Aber vielleicht ein wenig euer Herz erfreuen."

Lara verließ widerwillig das Zimmer. Aber die Aussicht auf einen blühenden Garten schien ihr äußerst verlockend. Vielleicht konnte sie eine Idee ersinnen, den König zu täuschen, während sie das Schloss näher kennen lernte. Im Gang standen zwei Wachen. Der grobschlächtigere der beiden fragte mit rauem Ton: „Nach unten?" Als Magda nickte, warf er sich die aufkreischende Lara kurzerhand über die Schulter. Sie trommelte mit ihren Fäusten auf seinen Rücken: „Lasst mich herunter." Doch die Wache ging unbeirrt mit der Prinzessin nach unten und ließ sie in den Rollstuhl fallen.

„Ich werde hier unten auf euch warten."

„Nein, danke.", protestierte Lara und warf ihm einen bösen Blick zu.

„Geht nur nach oben, Timidor.", schmunzelte Magda.

„Ich werde nach euch rufen."

Der Haupteingang des Schlosses glänzte in der Nachmittagssonne. Die weißen Mauern waren von Ranken überwuchert. Nur dann und wann ließen sie eine Lücke, in der ein Fenster den Blick in die weite Landschaft öffnete. Die Ranken waren schwer von den elfenbeinfarbenen Rosenblüten, die zahlreich um den schönsten Platz in der Sonne buhlten. Magda sah ehrfürchtig nach oben. Auch wenn sie diesen Anblick gewohnt sein musste, schien sie immer noch beeindruckt. Lara hatte schon viel über das

Dornenschloss gelesen und hatte es sich genauso vorgestellt. Nur dass in ihren Tagträumen ein charmanter junger Prinz am Fenster stand und nach seiner zukünftigen Braut Ausschau hielt.

„Habt ihr je etwas so Herrliches gesehen?"

„Nein.", antwortete Lara kleinlaut.

Sie wollte nicht von der Grauen Feste erzählen, auf der kein Grashalm wuchs, obgleich sie sich nach Blumen, Sträuchern und Bäumen sehnte. Eine ganze Schlossmauer geschmückt mit Rosen würde es in ihrer Heimat niemals geben.

Magda schob den Rollstuhl Richtung Norden am Schloss vorbei zu den Stallungen. Noch ehe sie das Gebäude erreicht hatten, warnte Magda sie: „Nehmt euch vor den beiden Königspferden in Acht. Sie mögen keine Fremden. Bzenasa ist etwas scheu, aber Nanasa ist mit ihrer wilden Natur unberechenbar."

Lara sah zunächst nur das weiße Pferd, das sich in der hintersten Ecke des Stalls versteckte: „Das ist doch das Pferd, mit dem ich hergekommen bin." Dann erblickte sie das schwarze, das direkt auf sie zukam. Es ließ sich zu Magdas Erstaunen bereitwillig von Lara streicheln und stupste sie immer wieder mit seinem Kopf an.

„Ihr habt Nanasa anscheinend total den Kopf verdreht. Da scheint er nicht der einzige zu sein."

Lara lachte.

„Wie meint ihr das?"

„Ihr wollt mir doch wohl nicht erzählen, dass euch entgangen ist, dass sich jede Wache, die wir passiert haben, nach euch umgedreht hat?"

Lara streichelte Nanasa und flüsterte: „Du bist aber ein Schatz. Ganz anders als dein Besitzer."

Inmitten des Schlossgartens, der wie das ganze Schloss auch in ein Meer aus elfenbeinfarbenen Rosen getaucht war, stand ein imposanter Brunnen. Auf der obersten seiner drei Becken standen drei Figuren, aus deren zu Schalen geformten Händen das Wasser sprudelte. Am Ende des Weges, der vom Schloss vorbei am Brunnen zum Rand des Gartens führte, stand ein großer Ahornbaum.

„Das ist Marduk, der heilige Baum.", bemerkte Magda, als sie davor stehen blieb. Die Rinde des Baums war an manchen Stellen schwarz und sah nahezu verbrannt aus.

„Was sind das für Zeichen?"

„Das sind die Hände derer, die nicht von dem Baum lassen konnten. Sie haben an ihm tiefe Wunden hinterlassen."

„Ich habe schon viel von ihm gehört. Stimmt es, was in den Geschichten über ihn erzählt wird?"

„Nun, ich kenne die Geschichten nicht, die ihr gelesen habt, aber Marduk ist nicht ohne Grund das größte Heiligtum des Seenlandes. Er ist der Grund, weswegen genau an dieser Stelle das Dornenschloss erbaut wurde. –"

„Und ihr solltet Marduk unter keinen Umständen berühren."

Vor ihren Füßen ragten einzelne Wurzeln wie kleine Hügel aus der Erde heraus. Einige dieser Wurzeln waren seltsam dunkelrot verfärbt. Lara nickte ehrfürchtig. Sie hatte nicht vor, diesen – wenn auch überaus beeindruckenden – Baum anzufassen.

Magda drehte den Rollstuhl, um wieder in das Schloss zurückzukehren. Auf der linken Seite des Gartens waren Meredeth und Idiworf in ein Gespräch vertieft. Der Anblick des Königs machte Lara rasend.

„Wie kann man nur so überheblich sein?"

„Ihr redet doch nicht etwa über König Meredeth?", fragte Magda erstaunt. Doch sie bekam keine Antwort. Meredeth betrachtete Lara eingehend, als er sie im Garten erblickte. Idiworf, dem der Blick des Königs nicht entging, warf Lara argwöhnische Blicke zu. Diese wiederum sah auf den See, der das Schloss umgab, um den Anblick des Königs nicht weiter ertragen zu müssen. Am meisten missfiel es ihr, dass er ihr – obgleich seines ungehörigen Verhaltens – so gut gefiel. Warum musste gerade dieser Unhold so gut aussehen?

Magda grüßte höflich lächelnd: „Eure Majestät."

„Ein herrliches Wetter für einen Spaziergang.", bemerkte der König und lächelte Lara an, die noch immer grimmig in die entgegengesetzte Richtung blickte. Magda, der die peinliche Stille nicht entging, erwiderte: „Ein sonniger Tag endet mit einem schönen Abend." Lächelnd schob sie Lara weiter den Weg entlang.

Kapitel 4

Der Wind, der dich fortträgt, hat keinen Schatten.
5/32, *Buch der Damaren*

Magda bürstete Laras Haar.

„Ihr werdet heute Abend mit dem König speisen."

„Mir bleibt aber auch nichts erspart."

„Ich sagte doch, dass es ein schöner Abend wird.", sagte Magda schmunzelnd.

„Weil euer König mit einer Gabel in der Brust enden wird?", fragte Lara gereizt.

Magda sah sie erschrocken durch den Spiegel an.

„Ihr werdet dem König doch nichts tun?"

„Ich würde …", Lara ballte die Fäuste.

„Ich würde ihm so gerne sämtliche Knochen brechen, diesem arroganten …"

Noch ehe sie weitersprechen konnte, räusperte sich Magda. Jetzt sah Lara auch, dass in der Tür ein überaus gut gekleideter, groß gewachsener Mann stand. Er war schlank und hatte braunes, langes Haar, das locker über seine Schultern fiel. Lara musterte ihn mit zugekniffenen Augen. Dieser Mann sah unglaublich gut aus, auch wenn er gar nicht ihr Typ war.

Er lachte.

„Vielleicht sollte ich dem König doch noch von diesem Abendessen abraten, wenn ich mir das so anhöre."

Er ging auf die beiden zu und verneigte sich vor Lara.

„Ich hatte leider noch nicht die Gelegenheit mich vorzustellen.", sagte er.

„Ich bin Doras Lion."

„Sehr angenehm, Lord Lion.", antwortete Lara kühl.

„Oh, ich bin keineswegs von Adel, nur der königliche Berater. Aber bitte, nennt mich doch Doras."

Lara nickte still.

„Und wie ist euer Name?"

„Ich bin Lara."

„Lara?"

„Ja, einfach nur Lara.", insistierte sie.

„Lara, ich habe heute Abend die Ehre, ein Kleid für euch auszusuchen."

Magda und Lara tauschten irritierte Blicke. Doras öffnete die Türen des großen Schranks und schaute sich die Kleider an.

„Ich bin mir sicher, dass ihr in jedem bezaubernd aussehen würdet."

Er holte eines prüfend heraus.

„Doch, wenn ich es mir recht überlege, werde ich euch nicht zu Gesicht bekommen."

Er hängte es zurück und studierte weitere Kleider – Länge, Schnitt, Farbe. Er schien zu jedem Kleid eine ausgereifte Meinung zu haben.

„Es ist ja nur der König, der sich heute an eurem Anblick weiden darf."

Er nahm ein schlichtes violettes Kleid aus dem Schrank, drehte es hin und her.

„Dies ist genau das Richtige."

Er hielt es hinter Lara vor den Spiegel, so dass sie es sehen konnte. Er wartete auf ihre Reaktion.

„Es ist mir gleich, was ich tragen werde. Ich hoffe nur, dass der König an seinem Essen erstickt und der Abend schnell vorbei ist."

Der Berater grinste.

„Eure scharfe Zunge gefällt mir, Fräulein."

Als Doras den Raum wieder verlassen hatte, fuhr Magda fort:

„Die Küche ist schon den ganzen Tag in Aufruhr. Da der König nicht wusste, was ihr mögt, hat er nahezu jedes Gericht zubereiten lassen, das man im Seenland kennt. Und ihr müsst unbedingt wieder zu Kräften kommen."

Während Magda ihr die Haare hochsteckte, warf Lara einen ver-ärgerten Blick auf das Kleid, das sie heute Abend tragen würde.

Der Speisesaal wurde von dem langen Tisch dominiert, der die Nordseite des Raums füllte. Der Rest des großen Saals war leer und ungenutzt. Lediglich die Wände waren mit einer Vielzahl von Ahnenbildern geschmückt. Meredeth, der an einem Ende des Tisches saß, reagierte nicht auf Lara, die zunächst interessiert den Blick durch den Saal streifen ließ. Am anderen Ende des Tisches war bereits ein Gedeck für sie platziert worden. Lara verbeugte sich.

„Eure Majestät."

„Setzt euch nur."

Während das Essen aus der Küche auf dem Tisch verteilt wurde, sagte Meredeth:

„Nun, ihr wisst, wer ich bin. Jetzt erzählt mir, wer ihr seid."

Lara zögerte kurz.

„Mein Name ist Lara."

Als sie merkte, dass der König sie immer noch fragend anblickte, fügte sie hinzu: „Ich komme aus Drones. Das ist eine Stadt im Süden des Blutlands."

„Ja, ich kenne diesen Ort bereits.", reagierte Meredeth gereizt. „Erzählt mir lieber: Was treibt ein Menschenmädchen allein im Funkelwald?"

„Ich bin letzten Monat sechzehn geworden und werde bald heira-ten. Ich bin kein Mädchen mehr.", empörte sich Lara.

„Oh, verzeiht, mein Fräulein. Ich konnte euer Alter unter all dem Schmutz, den ihr an euch hattet, schwer abschätzen.", sagte er spöttisch. Lara betrachtete die ganzen Speisen, die auf etlichen Platten und in tiefen Schüsseln auf dem Tisch verteilt wurden. Ihr Magen knurrte schon hörbar und entgegen ihrem Plan, das Essen zu verweigern, lud sie sich den Teller voll. Sie kannte keine der Speisen, deren exotischer Geruch in ihrer Nase von einem geschmacklichen Abenteuer kündeten. Der König ließ sie bei alledem nicht aus den Augen. Er selbst saß noch immer vor einem leeren Teller und nippte nur dann und wann an seinem Glas, das er beständig in der Hand hielt.

„Ich warte noch immer auf eure Antwort."

Lara schob schnell eine Gabel mit Essen in ihren Mund, damit sie nicht in der Lage war zu antworten. König Meredeth blickte sie finster an. *Vielleicht ist das Essen vergiftet.* Lara wurde nervös und legte die Gabel klirrend an den Tellerrand.

„Ich habe mich verlaufen."

Sein Blick wandelte sich kurz in ein spöttisches Grinsen.

„Und euer Vater lässt euch einfach so allein durch die Wiesen spazieren?"

„Ich bin weggelaufen."

„Eine Streunerin.", murmelte er wie zu sich selbst.

„Wenigstens wisst ihr eine Gabel und ein Messer zu gebrauchen. Ich hatte schon befürchtet, euch aus einem Schweinetrog füttern zu müssen.", sagte er abfällig.

Lara war erbost.

Dass er sich erdreistete, so mit ihr zu reden – der Tochter des einflussreichen Königs Hariam, der Prinzessin der Weiten Steppe. Doch sie hielt ihren Groll zurück. Denn sie wusste, wie gefährlich es war, hier zu sein.

„Speist ihr gerne mit dem Pöbel?", gab sie schließlich ebenso spöttisch zurück.

„Nein. Aber ich bin mir sicher, dass ihr kein gewöhnliches Bauernmädchen seid."

Sie hatte Lust, ihn weiter verbal zu attackieren. Er hatte ihr die Möglichkeit genommen, ihren Bruder zu retten. Sie fühlte sich schlecht behandelt. Dann kam ihr der Gedanke, dass ihr Vater und auch John niemals mit dem gemeinen Volk an ihrer Tafel speisen würden. Dass sie ihnen nie ein Bett in ihren Gemächern anbieten würden. Sie blickte Meredeth, der seinen Blick immer noch nicht abgewandt hatte, tief in die Augen. *Schöner, diebischer König, ihr seid mir ein Rätsel!*

Ihr knurrender Magen zwang sie zum Weiteressen.

„Woher habt ihr die Münze?"

„Sie war ein Geschenk."

„Ihr solltet mich nicht belügen."

„Ich habe sie eingetauscht."

„Was habt ihr bezahlt."

„Noch nichts."

„In der Tat.", antwortete Meredeth und nahm einen weiteren Schluck aus seinem Glas.

Er schaute sie mit seinen smaragdgrünen Augen eindringlich an.

„Ihr habt gute Manieren für eine Frau aus einfachen Verhältnissen. Sicher, euer Benehmen lässt zu wünschen übrig. Wer hat euch so erzogen?"

„Mein Onkel ist Gelehrter in Ollende. Er hat mir auch das Lesen beigebracht."

Auch wenn Meredeth nichts entgegnete, konnte sie erkennen, dass er ihre Lügengeschichte nicht glaubte. Denn er zog seine Augenbrauen zusammen. Was er, wie sie feststellen musste, bei all ihren Lügen tat. Sie kam auch nicht umhin, diesen Ausdruck in seinem Gesicht zu mögen. Eigentlich gab es keine Regung in seinem Gesicht, die ihr missfallen konnte. Es war ihr, als würde ihr Herz jedes Hüpfen seiner Augenbrauen, jedes In-Falten-legen seiner Stirn mit der Freude begrüßen, die ein Abenteurer empfinden musste, wenn er auf seinen Reisen eine neue Art entdeckte. Laras Landkarte war sein Gesicht. Dass Meredeth jedoch immer noch nicht davon abließ, sie zu betrachten, beunruhigte sie. Sie hatte Angst zu erröten, fürchtete, er könnte ihr Geheimnis erraten – genau genommen waren es zwei.

Sie aß weiter und blickte immer wieder scheu von ihrem Teller auf. Es machte sie unruhig, dass seine Augen beständig auf ihr ruhten.

„Komm zu mir.", sagte eine Stimme in ihrem Kopf.

Lara fiel vor Schreck die Gabel aus der Hand. Mit rotem Kopf merkte sie an: „Dieses Gericht ist köstlich."

„Fitterich im Monjamantel.", erklärte Meredeth mit sanfter Stimme, die von ihrem Herz aufgesogen wurde, wie ein Baum den Wind durch seine Blätter fahren lässt: sanft und zärtlich und dennoch mit einem gewissen Festhalten, einem Nicht-loslassen-wollen. Lara schwieg. Wie aus der Ferne erklang wieder die Stimme in ihrem Kopf: „Komm zu mir."

Lara erwiderte Meredeth' Blick. Sie fragte sich, ob der König versuchte, sie mit seinem Charme zu umgarnen. Ob er vielleicht bereits wusste, wer sie war. Sie griff mit der einen Hand nach ihrem Glas und nahm einen Schluck, während sie ihren Kopf lasziv auf der anderen abstützte. Ihr Blick wich nicht von ihm. Zu ihrem Erstaunen wandte er seinen Blick ab und schenkte sich weiteren Gloras ein.

„Wo ist eure Königin?"

„Das Seenland hat keine Königin."

Lara blickte die lange Tafel mit den vielen leeren Sitzplätzen entlang und bemerkte: „Mir scheint, als mangele es dem Seenland an so einigem."

Sie blickte ihn herausfordernd an. Doch Meredeth' Blick war auf die Wand auf seiner Rechten fixiert. Sie blickte ebenfalls dorthin, um festzustellen, dass dort nichts Besonderes zu sehen war. Sie fühlte sich schuldig. Sie hatte sich vielleicht zu viel herausgenommen. Wenn er nicht schon vorhatte, sie qualvoll zu töten, hatte sie ihm jetzt allen Grund dazu gegeben. Ihr Blick verweilte einen Moment auf seinem Gesicht. Sie fragte sich, ob sie je einem ähnlich attraktiven Mann begegnet war. Noch ehe sie zu einer Antwort gelangte, traf sie erneut der Blick seiner smaragdgrünen Augen.

„Wie gefällt euch das Schloss?"

„Ich habe noch nie so viele Pflanzen an einem Ort gesehen. Und ich habe auch noch nie so ein schönes Schloss gesehen.", antwortete Lara.

Dann fügte sie schnell hinzu: „Nicht dass ich je eines betreten hätte. Aber ich habe viel von den besonders prunkvollen Schlössern der Elfen gelesen."

Meredeth schien amüsiert. *Er muss mich für ziemlich kindisch halten. Warum rede ich auch nur so einen Unsinn?* Um ihr vorhandenes Wissen zu untermauern, ergänzte sie: „Alle Schlösser der Elfen wurden an Orten errichtet, die eine eigene Magie haben sollen. Der Reichtum der Elfen beruht auf den Edelsteinen und dem Funkelglas. Und sie glauben, dass der Große Friede vor 2.000 Jahren von den Damaren herbeigeführt wurde."

Meredeth stellte sein Glas abrupt ab.

„Und die Menschen meinen, dass es König Erenest war, dem wir diese glückliche Fügung verdanken."

„Wie ich sehe, seid ihr auch sehr belesen."

„Ich habe lediglich eine sehr gute Erziehung genossen."

„Dann habt ihr wahrscheinlich nicht nur Enumisch sondern auch Damarisch gelernt."

„Issy.", antwortete Meredeth. Auch wenn Lara nie die Sprache der Damaren gelernt hatte, wusste sie aus ihrer ausführlichen Lektüre elfischer Bücher, dass dies „Ja" bedeutete.

„Welche Sprache war es, die ihr spracht, als ihr mich aufgelesen habt?", fragte sie neugierig.

„Damarisch."

„Was habt ihr gesagt?"

„Oh, es waren nur Flüche.", schmunzelte er.

„Eine ganze Menge davon.", sagte sie lachend.

„Worüber flucht ein König so ausführlich?"

„Über Graumlinge, das kalte Wetter, die Damaren, die ein Mäd… eine junge Frau sterben lassen wollen."

Ihn amüsiert zu sehen, ließ ihr Herz schneller schlagen. Sie genoss diesen Augenblick einen Moment lang. Ein Moment, in dem es ihr nichts ausmachte, dass er seinen Blick nicht ein einziges Mal von ihr abwandte. Ein Moment, in dem sie das Gefühl hatte, dass diese kleine Freude die Trauer aus seinen Augen gewaschen hatte. Sie empfand ein tiefes Glück darüber, dass der Graumling sie angefallen hatte und dass der König sie gefunden hatte, dass sie hier mit ihm sitzen konnte und auf einmal wusste, was es hieß, mit ganzem Herzen in jemanden vernarrt zu sein.

Ihr fielen die Worte des Wesens im Funkelwald wieder ein. „Lomar ecta" hatte es ihr ins Ohr geflüstert. Sie wusste nur zu gerne, ob es Damarisch war oder gar Juitisch oder eine ganz andere längst vergessene Sprache. Sie füllte nochmals ihren Teller. Der König betrachtete sie weiter eingehend, während er erneut an seinem Glas nippte.

„Es scheint mir, als sei ich nicht der Einzige mit einem Kopf voller Fragen."

Lara schaute ihn kurz unschlüssig an.

„So fragt nur, was ihr wissen wollt."

Lara zögerte. Doch dann entschied sie sich, lieber keine Fragen zu stellen, und aß weiter.

„Nun gut. Ich denke, ihr solltet euch vielleicht mit meiner Bibliothek vertraut machen." Lara blickte ihn mit großen Augen an. *Eine Elfenbibliothek. Eine königliche Elfenbibliothek.* Er schmunzelte, als er merkte, dass er Laras Interesse geweckt hatte. „Ich besitze eine der größten Sammlungen mit Geschichten aus allen Elfenlanden. Es sind etliche Raritäten darunter. Da dürfte auch etwas für euch dabei sein." Lara sah ihn immer noch ungläubig an und wusste gar nicht, was sie sagen sollte. Seine Augen, die sie weiterhin im Blick hatten, und das leichte Lächeln in seinem Gesicht machten es ihr nicht leichter.

Meredeth öffnete die beiden großen Flügeltüren und gab den Blick frei auf deckenhohe Bücherregale, in denen sich ein Buch an das andere reihte. Lara sah sich beeindruckt um, als sie die Bibliothek betrat. An der Decke war ein großes Gemälde, das eine Hochzeitszeremonie zeigte. Der Mann trug eine prunkvolle Krone, die mit etlichen funkelnden Steinen aus Funkelglas geschmückt war. Er hielt die Hand der Braut an seine Brust. Sie blickte ehrfürchtig in sein Gesicht, als würde sie fürchten, bald ihr ganzes Leben mit diesem Mann verbringen zu müssen. „Aus Liebe heiraten.", flüsterte Lara in sich hinein.

Sie war ergriffen von dem prunkvollen Raum und der schieren Anzahl an Büchern. Doch sie hielt ihre Begeisterung zurück, da sie dem König die Genugtuung nicht gönnte, recht gehabt zu haben.

„Einfach nur aus Liebe heiraten."

„Was habt ihr gesagt?", fragte Meredeth.

„Nichts."

Sie ging die Buchreihen entlang und las die Titel auf den Buchrücken. Meredeth folgte ihr und deutete ab und an auf ein Buch und sagte etwas wie „Dieses Buch könnte euch gefallen." Oder: „Das hier solltet ihr euch ansehen."

Er selbst griff nach einem Buch mit dem Titel *Die Burgen und Städte der Menschen* und blätterte darin. Lara durchstreifte weiter die Bibliothek und nahm Bücher in die Hand, erkannte, dass sie die meisten enthaltenen Geschichten schon gelesen hatte, und stellte sie wieder zurück. Dann ergriff ein besonderes Buch ihre Aufmerksamkeit. Der Einband war schwarz und auf dem Buchrücken stand in kaum noch lesbaren goldenen Lettern *Elfengeheimnisse*. Das Buch stand in einem der oberen Regale und Lara stellte sich auf die Fußspitzen und streckte sich danach, aber sie kam mit den Fingern nur bis an den Regalboden und bekam das Buch nicht zu fassen.

„Wie heißt noch gleich der hohe Turm in Drones?" Lara zuckte zusammen. Sie war sich bewusst, dass er sie prüfen wollte. Warum hatte sie auch nur gesagt, sie komme aus Drones? Sie war noch nie in dieser Stadt gewesen und wusste nichts über ihre Bauwerke. Sie antwortete nicht und kämpfte weiter gegen ihre zu geringe Größe. *Ich möchte in dieses Buch schauen.* Meredeth blickte auf und beobachtete, wie sie sich abmühte. Lara stellte sich auf beide Fußspitzen, reckte den rechten Arm nach oben, versuchte es mit Gewichtsverlagerung auf nur ein Bein. Sie hüpfte auch ein wenig, aber ihre Finger spürten nur den rauen Einband des Buches, ohne es greifen zu können. Der König musterte Lara von oben bis unten. Ihr Haar, das Magda kunstvoll zusammengesteckt hatte, der Rücken, der in der schmalen Taille endete. Das Kleid war eng und er wunderte sich, wie sie in diesem Kleid hatte so viel essen können.

„Verdammt.", fluchte Lara verärgert.

„Wartet, ich helfe euch."

Sie spürte, wie Meredeth' Oberkörper ihren Rücken berührte, seine Hand an ihr vorbeiglitt, um nach dem Buch zu greifen. Sie drehte sich um. Er stand direkt vor ihr. Seine schmalen Lippen waren beinahe filigran. Die dunklen, buschigen Augenbrauen lenkten den Blick auf seine Augen. Sie waren tiefstes Grün. Nicht so wie die der meisten leicht bräunlich, bläulich verfärbt. Sie hatte in den letzten Jahren eine große Freude daran gefunden, mit Männern zu kokettieren und sich im Flirten geübt. Oftmals probierte sie ihre neuen Ideen an Anhum aus. Dieser schimpfte immer, sie solle nicht die Männer auf ganz Enuma verrückt machen. Sie schloss daraus, dass die Intensität seiner Reaktion mit ihrer Überzeugungskraft korrelieren musste.

Nun hatte sie das Gefühl, dass ihre Lehrstunden vorbei waren und dass sie zum ersten Mal einen Mann vor sich hatte, dessen Herz sie gerne für sich gewinnen wollte. Sie nahm die Klemmen aus ihrem Haar, ließ es auf die Schultern fallen und versuchte es mit einem verführerischen Blick. Sie näherte sich mit ihren Lippen den seinen. Er erwiderte ihren Blick. Sie hatte das Gefühl, als hätte er alle Wiesen des Seenlandes in seinen Augen. Sie wollte schon die Augen zum Kuss schließen, als die Worte „Euer Buch." sie aus den Gedanken rissen. Meredeth drückte ihr das Buch in die Hand, um das sie so lange gekämpft hatte. Jetzt schien es ihr nahezu unwichtig. Meredeth wandte sich von ihr ab und verließ die Bibliothek.

Durch die geöffneten Türen sah Lara ihm nach, wie er schnellen Schrittes aus ihrem Blickfeld verschwand. Sie drückte das Buch an sich und lächelte still in sich hinein.

Lara lag bäuchlings auf dem Bett im gelben Zimmer, unter sich das große schwere Buch, das Meredeth ihr aus der Bibliothek gegeben hatte. Sie fuhr mit dem Finger über die Seite und studierte das Inhaltsverzeichnis. *Das Geheimnis des Funkelglases, Das Ende eines Krieges, Die verwunschene Prinzessin.*
Sie entschied sich für die Geschichte *Die unrechtmäßige Königin.* Sie wusste, dass es sich bei besagter Königin um Aramché von der Vogelinsel handelte. Sie hatte bisher lediglich in Gesprächen von ihr gehört, wenn ihr Vater sich Gedanken um einen potenziellen Angriff machte. Alle nannten sie stets nur die Wirre Königin oder Vogelkönigin. Lara wippte mit ihren Beinen auf und ab, während sie die Geschichte las.

> *… König Christoph hatte eine Flasche Gloras geschenkt bekommen, die er sogleich mit seinen engsten Beratern leerte, um auf seine bevorstehende Hochzeit anzustoßen. Wenige Stunden später waren sie alle tot. Das Gift des Fassapilzes hatte sie auf qualvolle Art getötet. Sie hatten Blut geschwitzt und ihre schmerzerfüllten Schreie sagt man, seien auf der ganzen Insel zu hören gewesen. Prinzessin Aramché, die sich ganz und gar bei den Hochzeitsvorbereitungen befunden hatte, stand nun ohne Bräutigam da. Die Kunde von dem Tod des Königs, der keinen Thronfolger hatte, verbreitete sich schnell. Truppen des Blutlands und der Weiten Steppe wurden geschickt, um die Insel einzunehmen. Efron, König des Waldlandes, sendete seine besten Männer, um der trauernden Prinzessin beizustehen. Die Elfenlande hatten sich darauf geeinigt, dass das Land ihm zufallen würde und die Prinzessin in ihre Heimat zurückkehren müsste. Als die Truppen*

der Menschen sich der Insel näherten, geschah etwas
Sonderbares. Die Vögel, die auf der Insel und vor al-
lem auf dem Schloss, Horst genannt, lebten, griffen die
Männer auf den Schiffen an. Adler und Falken
schnappten nach ihnen und Spatzen und Meisen ver-
folgten sie in großen Schwärmen über das Deck. Man-
che der Männer sprangen vor Schreck in die Raue See
und ertranken im kalten Wasser. Prinzessin Aramché
schaute dem Schauspiel vom Fenster des Schlosses zu…

„Komm zu mir!", wurde Laras Lektüre durch die längst vertrauten Worte unterbrochen. Sie zögerte und fasste nach ihrem bandagierten Bein. Es schmerzte noch immer. Sie wollte gerne wissen, wie es mit der Prinzessin und den wild gewordenen Vögeln weiterging. Aber sie wollte auch wissen, was der König im Schilde führte. Vielleicht wollte er ja doch mehr von ihr, als er zunächst zugegeben hatte? Laras Herz schlug schneller, als sie sich vorstellte, König Meredeth würde ihr über die Wange streichen und sie küssen. Sie konnte sich nicht mehr auf die Worte konzentrieren, die Buchstaben verschwammen vor ihren Augen. Sie schlug das Buch zu. Vor dem Spiegel wuschelte sie ein bisschen durch ihr fülliges schwarzes Haar und warf sich einen kessen Blick zu. Zufrieden verließ Lara das Zimmer. Sie ging barfuß nur mit dem dünnen Nachthemd bekleidet den Gang entlang.
Schon von Weitem erkannte sie die Wachen vor dem Gemach des Königs. Der eine stieß den anderen an und deutete in Laras Richtung. Sie fuhr sich durchs Haar und warf den beiden verführerische Blicke zu.
„Der König bat mich vorhin, als er mir die Bibliothek zeigte, heute Nacht noch zu ihm zu kommen."
Die Wachen, die sie eingehend betrachteten, tuschelten halblaut.
„Meint sie das ernst?"
„Ja, du Depp. Sieh sie dir an. Der König ist auch bloß ein Mann."
Sie deuteten ihr, dass sie eintreten könne.

Lara flüsterte: „Ihr solltet wohl lieber einen kleinen Spaziergang durch den Schlossgarten machen."

Die Wachen folgten ohne zu zögern Laras Vorschlag. Sie betrat das Schlafzimmer des Königs und fand ihn zu ihrem Erstaunen schlafend vor. Im zarten Licht des Mondes, das durch die Fenster fiel, konnte sie seine Umrisse ausmachen. An den Wänden erkannte sie Schränke und einen Tisch, der an einem der Fenster stand. Auf dem Tisch lagen Bücher, Briefe, eine Schreibfeder, eine große Karte von Enuma und verschiedene Schriftstücke. Lara tastete sich vor und sah die Dinge durch, hob Blätter und Bücher, öffnete Schubladen und fand nicht das Gesuchte. Als sie sich mit den Worten „Irgendwo muss sie doch sein" umdrehte, erwischte sie eines der Bücher, das mit einem lauten Rums auf den Boden fiel. Erschrocken sah sie zu Meredeth hinüber, der immer noch seelenruhig zu schlafen schien. Als sie das Buch, das aufgeschlagen zu Boden gefallen war, aufhob, fiel ihr Blick auf die geöffneten Seiten und die Überschrift des Kapitels:

Lomar ecta. Lomar statta.

Zu gerne hätte sie gelesen, was darunter stand. Sie konnte zwar im knappen Licht des Mondes die alten Schriftzeichen erkennen, deren Bedeutung sie kannte. Aber die Worte dieser Sprache, die Damarisch sein musste, hatte sie nie gelernt. Sie legte das Buch zurück auf den Schreibtisch. Dann betrachtete sie Meredeth, der ihr auch schlafend den Atem raubte. Er wirkte friedlich und verletzlich. Am liebsten hätte sie sich neben ihn gelegt und stundenlang sein schlafendes Gesicht betrachtet.

Plötzlich blitzte auf dem Nachttisch im Licht des Mondes etwas Goldenes. Lara war erleichtert und nahm ihre Münze an sich. Sie stand neben dem Bett und ihr Blick fiel erneut unweigerlich auf den schlafenden König. Sie konnte ihre Augen kaum von seinem Gesicht lösen. Sie dachte an die Bibliothek, wie er sie unwillentlich berührt hatte, wie er sie angesehen hatte, seine stille Zurückweisung ihrer Avancen. „Zu schade, dass ihr mich nicht küssen wolltet.", flüsterte sie und führte ihre Lippen an seinen Mund für einen Kuss, dessen Zurückhaltung ihn nur berührte wie ein zartes Rosenblatt durch den Wind streicht.

Sie eilte zurück in ihr Zimmer und zog sich um, schrieb hastig eine Nachricht und schlich zu den Stallungen. Im Dunkeln tastete sie sich vor. Plötzlich bemerkte sie, dass eines der Pferde sie ganz unruhig beobachtete. Es war Nanasa.

Kapitel 5

Wir sehen nur die Türen und nicht den Raum.

4/26, *Buch der Damaren*

Meredeth saß in seinem Arbeitszimmer, als sein Leutnant hereinstürmte. „Eure Majestät, eure Bauerntochter hat sich aus dem Staub gemacht. Sie hat eines eurer Pferde genommen und diese Nachricht hinterlassen." Meredeth griff desinteressiert nach dem Zettel und ließ ihn auf den Schreibtisch fallen.

„Eines meiner Pferde, sagt ihr?"

„Ja, der Stallbursche sagte, es sei Nanasa."

„Sie kann noch nicht weit sein.", bemerkte Meredeth und lief zu den Stallungen.

Er nahm mit Bzenasa den direkten Weg zur Grenze Richtung Drones. Auch wenn er wusste, dass ihre Angaben falsch waren, hoffte er doch, dass es in etwa ihrem Fluchtweg entsprach. Doch er konnte sie nicht finden und machte sich an der Grenze wieder auf den Rückweg. Als er am Dornenschloss ankam, waren die wenigen Anwesenden schon in heller Aufregung. Leutnant Lacson hatte alle befragt, die etwas gesehen haben konnten.

Meredeth eilte in sein Arbeitszimmer und las die Notiz, die Lara zurückgelassen hatte:

Eure Majestät,

ich habe mir die Münze genommen, die ich dringend brauche, um meinem kranken Bruder zu helfen. Ich habe auch das Buch an mich genommen, welches ihr mir großzügigerweise zum Lesen gegeben habt. Au-ßerdem werde ich mir eines eurer Pferde nehmen müs-

sen. Ich bin euch ewig dankbar dafür, dass ihr mich gerettet habt, und möchte euch nicht bestehlen. Ich gebe euch mein Wort: Ich werde euch alles zurückbringen.

Lara

Meredeth ließ die Nachricht auf den Tisch sinken und stützte seine Stirn auf der Hand ab, während sein verzweifelter Blick starr auf das dunkle Holz des Tisches gerichtet war. Der Leutnant trat ein.

„Eure Majestät, anscheinend hat die Menschenfrau lediglich euer Pferd Nanasa, die Münze und das Buch entwendet."

Meredeth schüttelte immer noch in Gedanken den Kopf.

„Die Wachen haben sich überlisten lassen, sodass sie in euer Zimmer gelangen konnte."

„Lacson, es interessiert mich nicht, ob sie das ganze Porzellan mitgenommen, die Kleiderschränke ausgeräumt oder Vorräte aus der Küche gestohlen hat. Sie hat Nanasa mitgenommen."

Meredeth blickte Lacson finster an.

„Bitte lasst mich nun allein."

Der Leutnant verneigte sich kurz und verließ wortlos den Raum.

Kapitel 6

Kämpfe gegen das Unrecht, kämpfe gegen die Verzweiflung,
kämpfe gegen den Hass. Aber kämpfe niemals gegen die Liebe.
Isidors Traum

Anhum lag zitternd in seinem Bett. Die Stirn war schweißnass. Seine Lippen bewegten sich bebend und brachten nur stotternd ein „La... La..." hervor. Seine Schwester Lara streichelte ihm über den Arm und legte die Druidenmünze in seine Hand. *Anhum, du darfst nicht sterben.* Ihre Augen füllten sich mit Tränen. Sie hatte ihren Bruder noch nie so schwach gesehen. Er hatte sich innerhalb der wenigen Tage ihrer Abwesenheit in ein knochiges Gerippe verwandelt, über das ein farbloses Gewebe gespannt war. Lara kniff ihre Augen zu, damit die Tränen, die sich darin gesammelt hatten, nicht hervortraten. Sie wollte nicht vor Anhum weinen. Auch wenn sie sich nicht sicher war, ob in seinem leeren Blick überhaupt ein Erkennen lag. König Hariam betrat Anhums Schlafzimmer.

„Lara, meine liebe Tochter, wo warst du so lange?", fragte er besorgt und drückte sie an sich.

„Ich war ganz krank vor Sorge."

„Ach, Vater, ich war bei den Druiden. Auf dem Rückweg war ich verunglückt. Aber zum Glück hat mich jemand gefunden, der sich um mich gekümmert hat, meine Wunde versorgt und mir zu essen gegeben hat. Ich werde ihm das Pferd zurückbringen müssen."

„Ich bin so froh, dass dir nichts Schlimmeres passiert ist. Du solltest ein paar Goldmünzen mitnehmen. Der Retter meiner kleinen Lara soll wissen, was mir das Leben meiner Tochter wert ist."

Besorgt blickte Lara auf Anhum.

„Meinst du, er wird es schaffen?"

Hariam drückte Lara wortlos ganz fest an sich. Jetzt fing sie bitterlich an zu weinen.

„Lara, wenn du mir gesagt hättest, was du vorhast. Ich hätte dich nicht gehen lassen. Die Druiden sind mächtig und wissen mehr über die Kräfte der Natur. Mehr als wir uns vorstellen können. Das ist nicht ungefährlich."

„Vater, es tut mir leid, wenn ich dich enttäuscht habe.", schluchzte sie.

Er streichelte ihr übers Haar.

„Ist schon gut, meine Kleine. Was haben sie dir gegeben?"

Sie zeigte auf Anhums Hand und sagte: „Diese Münze."

Hariam öffnete leicht die Finger seines Sohns, um einen Blick auf die Münze zu werfen.

„Die Erlösermünze. König Asamek ließ 24 dieser Münzen vor 3.500 Jahren anfertigen. Sie heilen die Kranken und sind die Eintrittskarte für die Toten. Denn wie du weißt, bewacht König Asamek die Pforte zu den Ewigen Landen. Jeder, der eine seiner Münzen in Händen hält, darf sofort passieren."

Dann fügte er beruhigend hinzu: „Wenigstens hat Anhum im Jenseits keine Probleme, einen würdigen Platz zu finden."

Lara liefen etliche Tränen über die Wangen.

„Lara, du warst nicht hier. In den letzten Tagen war er mehr unter den Toten als unter den Lebenden. Wir sollten uns nichts vormachen. Er wird die nächste Nacht wahrscheinlich nicht überleben."

Lara weinte in die Schulter ihres Vaters und flüsterte: „Nein, bitte nicht."

Die Nacht hatte sich mit ihrem schwarzen Kleid über die Graue Feste gelegt. Lara lag auf dem Bett ihres Bruders und hielt seine kalte, leblose Hand, während sie in dem Buch aus Meredeth' Bibliothek den Eintrag *Das Geheimnis des Großen Friedens* las.

Königin Miranda betrat das Zimmer und Lara legte das Buch schnell unter das Bett. Miranda sagte zu Lara: „Du solltest jetzt auch schlafen gehen."

„Mutter, ich möchte bei Anhum bleiben."

Miranda nickte. „Ihr beide wart ja noch nie zu trennen."

Miranda gab ihrem Sohn und ihrer Tochter einen Kuss auf die Stirn und verließ den Raum.

Lara nahm das Buch wieder hervor. Sie las halblaut, in der Hoffnung, dass Anhum sie vielleicht hörte:

> *…Die Damaren hatten viele Jahre an der Seite der Elfenkönige gekämpft und einige Verluste erlitten. Als Bewohner der Zwischenwelt sind sie zwar unsterblich, aber sobald sie unsere Welt betreten, werden sie sterbliche Wesen wie wir. Den Großen Frieden haben sie aber nicht mit ihrer unvergleichlichen Kampfeskunst, sondern mit ihrem Verhandlungsgeschick errungen. Sie haben die Grenzen der Königslande in einem Vertrag festgelegt und allen eine gemeinsame Sprache, Enumisch, gegeben. Bis heute haben diese Grenzen Bestand und der Friede wurde lediglich durch kleinere Auseinandersetzungen gestört. Und auch Enumisch wird weiterhin in allen Königslanden gesprochen. In den meisten werden nicht einmal mehr die alten Sprachen gelehrt…*

Über dem Lesen fielen Lara die Augen zu und sie schlief ein. Als sie erwachte, sah sie Naides, der sich über Anhum beugte und ihn untersuchte. Lara fragte erschrocken: „Ist er tot?"

Naides schüttelte den Kopf.

„Nein, eure Hoheit, euer Bruder lebt noch. Sein Zustand scheint sich ein wenig gebessert zu haben. Wenn ihr mich fragt, ist diese Zaubermünze nicht mehr als eine Jahrmarktunterhaltung. Das hat nichts mit Medizin zu tun."

Nachdenklich fügte er hinzu: „Nun gut, es scheint eine Wirkung zu haben. Oder es ist nur eure Anwesenheit. Wer weiß?"

Der Stallbursche hatte Lara zu sich gerufen und deutete auf Nanasa.

„Ich weiß definitiv nicht, was mit diesem Gaul los ist. Er will seit Tagen nichts fressen und steht apathisch in der Ecke und rührt sich nicht vom Fleck."

Lara versuchte, Nanasa zu locken, aber das Pferd reagierte nicht. Sie war ratlos. Vielleicht fehlte ihm Gesellschaft. Aber er schien sich nicht für die anderen Pferde im Stall zu interessieren. Vielleicht war es auch das rauere Klima der Weiten Steppe, das ihm zu schaffen machte. Sie bat den Stallburschen, Nanasa im Auge zu behalten und sie über weitere Auffälligkeiten zu informieren. Sie fühlte sich für das Wohlergehen des Pferdes besonders verantwortlich, denn sie wollte nicht des Königs Zorn auf sich ziehen.

Lara lag auf dem Bett und zeichnete an einem Bild von König Meredeth. „Lara, du bist wieder da", flüsterte Anhum, der in den letzten Tagen sichtlich an Gewicht und Farbe gewonnen hatte, erfreut. Lara umarmte ihren Bruder stürmisch und gab ihm etliche Küsse.

„Hilfe, ich kriege ja kaum noch Luft!", hustete Anhum.

„Ich bin so froh, dass es dir wieder bessergeht. Ich war bei den Druiden in den großen Bergen und habe diese heilende Münze bekommen", sagte Lara auf die Münze in seiner Hand deutend.

Anhum hielt sich die Münze vor das Gesicht und studierte sie.

„Weschnu tamsa. Attaweschnu olochna dai. Für die Lebenden ein Segen. Für die Toten eine Erleichterung."

Lara malte weiter an dem Bild.

„Was ist mit dir?"

„Was meinst du, Anhum?"

„Da ist so ein seltsamer Glanz in deinen Augen, den ich bisher noch nie gesehen habe."

„Ich habe einen Mann kennen gelernt."

„Ich weiß", lachte Anhum, „einen kleinen, buckligen Druiden."

Lara schaute ihn mit gespielter böser Miene an.

„Nein, ich meine es ernst."

Anhum wartete nun neugierig auf weitere Einzelheiten.

Erst als sie sich sicher war, dass er ihr glaubte, sprach sie weiter: „Ich war in eine missliche Lage geraten und er hat mich errettet."

Mit einem Lächeln im Gesicht fuhr sie fort: „Er sieht unglaublich gut aus, groß gewachsen, blondes Haar, grüne Augen. Und er hat sich gut um mich gekümmert, auch wenn er glauben musste, dass ich nur eine Bauerntochter bin."

„Lara, du hast wohl das Wichtigste vergessen."

„Was meinst du?", fragte Lara mit einem schelmischen Lächeln.

„Wer ist er? Ein Fürst? Ein Gelehrter? Ein Fischer?"

Lara nahm Anhum übel, dass er die Unterhaltung schon wieder ins Lächerliche zog.

Deswegen verspürte sie jetzt noch eine größere Freude, als sie sagte: „Er ist ein König."

Anhum war zunächst überrascht. Er ging gedanklich alle Königshäuser der Menschen durch und dachte dann über Laras Expedition in die großen Berge nach, bis ihm ein erschreckender Verdacht kam.

„Du meinst doch nicht etwa einen Jennemei aus dem Seenland?"

„Doch Anhum, ich rede von König Meredeth. Ich war Gast auf seinem Dornenschloss."

Sie zeigte ihm das Bild, das sie gerade malte.

Anhum sah es an und bemerkte dann nüchtern: „Ein ziemlich finsterer Bursche, dieser König."

Lara schmunzelte.

„Lara", sagte Anhum, stockte dann aber, bevor er wieder ansetzte.

„Lara, du bist doch nicht verliebt, oder?"

„Ach, Anhum, ich habe ja nur ein bisschen mit ihm geflirtet."

„Lara, du kannst doch nicht einfach einem Elfenkönig schöne Augen machen!"

„Er hat doch sowieso kein Interesse an mir."

„Du weißt, dass die Auseinandersetzungen zwischen den Elfen und Menschen schon seit mehreren hundert Jahren bestehen. Und du weißt, dass Vater einen besonderen Groll gegen die Jennemeis hegt."

„Ich weiß, Anhum."

Nach längerem Schweigen, fragte Lara: „Kennst du Geschichten über König Meredeth?"

„Nein, aber König Nimrud, sein Vater, soll ein großer Krieger gewesen sein. Und die Schönheit seiner Frau Amiralda war auf ganz Enuma bekannt."

„Sag, Schwester, sind die Elfenschlösser wirklich so schön, wie es in den Geschichten heißt?"

„Noch viel schöner. …"

Lara erzählte Anhum mit strahlenden Augen vom Dornenschloss und seinem herrlichen Garten.

Es klopfte an der Tür. Der Stallbursche trat ein.

„Eure Hoheit, das Pferd sieht gar nicht gut aus. Es fängt schon an zu zittern."

„Ich komme gleich zu euch."

Als der Stallbursche das Zimmer verließ, wandte Lara sich in ihrer Unsicherheit an Anhum:

„Ich weiß nicht, was mit Nanasa los ist. Das Pferd, mit dem ich hergekommen bin. Ich muss es Meredeth zurückbringen, sobald es wieder zu Kräften gekommen ist."

„Lara, bist du wirklich so töricht?", fragte Anhum seine sichtlich erstaunte Schwester.

„Wir haben doch immer die Elfengeschichten gelesen. Du hast eines der Königspferde aus dem Seenland hierhergebracht. Erinnerst du dich nicht an die Geschichten von *Bzenasa* und *Nanasa*, die während dem Großen Krieg die Damaren mit ihrer großen Liebe zu Tränen rührten und deswegen die Unsterblichkeit von ihnen geschenkt bekamen? Dass sie wandeln zwischen dem Hier und der Zwischenwelt. Dass ihre Unsterblichkeit aber einen Preis hatte: Dass sie immer zusammenbleiben müssen, dass eine zu lange Trennung beide sterben lässt."

„Anhum, was habe ich bloß getan?", fragte Lara verzweifelt und sprang vom Bett auf.

„Ich muss sofort los."

Sie packte das Buch und die Münze sowie ihren Zeichenblock mit den Stiften in eine Tasche.

„Anhum, bitte sag Mutter und Vater nicht, wo ich bin."

„Und du, pass bitte auf dich auf!"

Lara gab Anhum einen Kuss und lief zu den Stallungen. Der Stallbursche schaute Lara ungläubig zu, während sie Nanasa sattelte. Aber als sie rief „Los, wir müssen zu Bzenasa." konnten beide sehen, dass in dem Pferd noch mehr Kraft steckte, als sich vermuten ließ. Nanasa stürmte zielsicher über die Ebene Richtung Funkelwald ohne Rücksicht auf Wege und Straßen zu nehmen. Lara hätte aufgrund ihrer schlechten Erfahrung gerne den Funkelwald gemieden, aber das Pferd ließ ihr keine andere Wahl. Die erste Erleichterung spürte sie, als sie in der Ferne Golan und dahinter das Dornenschloss erkennen konnte. Die Straßen von Golan waren in den beginnenden Abendstunden wenig belebt. Lara rief manchmal: „Achtung!"

Dann war sie auch schon auf der Brücke. Es war nur noch ein kurzer Weg bis zu den Stallungen und Nanasa wieherte schon aufgeregt. Bzenasa antwortete, als habe sie ebenso sehnsüchtig auf die Wiedervereinigung gewartet. Lara blieb noch eine Weile bei den beiden Pferden stehen und streichelte Nanasa. Sie war froh, dass das Pferd wieder voller Leben war. „Nanasa!" Der erfreute Ruf kam von Meredeth, der, nachdem er das Wiehern vernommen hatte, direkt aus seinem Arbeitszimmer gestürmt war, um nachzusehen, ob er richtig gehört hatte. Nanasa begrüßte ihn stürmisch und stieß ihn immer wieder freudig mit dem Kopf an. Meredeth hatte Lara noch keines Blickes gewürdigt. „Eure Majestät", sagte sie mit einer leichten Verbeugung,

„Es tut mir aufrichtig leid. Ich wusste nicht, welche Folgen mein Handeln haben würde. Aber ich habe euch alles wiedergebracht."

Meredeth drehte den Kopf zu ihr.

„Ich kann euch gar nicht sagen, wie froh ich bin, dass Nanasa wieder da ist. Ihr solltet euch in Zukunft vor Torheiten bewahren."

Lara schaute beschämt auf den Boden.

„Wie geht es eurem Bruder?"

„Wunderbar. Er hat sich Dank der Münze bestens erholt."

Sie griff in ihre Tasche:

„Ich habe sie euch genommen und möchte sie euch nun zurückgeben."

Meredeth lachte auf: „Diese Münze hilft mir nichts. Es ist ein Zauber, der nur den Menschen nützt. Ihr solltet sie behalten. Ihr zahlt einen hohen Preis dafür."

Lara steckte sie wieder zurück in ihre Tasche. Bzenasa knabberte an Nanasas Fell. Meredeth und Lara standen nebeneinander und betrachteten die Pferde.

„Es ist die unsterbliche Liebe, die die beiden verbindet.", sagte Meredeth gedankenverloren wie zu sich selbst.

„Eine ziemlich schmerzhafte Liebe, wenn ihr mich fragt."

„Ist nicht jede tief empfundene Liebe auch mit großem Schmerz verbunden?"

„Nicht wenn diese Liebe beide Herzen gleichermaßen erfasst.", antwortete Lara bestimmt.

Nach einer kurzen Pause sagte Meredeth: „Ihr müsst hungrig sein. Ihr könnt froh sein, dass ihr euch den heutigen Tag für eure Reise ausgesucht habt. Es gibt Fitterich im Monjamantel."

Als Lara zögerte, sagte er: „Ihr habt doch nicht etwa erwartet, dass ich euch heute wieder abreisen lasse?"

Lara warf ihre wenigen Habseligkeiten, die sie mitgebracht hatte, auf das Bett im gelben Zimmer. Ihren Zeichenblock legte sie auf den Tisch. Sie ließ sich erschöpft auf das Bett fallen. Dann kam plötzlich wieder die Stimme, die ihr sagte: „Komm zu mir." Lara schloss die Augen und versuchte, die Stimme zu verdrängen. *Verschwinde aus meinem Kopf!* Aber dann ertönte sie wieder. „Komm zu mir." Es klopfte an der Tür. Magda trat ein.

„Lara, ihr seid wieder da!"

Lara forderte sie auf: „Setz dich zu mir."

„Ich hörte von Alanda, dass der König seine Speisepläne kurzfristig geändert hat. Sie war ganz außer sich. Ich hingegen konnte gar nicht glauben, dass ihr wieder hier seid."

„Ich habe dem König versprochen, dass ich wiederkomme."

Nach einer kurzen Pause wandte sich Lara zu Magda.

„Sag, Magda, was ist das für ein komisches Spielchen, dass der König treibt?"

„Was meint ihr?"

„Diese Stimme, die immer wieder in meinen Kopf fährt, wenn ich hier bin."

Magda lachte lauthals. Sie konnte sich kaum beruhigen und Lara schaute sie verwirrt an.

„Es ist nicht der König."

Dann fügte sie mit bereits sehr viel ruhigerer Stimme hinzu: „Es ist Marduk. Er ruft diejenigen zu sich, mit denen er sprechen möchte."

Lara wusste nicht, ob sie erleichtert sein oder sich ängstigen sollte.

„Aber seid ihr euch wirklich sicher, dass ihr eine Stimme hört?"

„Ja, ich höre es klar und deutlich.", sagte sie und fügte betont hinzu: „Komm zu mir!"

„Es ist nur so, dass der Baum schon seit vielen Jahren nicht mehr gesprochen hat."

Meredeth fing unvermittelt an zu lachen.

„Ich kann immer noch nicht glauben, wie ihr meine Wachen reingelegt habt."

„Oh, ich hoffe, ihr habt sie nicht hängen lassen."

„Nein, die Schande, dass jeder in ganz Golan weiß, dass sie von einer Menschenfrau überlistet wurden, war schon schlimm genug."

Sie lächelten sich an.

„Was gibt es Neues aus Drones?"

Mit einer gespielten Ernsthaftigkeit antwortete Lara: „Ihr wisst doch, dass ich nicht aus Drones bin, dass ich gelogen habe."

„Eigentlich war alles, was ihr erzählt habt, eine Lüge."

Nach kurzem Zögern fügte er hinzu. „Nein, wartet, nicht alles. Ihr habt eine Münze von den Druiden bekommen und ihr habt einen Bruder. Vielleicht solltet ihr mir von eurem Bruder erzählen."

„Mein Bruder Anhum und ich, wir haben als Kinder den Händlern auf dem Markt das Leben schwergemacht. Meistens stahlen wir uns ein paar Äpfel. Einer lenkte die Händler ab und der andere griff zu. Dann rannten wir so schnell wir konnten. Vater war immer ganz stolz, wenn wir einen besonders guten Raubzug hinter uns oder eine außergewöhnliche Strategie ersonnen hatten. Unsere Mutter schimpfte immer sehr und bezahlte den Händlern die gestohlenen Waren."

„Vielleicht sollte ich mir doch noch Gedanken machen, dass ihr euch womöglich mit meinem Tafelsilber aus dem Staub macht."

Lara schüttelte lächelnd den Kopf und ergriff die Gelegenheit, ein Thema anzusprechen, das ihr schon seit Minuten auf den Lippen brannte: „Was hat es mit Marduk auf sich? Ich habe schon von dem Baum gelesen, aber ich habe es nicht ganz verstanden."

„Marduk versucht, die Elfen auf den richtigen Pfad zu bringen, indem er ihnen die Zukunft zeigt. Es ist aber nur eine von vielen möglichen Versionen der Zukunft."

Nachdem er einen Schluck aus seinem Glas genommen hatte, fügte er hinzu: „Wenn der Baum nach einem ruft, dann berührt man ihn und er spricht zu demjenigen in Bildern. Es ist stets eine Verbindung aus drei Bildern, die sich einem auf Anhieb nicht immer erschließt."

„Ein Rätsel also.", schob Lara ein. „Nicht direkt, aber man könnte es so nennen."

Nach einem Bissen ergänzte er: „Marduk hat schon seit vielen Jahren zu niemandem mehr gesprochen und möchte auch nicht gestört werden."

Lara sagte leise wie zu sich selbst: „Die Wunden in der Rinde."

„Ja, die Wunden des Marduk haben ihm diejenigen zugefügt, die auf seinen Ruf sehnlichst gewartet haben, ihn aber nie zu hören bekamen."

„Hat er je zu euch gesprochen?"

„Ja, das ist aber schon ziemlich lange her."

Lara aß einen weiteren Bissen des Fitterich und auch Meredeth hielt sich diesmal nicht zurück.

Er fragte sie: „Was hat es mit eurer Münze auf sich?"

„Sie wird in die Hand gelegt, um einen Kranken zu heilen oder einem Verstorbenen den Übertritt in das Reich der Toten zu ermöglichen."

„Ich hatte beinahe vergessen, dass die Menschen ihren Eintritt in das Jenseits mit Gold bezahlen."

„Wie ist es bei euch?"

„Wir müssen uns einer Prüfung stellen. Fünf Fragen, die darüber entscheiden, ob wir als verlorene Seele in der Zwischenwelt herumirren, bis wir die Antworten gefunden haben oder ob wir direkt zu den Ewigen Landen hinüberfahren dürfen."

„Und wisst ihr die Antworten bereits?"

„Ist schwierig zu sagen, wenn man die Fragen nicht kennt."

„Ich wollte dem König noch etwas geben", sagte Lara kleinlaut.

„Na, dann geht einfach zu ihm."

Magda griff nach Laras Hand und führte sie den Gang entlang zu Meredeth Arbeitszimmer. Die große, schwere Tür war verschlossen. Lara sah Magda verunsichert an.

„Meinst du, er mag mich?"

„Ihm ist bestimmt wie jedem anderen an diesem Hof nicht entgangen, dass du wunderhübsch bist."

Magda riss die obersten Knöpfe von Laras Kleid.

„Was tust du da?", erschrak Lara.

Magda lächelte.

„Sieht doch schon viel besser aus."

Lara blickte unsicher an sich herab und rückte den Stoff zurecht, um ihr Dekolleté möglichst gut zu bedecken.

Magda flüsterte: „Klopf einfach an.", und ging.

Lara stand vor der Tür und sortierte ihre Haare, strich über ihr Kleid. Dann klopfte sie leise an die Tür. Sie konnte aus dem Raum keine Geräusche vernehmen und öffnete vorsichtig die Tür und lugte hinein. An einem großen Schreibtisch saß Meredeth, das Gesicht über Papiere gebeugt. Das lange, glatte Haar hatte er hinten zusammengebunden. Er schrieb mit der Feder hastig einige Worte. „Kommt nur herein." Lara trat ein und schloss leise die Tür hinter sich. Sie blieb mitten im Raum stehen und blickte sich verloren um. Zu ihrer Rechten war ein großer Tisch, der von sechs schweren Stühlen eingerahmt war. Ringsum standen Kerzenleuchter auf hohen Beinen, deren flackerndes Licht über allen Möbeln und Wänden tanzte.

„Was wollt ihr?", riss Meredeth Lara aus ihren Gedanken.

„Ich habe etwas für euch. Von meinem Vater, für meine Rettung."

Sie legte ihm den Beutel mit den fünf Goldmünzen auf den Tisch. Meredeth öffnete interessiert den Beutel, nahm eine der Münzen heraus, in die das Antlitz von König Hariam geprägt war. Er legte sie auf den Tisch und griff nach der nächsten Münze, die mit der vorhergehenden nahezu identisch war.

Er betrachtete eingehend das Abbild seines Rivalen und sagte schmunzelnd: „Soso, ein Mädchen aus Drones."

Lara lächelte schüchtern.

„Ich komme aus Ohana."

„Und auch dies scheint mir nicht ganz wahr zu sein.", sagte Meredeth blinzelnd.

„Ich kann dieses Geschenk nicht annehmen.", stellte der König fest und steckte die Münzen zurück in den Beutel.

Lara entgegnete: „Aber mein Vater bittet darum."

Meredeth stand auf. Er ging zu Lara, musterte sie – ihr am Dekolleté zerrissenes Kleid. Er griff nach Laras Hand, hielt seine Hand unter Ihrer wie ein Blütenblatt, das sich zart an ein anderes schmiegt. Er legte den Beutel in ihre Hand und schloss ihre Finger darum: „Erspart eurem Vater die Demütigung und behaltet sie. Behaltet sie für schwere Zeiten. Schützt damit eure Kinder vor Hunger und Kälte." Lara lächelte zaghaft: „Danke."

Lara ging durch den dunklen Schlossgarten. Der Gedanke, jetzt allein in dem gelben Zimmer zu sitzen, langweilte sie. Sie hätte noch ein Bild malen können – von Meredeth. Seine Freundlichkeit kam für sie ganz unerwartet. Sie dachte, er würde sie kurzerhand in den Kerker sperren, nachdem sie mit einem der Königspferde geflohen war. Aber die Freude darüber, Nanasa wieder bei sich zu haben, schien ihn überaus froh zu stimmen. „Komm zu mir!", erklang erneut die Stimme in ihrem Kopf.

Sie blickte zu dem Baum herüber und schmunzelte. Sie fühlte sich überlegen. Sollte er doch rufen, solange er wollte. Sie würde nicht zu ihm gehen. Sie wandte sich ab und ging weiter zum Brunnen, als habe sie die Stimme des Baumes nicht vernommen. Sie setzte sich auf den Brunnenrand und blickte in die Dunkelheit. Meredeth hatte scheinbar jede ihrer Lügen entlarvt. Aber warum ließ er zu, dass eine Lügnerin an seinem Hof verweilte, in einem seiner Betten schlief?

„Was tut ihr hier?" Sie hatte Doras gar nicht kommen sehen. Er stand in matten Grautönen neben ihr in der Dunkelheit. Selbst seinem Gesicht hatte die Nacht die Farbe genommen.

„Ich denke nach.", antwortete Lara.

„Ich glaube nicht, dass der König es gerne sieht, dass ihr euch nachts allein im Schlossgarten rumtreibt."

„Aber ihr seid doch bei mir, Doras.", gab Lara prompt zurück.

Der erstaunte Doras blickte sie verdattert an.

„Kommt, geht ein Stück mit mir.", rief Lara aus, während sie aufsprang. Sie gingen Seite an Seite den Mittelgang Richtung Marduk entlang. „Komm zu mir!", flehte der Baum. Lara legte ihre Hand um Doras' Arm und grinste ihn an. Dieser musterte Lara.

„Ich hoffe, die Wachen haben nicht versucht, sich an euch zu vergreifen.", sagte er mit Blick auf die fehlenden Knöpfe an ihrem Kleid.

„Oh, das war nur Magda."

„Magda?", fragte Doras ungläubig.

„Sie hat versehentlich zu fest am Kleid gezerrt. Da sind sie abgesprungen."

„Oh."

Doras versuchte verlegen, seinen Blick von ihrem Dekolleté abzuwenden, das seine Augen magisch anzuziehen schien.

„Was hat es mit dem elfischen Gedankenlesen auf sich?", fragte sie neugierig.

„Es ist eine Gabe, die uns in die Wiege gegeben wird. Bei manchen ist sie schwächer bei manchen stärker ausgeprägt. Manche können sie nur in speziellen Situationen nutzen, andere haben sie als allumfassende Fähigkeit."

„Sie sind also besonders mächtig?", fragte Lara.

„Ja, so kann man es auch sehen.", bestätigte Doras.

„Ich habe, wie mein Vater vor mir, besonderes Geschick bei Verhandlungen zu ergründen, ob der Handel gut ist oder ob ein besseres Angebot erreicht werden kann."

„Hat euer Vater euch unterrichtet?"

„Ja. Er wollte von Anfang an, dass ich in seine Fußstapfen trete. Und nach einigem Zögern hat Meredeth mich dann schließlich in seinen Dienst gestellt."

„Wie ist es mit dem König?"

„Oh, der König.", fing Doras verlegen an.

Er blickte in Laras fragende Augen und wurde weich.

„Der König konnte in den Gedanken der anderen alles lesen. Schon seit er klein war, blieb ihm nichts verborgen. Doch er sah es eher als Fluch denn als Segen."

„Weil er Dinge vernahm, die er nicht mochte?"

„Ja, zum einen dies. Wenn sein Vater ihn mit auf seine Reisen nahm, konnte er in den Köpfen der Menschen die verächtlichen Gedanken lesen, die sie ihm entgegenbrachten. Die Schimpfwörter, die sie ihm im Stillen zugedachten. Das war sehr verletzend für den kleinen Jungen."

„Armer Meredeth."

„Noch enttäuschter war er allerdings von seinem Vater. Wenn dieser in Schlachten zog und er ihn bat: ‚Vater, bitte nehmt mich mit.' Und in jeder Antwort ‚Nächstes Mal, mein Junge.' die Lüge erkannte."

„Was hat er daraufhin getan? Mit seinem Vater gestritten?"

„Nein.", Doras schmunzelte.

„Dem König widerspricht man nicht. Er hat an der Akademie Cresce vor allem darum gebeten eines zu lernen: Dass er seine Gabe verliert."

„Aber es hat nicht funktioniert.", sagte Lara wissend.

Schließlich hatte er sie allzu oft als Lügnerin entlarvt.

„Es ist nur möglich, der Gabe einen Weg zu weisen. Sodass man Experte wird für bestimmte Gedanken. Aber dadurch, dass Meredeth dies nicht tat und seine Gabe nicht wollte, ist sie jetzt ein unbändiger Teil in ihm, der sich immer wieder wie ein unliebsames Geschöpf aufbäumt und seinen Weg in seine Gedanken bahnt."

„Das ist ja furchtbar.", sagte Lara.

Sie hatte Mitleid mit dem großgewachsenen Mann mit den traurigen Augen. Ihr fielen zahlreiche Momente ein, in denen sie belogen worden war. Als Jura und Anhum ihre Zeichenstifte in der Küche versteckt hatten und behaupteten, sie hätten sie nicht gesehen, Als Jaina ihr versicherte, sie hätte Anhum nicht geküsst und Hariam ihr zuflüsterte, sie würde im Leben niemals traurig sein müssen. Tränen stiegen Lara in die Augen. Sie wechselte das Thema, damit Doras nicht merkte, dass sie von der Vorstellung erschüttert war, alle Lügen enttarnen zu können, denen man begegnete.

„Hat Marduk je zu euch gesprochen, Doras?"

„Nein."

„Und zum König?"

„Ich glaube nicht, dass der König es begrüßen würde, wenn ich euch all das erzählte."

Er blickte in ihre bittenden, neugierigen Augen.

Sein Herz klopfte.

„Nein, Lara. Ich kann das nicht.", wehrte er sich.

„Ich habe euch wahrscheinlich schon viel zu viel verraten. Erzählt mir etwas von euch."

„Ich habe seit meiner frühesten Kindheit alle Bücher über die Elfen verschlungen, die ich finden konnte. Ich habe von Städten und Schlössern gelesen, die ich nie selbst gesehen habe. Ich habe von eurem Glauben gelesen. Von den Damaren und der Ewigen Dunkelheit, die sie besiegt haben."

„Woher habt ihr all die Bücher bekommen?"

„Der Gewürzhändler Meryam Fich, ein Elf, hat mir immer welche mitgebracht."

Doras zog erstaunt eine Augenbraue hoch.

„Heimlich, damit Vater es nicht merkt.", fügte Lara an.

„Euer Vater ist also kein Elfenfreund?"

„Mein Vater würde jeden Elfen töten, der seine Eingangshalle betritt. – Bis auf Meryam Fich natürlich."

Lara lächelte entschuldigend.

„Und seid ihr eine Elfenfeindin?"

„Wie könnte ich Feindin von jemandem sein, den ich nie kennen gelernt und für den ich mein Leben lang nur Bewunderung empfunden habe?"

„Und, haben sich eure Erwartungen erfüllt?"

Lara zögerte. Sie hatte vieles von dem, von dem sie jahrelang geträumt hatte, in Meredeth gefunden, aber vermisste auch vieles.

„Da ihr es nicht sagen wollt, sage ich es für euch: Ja, haben sie."

„Lest ihr etwa meine Gedanken?", fragte Lara empört und riss ihre Hand von ihm.

„Nein. Aber ich beobachte. Und ich sehe, wie euer Herz aufgeht, wenn ihr auf diesem Schloss wandelt. Ich sehe die Freude in euren Augen und ich weiß, wie all die Blumen euer Herz höherschlagen lassen."

Sie waren einige Meter gegangen, bis Lara stehen blieb und in den Nachthimmel blickte. Sie versuchte, sich an den ihr bekannten Sternbildern zu orientieren.

Lara flüsterte: „Der Arm des alten Mannes weist Richtung Osten."

Doras schmunzelte.

„Und kennt ihr auch die Sternbilder der Elfen?"

Sie schüttelte den Kopf. Er umfasste ihre Taille und ergriff ihre Hand. Er führte sie in den Himmel und bildete mit ihrem Arm eine gerade Linie. Doras legte seinen Kopf ganz nah an ihren, damit sie beide dem Verlauf der beiden Arme und seines Zeigefingers folgen konnten.

„Dort ist der Kopf des Großen Damaren."

Er ließ die Hände nach unten gleiten.

„Sein Körper." – „Und seine Beine."

Laras Blick folgte den Sternen am Firmament.

„Der Große Damar verkündet, dass die Tage länger werden und die Nächte kürzer, wenn er am Horizont auftaucht."

„Er ist wunderschön."

„So wie ihr.", sagte Doras.

Er schaute ihr in die Augen. Sie wich seinem Blick aus. Auch wenn er zudringlich war, genoss sie seine Nähe. Sie hatte schon seit einigen Monaten von einer kleinen Romanze mit einem gutaussehenden Prinzen geträumt. Und obwohl er nicht der Richtige war und nicht einmal ein Prinz, wusste er doch, wie er sich auf eine so charmante und zurückhaltende Art unschicklich benehmen konnte, dass sie es ihm nicht übelnehmen konnte. Da sie wusste, dass er nicht wusste, wer sie war, - und da sie ebenfalls wusste, dass er nicht von adeligem Stand war, - war sie sicher, dass er alsbald die Grenze des für sie Annehmbaren überschreiten würde. In seinem Blick schwang nicht nur Verliebtheit mit, sondern auch ein körperliches Verlangen, das er so offen zu Tage trug, dass er mit der ersten körperlichen Annäherung sicherlich nicht mehr lange warten würde.

Sie suchte mit ihrem Blick unschuldig den Himmel ab.

„Seht nur", sagte Doras und hob wieder ihre beiden Hände. Er zeigte auf ein Sternenbild.

„Am Horizont zeigen sich die ersten Sterne der Liebenden.", flüsterte er in ihr Ohr, als erzähle er ihr ein Geheimnis.

Lara lächelte ihn geschmeichelt an.

„Isidor und Leonore neigen sich schüchtern zueinander und geben sich den ersten Kuss."

Er drückte Lara fester an sich. Seine Augen ließen ihren Blick nicht von ihr weichen. Sie schaute verlegen an ihm vorbei, da sie fürchtete, er könne sie auf der Stelle küssen. Nicht dass sie wirklich etwas gegen einen Kuss hatte. Es war ihr gleich, dass es sich nicht ziemte. Sie war noch nie von einem Mann geküsst worden. Doch sie wollte nur einen küssen. Als sie ihren Blick vom Himmel über das Schloss streichen ließ, erkannte sie die schemenhaften Züge des Königs im unbeleuchteten Fenster des Arbeitszimmers und erschrak. Doras lenkte seinen Blick nach oben zu besagtem Fenster und flüsterte: „Ihr solltet auf euer Zimmer gehen. Es ist schon spät."

Nachdem er die Hände von ihr gelöst hatte, gingen beide eiligen Schrittes ins Schloss. Doras folgte ihr allerdings nicht, ohne einen gebührenden Abstand zu halten.

Kapitel 7

In den Augen der anderen ist man immer größer.
5/18, *Buch der Damaren*

Lara lag im Bett und konnte nicht schlafen. Sie sah sich das Bild an, das sie zuvor von Meredeth gezeichnet hatte. Er lächelte freudig, den Kopf leicht vom Betrachter abgewandt. Der König hatte sie mit Doras im Schlossgarten gesehen. Sie hoffte, dass er nicht meinte, sie sei seinem Berater zugetan. Die Stimme Marduks rief immer drängender: „Komm zu mir." Laras Unsicherheit, was der Baum von ihr wollen könne, wich langsam einer kindlichen Neugier, der Sehnsucht nach Abenteuern. Hatte sie nicht seit Kindestagen von den Elfen geträumt, um eines Tages ihre Kultur kennen zu lernen?
Sie schlich zur Tür und blickte vorsichtig in den Schlossgang. Erst als sie sich sicher war, dass keine Wachen in der Nähe waren, schlich sie – nur mit ihrem Nachthemd bekleidet – im Nachthemd hinaus in den Schlossgarten.
Sie näherte sich dem Baum mit vorsichtigen Schritten, vermied es, mit ihren nackten Füßen auf seine weit in den Schlossgarten reichenden Wurzeln zu treten. Er sollte noch nicht wissen, dass sie kam. Doch noch ehe sie ihn berühren konnte, flüsterte er sehnsüchtig: „Komm, kleine Prinzessin." Im nächsten Moment streckte sie die Hand aus, um die Rinde zu berühren. Doch es kamen keine Bilder. Ein furchtbarer Schmerz fuhr ihr in die Hand, durch den Arm in den Körper hinein, bis sie ihn in allen Gliedern zu spüren glaubte. Von ihrer Hand tropfte Blut, das an der Rinde nach unten lief. Doch sie spürte ihre Hand nicht. Stattdessen fühlte sie einen furchtbaren Schmerz an der Narbe, die der Graumling an ihrem Bein hinterlassen hatte. Es war wie ein großer Druck, der sich an dieser Stelle sammelte und die Wunde von innen aufriss. Der Schmerz, der jeden Schmerz, den

sie je gekannt hatte, um ein Vielfaches übertraf, trübte ihre Sinneswahrnehmungen. Lara blickte an sich hinunter und sah nur verschwommen, dass das weiße Nachthemd an seinem Saum mit Blut getränkt war. Erst als sie die Hand vom Baum löste, bemerkte sie, dass die Rinde rot war wie ihre Hand und der Arm, an dem das Blut heruntergelaufen war. Danach sah sie nur noch Schwärze und ihre Beine verloren den Halt. Ihre Ohren vernahmen nur noch Stille.

„Nein.", rief der König in die Dunkelheit seines Schlafzimmers. Seine Mutter hatte im Traum mit einem Säugling im Arm in einer Blutlache im Schlossgang des Dornenschlosses gelegen. Nur das Pochen seines erregten Herzens unterbrach die Stille im Raum. Er lag mit starrem Blick im Bett. Plötzlich war es, als würde sein Herzschlag aussetzen – für einen Moment nur.

Er stand auf und warf sich seinen Umhang über. Er nahm die Treppe nach unten und schlenderte durch den Schlossgang zum Thronsaal, an dessen großen zimmerhohen Fenstern er entlangging und in den Garten hinausblickte. Die Rosenbüsche standen starr in der kalten Furiansnacht. Es ging kein Lüftchen. Die Figuren auf dem Brunnen waren nur schemenhaft zu erkennen und jemand, der ihn nie zuvor gesehen hatte, hätte meinen können, dass in dem Schlossgarten leibhaftig drei Damaren standen. Marduks Blätter zuckten leicht, als spiele der Wind mit ihnen und sie wollten sich ihm nicht einfach ergeben. Es war nicht ungewöhnlich, dass der Baum dann und wann ein Eigenleben zeigte. So auch in dieser windstillen, kalten Nacht. Seine Wurzeln waren rot-weiß eingehüllt.

Meredeth' Blick erstarrte. Das war keine optische Täuschung. Da lag etwas. Er kniff die Augen zu, um genauer hinzusehen. Es war Lara! Er stürmte zu ihr. Ihr weißes Nachthemd war blutüberströmt. Meredeth nahm sie behutsam hoch. Er lief mit Lara, die

73

leblos in seinen Armen lag, ins Schloss. Im oberen Schlossgang rief er Timidor zu: „Holt Idiworf und Magda!"

Meredeth ging unruhig auf und ab. Idiworf beugte sich über Lara und untersuchte ihre Wunden. Der König war aufgebracht und schüttelte abermals den Kopf. Magda kam in einem hastig übergeworfenen Kleid herbeigeeilt.

„Doras möchte gerne zu ihr.", sagte sie und deutete mit dem Kopf zur Tür, die sie offengelassen hatte. Doras stand im Schlossgang und schaute neugierig auf das Bett, auf dem Lara lag. Meredeth stürmte auf seinen Berater zu, packte ihn an den Schultern und stieß ihn geradewegs gegen die Wand.

„Was habt ihr zu ihr gesagt?", fuhr er ihn mit funkelnden Augen an. Doras sah ihn erschrocken an. Und auch Magda und Idiworf blickten verwundert auf, obwohl sie die beiden durch die Tür nicht sehen konnten. Meredeth hielt einen Moment inne und ließ Doras los, wartete aber immer noch auf eine Antwort.

„Sie hat mich lediglich nach dem Baum gefragt. Reine Fragen aus Neugier. Ich konnte ja nicht ahnen …"

Noch ehe Doras den Satz beenden konnte, ging Meredeth wieder in das gelbe Zimmer.

„Ich konnte ja nicht ahnen, dass dieses törichte Mädchen Marduk zu nahe kommt.", spottete er.

Idiworf wandte sich dem König zu: „Es sieht weitaus schlimmer aus, als es ist. Die Wunde am Bein ist wieder offen und ihre Hand ist verletzt."

Während er das angetrocknete Blut von der Hand wischte, bemerkte er: „Eine überaus seltsame Wunde."

Erneut auf und ab gehend schüttelte Meredeth den Kopf.

Magda beobachtete den sichtbar erregten König.

„Warum kann sie sich nicht an die Regeln halten wie alle anderen?"

Magda sagte etwas zögerlich: „Eure Majestät", und fügte dann hinzu: „Marduk hat zu ihr gesprochen."

Jetzt blieb Meredeth unvermittelt stehen und er, Idiworf und auch der noch immer vor der Tür stehende Doras schauten die verschüchterte Magda ungläubig an.

„Ich hätte es euch sagen sollen. Anscheinend hat er schon zu ihr gesprochen, als sie das erste Mal hier war."

„Aber warum sollte Marduk sie verletzen?", fragte Meredeth irritiert.

Idiworf warf ein: „Der Wille des Marduk ist nicht immer offensichtlich."

Meredeth beobachtete, wie Idiworf und Magda Laras Wunden versorgten. Ihr Gesicht sah so friedlich aus, als wenn sie schlafen würde. Doch das blutverschmierte Kleid zeigte, dass es ihr nicht gut gehen konnte. Dann kamen ihm die verstörenden Bilder seines Traums wieder in den Kopf. Er entschied sich, ins Bett zu gehen. Als er an der Tür war, drehte er sich noch einmal um und sagte: „Und zieht ihr das blutige Kleid aus."

Doras warf er einen finsteren Blick zu.

Meredeth saß auf der Bettkante und hielt Laras gesunde Hand in der seinen. Ihre Finger waren schmal, geradezu grazil. In seiner Hand wirkte die ihre klein und zerbrechlich. Er hatte zwar nicht die groben Hände eines Arbeiters. Dennoch waren sie groß und stark, mit kräftigen Fingern. Ihre Hand lag kalt in der seinen und es war ihm, als brannte seine Haut dort, wo sie die seine berührte. Mit den Fingern der anderen Hand fuhr er sanft über ihre eisigen Finger. Die Tür öffnete sich mit einem leisen Knarren und Idiworf schlich herein.

Er sprach leise, schon fast ein Flüstern: „Eure Majestät, ich habe euch schon überall gesucht. Dabei hatte ich ganz vergessen, dass man euch neuerdings immer bei eurer Patientin findet."

Er lächelte tiefgründig und ging auf die andere Seite des Bettes, um Lara zu untersuchen. „Es ist ein Brief von eurer Tante Hulda angekommen."

Meredeth beobachtete jeden Handgriff des Schamanen, als könnte er in seinen Bewegungen lesen, wie es um Lara bestellt war. Dieser nahm mit immer enttäuschterer Miene Laras Zustand wahr. „Sie leidet noch immer und ich weiß nicht, was ich tun soll. Die Medizin will nicht helfen." Meredeth blickte besorgt in ihr liebliches Gesicht und drückte ihre Hand. Das Brennen wurde stärker und er ließ den Schmerz für einen Moment durch seine Adern fließen. Dann ließ er ihre Hand wieder ruhig in der seinen ruhen. Idiworf sprang auf und blickte vom Schreibtisch auf die Schränke. Er drehte sich hin und her.

„Ich sage es ungerne, aber vielleicht sollten wir es mit der Münze versuchen. Sie hatte sie doch mitgebracht, oder?"

Der gedankenversunkene Meredeth antwortete nicht.

„Da ist sie ja."

Idiworf gab Meredeth die Münze. Dieser nahm sie und legte sie vorsichtig in Laras Hand und umschloss sie mit den schmalen Fingern. Idiworf stand jetzt neben dem Bett.

„Ihr wirkt sehr mitgenommen. Gibt es da noch etwas, was ich wissen sollte?"

König Meredeth wich Idiworfs Blick aus. Der Schamane ging zum Fenster und blickte hinaus.

„Ich bin mir sicher, dass nicht nur dieses zarte, kranke Geschöpf dunkle Schatten auf euer Antlitz wirft.", sagte er und fügte kurz darauf – da er noch immer keine Antwort erhielt - hinzu: „Ich bin der einzige, vor dem ihr keine Geheimnisse zu haben braucht."

„Marduk ruft nach mir.", sagte Meredeth stockend.

„Es fing in der Nacht nach Laras Zusammenbruch an."

„Warum geht ihr nicht zu ihm?"

„Ihr seht doch, was er Lara angetan hat."

„Wir können nur hoffen, dass er lediglich ihren Tod und nicht auch den Tod des Königs fordert. Ihr wisst, dass ihr euch den Rufen des Marduk nicht auf Dauer entziehen könnt."

„Aber warum gerade jetzt?"

„Es scheint, als habe dieses zauberhafte Geschöpf etwas damit zu tun. Marduk ist ja nicht der einzige, den sie aus dem Tiefschlaf gerissen hat."

Idiworf drehte sich mit seinen letzten Worten zu Meredeth um und lächelte ihn verschmitzt an. Ein Klopfen an der Tür ließ die beiden aufschrecken Doras trat ein. Er sah zunächst Idiworf am Fenster stehend, den er freundlich begrüßte.

„Wir haben gerade von euch gesprochen.", sagte Idiworf grinsend. „Nicht wahr?"

Als Doras dem Blick des Schamanen folgte, sah er den König, der an Laras Bett saß.

„Oh, eure Majestät", sagte er leise. „Entschuldigt mich."

Er hatte sich schon zum Gehen gewandt, als er die entschiedene Stimme seines Königs vernahm.

„Bleibt und setzt euch!"

Den harschen Ton hatte Idiworf nicht anders erwartet, nachdem Meredeth bei ihrem letzten Zusammentreffen auf Doras losgegangen war. Dennoch wusste er, dass es besser war, jetzt zu gehen, und er schlich sich an Doras vorbei zur Tür hinaus.

Der Berater des Königs zögerte nicht lange und setzte sich auf der dem König gegenüberliegenden Seite auf die Bettkante. Der König hielt noch immer Laras Hand und ihr Gesicht war in seine Richtung geneigt, sodass Doras nur ihr Haar und die Schultern zu sehen bekam.

Der König blickte ihn eindringlich an.

„Nun, erzählt mir, was ihr über sie herausgefunden habt."

„Sie ist ein Mädchen aus Ohana."

„Hat sie das zu euch gesagt?"

„Nein. Aber wie ihr wisst, habe ich schon viele Städte der Menschen bereist. Und ich weiß, dass der Dialekt, den sie spricht, dem aus Ohana am nächsten kommt."

„Das ist interessant.", sagte Meredeth bedeutungsschwanger.

„Was meint ihr, mein König?"

„Nun, mir hat sie ebendiese Stadt als ihre Heimstatt genannt, aber ich weiß, dass es eine Lüge war."

Doras war verärgert, dass der König ihm nicht glaubte. Er ließ seinen Blick über Lara streifen. Er war sich sicher, es musste Ohana sein. Die Art wie sie redete, ihre dicken schwarzen Haare und ihr leichter Gang. Nur in Ohana gab es Mädchen und Frauen wie sie. Entzückende Frauen, die einem ein verführerisches Lächeln zuwarfen, um im nächsten Moment zu vergessen, dass man existierte.

„Habt ihr auch irgendetwas Verwertbares zu Tage gebracht?", fragte Meredeth mürrisch, während er Laras Hand streichelte.

„Nun", Doras ließ das Wort einen Moment im Raum verhallen, „sie ist aus gutem Hause."

Meredeth lachte.

Doras sprang auf und ging zum Fenster. Unter seinem Umhang ballte er die Fäuste. Er hätte dem König gerne einen Fausthieb verpasst, mitten in die Magengrube. Und danach gleich einen zweiten in sein makelloses Gesicht. Da würde ihm das Lachen schon vergehen. Er atmete tief durch, um seinen Groll zu verdrängen.

„Meryam Fich ist regelmäßig Gast in ihrem Haus."

Der König fragte: „Hat sie euch das gesagt?"

Schon wieder spürte Doras den Zweifel in Meredeth Stimme. Er schlug mit der Faust gegen die Wand. Der Schmerz nahm ihm das Verlangen, sich mit dem König zu prügeln.

„Sie kauft bei ihm Bücher.", gab er lautstark zurück.

„Es mag sein, dass ich voreingenommen bin, da sie sich in meine Arme schmiegte und mir verführerische Blicke schenkte, aber ich weiß, dass kein einfaches Menschenweib die Sternbilder der Damaren kennt."

Er betonte jedes Wort, dass sich auf ihn und seine Beziehung zu Lara bezog mit einer Inbrunst, die der König an seinem Berater bisher nicht kannte. Als er sein letztes Wort gesprochen hatte, rauschte er aus dem gelben Zimmer, mit einem letzten Blick auf Laras Antlitz.

Kapitel 8

Wer sich seine Feinde aussuchen kann,
braucht keine Verbündeten.
Über den Großen Krieg

Im Schein einer einzelnen Kerze saß König Meredeth an seinem Schreibtisch im Arbeitszimmer und las den Brief seiner Tante Hulda. Auf den Möbeln und Wänden tanzten Schatten, die mit der Flamme einen geheimnisvollen Ritus vollführten. Der König schaute angestrengt auf den Brief. „Bitte komm umgehend zu unserem Treffen im Grünen Schloss!" Besorgt wanderte sein Blick zu den untersten Zeilen. „Erzähl' bitte niemandem davon." Das Wort „niemandem" hatte sie zweimal mit dünnen Linien unterstrichen, die sauber voneinander getrennt waren. Er faltete den Brief zusammen und steckte ihn in die Tasche seiner Jacke. Dann blies er die Kerze aus und ging in sein Schlafgemach.

Meredeth packte Kleidung aus dem Schrank in einen Beutel. Er durchwühlte die Unterlagen auf seinem Tisch und nahm die Karte von Enuma, auf der er einige handschriftliche Ergänzungen gemacht hatte, sowie das Buch, das Lara hatte fallen lassen, dessen Titel „Dschaba ña Dschababa" war.

„Kommt zu mir!", dröhnte eine Stimme in seinem Kopf. Er hielt erschrocken inne. Er war nur von Stille umgeben. Er schüttelte die Worte von sich, als seien sie nur ein böser Traum und steckte die Karte und das Buch in den Beutel. „Komm zu mir!", rief die Stimme noch lauter und fordernder nach ihm. Er schüttelte wie als Antwort abwehrend den Kopf. Meredeth nahm den Beutel und trug ihn nach unten in den Schlossgang. Als er in die Küche ging, traf er auf Alanda, die sogleich einen tiefen Knicks vollführte: „Eure Majestät, welch eine Ehre!"

„Alanda, gut, dass ihr noch hier seid!"

„Womit kann ich euch dienen?"

„Ich werde morgen früh eine längere Reise antreten und könnte etwas Wegzehrung gebrauchen."

„Ich werde euch etwas von dem Bzenjarabrot und Obst einpacken."

„Kommt zu mir."

Das Kreischen drang ihm von seinem Kopf bis in die Glieder.

Meredeth hielt sich den Kopf, der von der Stimme schmerzte.

„Danke, Alanda.", sagte er.

„Bitte entschuldigt mich, ich habe noch etwas zu tun."

Alanda verneigte sich erneut und richtete sich erst wieder auf, nachdem der König den Raum verlassen hatte.

Im Schlossgarten ging der König vor Marduk auf und ab.

„Lass mich in Ruhe!", raunte er den Baum an.

„Kommt zu mir!", rief die Stimme sehnsüchtig flehend in seinem Kopf.

„Sei still!"

„Komm zu mir. Ich möchte euch etwas zeigen.", klang es flüsternd in ihm.

„Ich möchte nichts von dir sehen.", rief Meredeth.

„Eure Mutter kam immer gerne her. Ihr liebt eure verstorbene Mutter."

Meredeth schwieg.

„Kommt her. Ich werde euch nicht enttäuschen."

Meredeth zögerte. Er atmete einmal tief ein und wieder aus. Dann streckte er die Hand aus und ging langsam auf den Baum zu. Als er den Stamm berührte, fuhr ein kühles Kribbeln durch seine Finger in die Hand den Arm hinauf. Dann durchzuckten Bilder, drei an der Zahl, seinen Kopf. Danach stand Meredeth wieder im dunklen Schlossgarten. Über ihm der klare Himmel mit tausenden Sternen und unter ihm der sandige Boden, aus dem die Wurzeln des kräftigen Baums ragten. Ihm standen Tränen in den Augen.

„Was soll das bedeuten?", schrie er wie von Sinnen.

„Sag mir, was sollen diese Bilder bedeuten?"

Er hielt inne.

Der Baum schwieg ihn an. Kein Blatt regte sich an den Ästen.

„Stets willst du nur zeigen. Aber warum sagst du mir denn nicht, was ich tun soll?", schrie er verzweifelt.

Die Tränen brachen aus seinen Augen hervor und suchten sich ihren einsamen Weg über seine Wangen. Als er merkte, dass der Baum nicht gewillt war, ihm zu antworten, wischte er sich die Tränen aus dem Gesicht und stapfte enttäuscht zurück ins Schloss.

Die Sonne war noch nicht aufgegangen, als Meredeth unruhig die Papiere in seinem Arbeitszimmer durchsuchte. Die Tür zum Schlossgang stand weit geöffnet, sodass das schwache Licht der Kerze bis dorthin drang. Meredeth murmelte unruhig Worte zu sich selbst, während er einzelne Blätter in die Hand nahm und deren Inhalt studierte.

„Ihr seht erschöpft aus", sagte Idiworf, der plötzlich in der Tür stand.

„Habt ihr überhaupt geschlafen?"

Meredeth blickte kurz auf, sah ihn müde an und suchte sogleich weiter.

Idiworf trat zu ihm.

„Was sucht ihr?", fragte er.

Meredeth murmelte: „Antara, ich habe doch einen Brief mit ihrer neuen Adresse bekommen. Ich wollte sie besuchen."

Idiworf schmunzelte kopfschüttelnd: „Meredeth, die Adresse kann auch ich euch geben."

Der König legte die Papiere gedankenverloren zurück auf den Tisch, wobei ihm einige von der Tischkante auf den Boden glitten. Sie stoben auf dem Boden auseinander und verteilten sich bis zu den Wänden. Meredeth kniete sich und hob die Blätter auf.

Idiworf half ihm und tänzelte in langsamen Schritten um ihn herum, um auch die letzten verirrten Papiere aufzusammeln.

Meredeth durchfuhr noch immer mit unruhigen Fingern die Blätter auf dem Tisch.

Idiworf fragte ungeduldig: „Nun sagt schon, was hat der Baum euch gezeigt?"

Meredeth sah ihn hochmütig an und fragte mit leicht schläfriger Stimme: „Woher wollt ihr wissen, dass ich bei Marduk gewesen bin?"

„Mein Herr, ihr wart kaum zu überhören. Das ganze Schloss wird wohl wissen, dass ihr bei ihm gewesen seid."

Meredeth zögerte, seine Augen glänzten. Er lenkte den Blick wieder auf den Tisch und fuhr mit der Hand geschäftig über die Papiere. Idiworf legte seine Hand auf die Hand des Königs.

„Meredeth, ihr solltet es nicht allein mit euch herumtragen."

„Ich weiß nicht, was es bedeuten soll.", sagte Meredeth mit verzweifelter Stimme.

„Was habt ihr gesehen?", fragte Idiworf fürsorglich.

„Ich sah Lara, die mit mir tanzte. Sie lächelte und sah glücklich aus."

Er stockte. Mit bebender Stimme fügte er hinzu: „Ich habe den Schlossgarten gesehen. Die Rosenbüsche komplett zerstört, Äste und Blüten lagen über alle Gänge verstreut. Als hätte ein großer Sturm gewütet und keinen der Rosenbüsche verschont. Der Rest vom Schloss schien seltsam unberührt."

Meredeth schloss die Augen. Er atmete schwer.

Idiworfs Stimme klang ruhig und sanft.

„Und das dritte Bild?"

Meredeth öffnete die Augen nicht.

Seine Stimme war leiser und unsicherer als vorher.

„Ich ... ich habe euch gesehen."

Er atmete schwer.

„Ihr habt mir meinen neugeborenen Sohn überreicht."

Idiworf sah den König sprachlos an. Der König atmete noch ein paar Mal tief ein und aus, bevor er seine Gedanken von der Vision löste und seine Augen öffnete. Idiworf konnte den Glanz in den Augen sehen, wollte dem König aufmunternde Worte schenken. Doch ihm fehlten immer noch die Worte. Er hatte mit vielem gerechnet, das ihm in seinem Leben noch widerfahren würde. Große Kriege, Hungersnöte und Aufstände, Hochzeiten, Todesfälle und Geburten. Aber dass der König einen Thronfolger bekommen würde, damit hatte er nicht mehr gerechnet.

Meredeth fragte wesentlich ruhiger als noch zuvor: „Was soll das bedeuten?"

Idiworf grübelte: „Das ist auf den ersten Blick schwer zu sagen. Ihr solltet die Vision des Baumes nicht fehldeuten."

„Ich weiß, Idiworf."

„So wie vor zwanzig Jahren, als ihr diese Anastasia zur Frau nahmt, die euch eigentlich schon am Hochzeitstag nicht liebte."

„Ich weiß, dass ich damals töricht war und die Zeichen des Baums missverstanden habe.", sagte Meredeth nachdrücklich.

„Jetzt sagt mir schon, was diese Vision zu bedeuten hat."

„Nun – ich würde sagen, dass Lara eventuell der Schlüssel ist. Mit ihr beginnt eure Vision. Aber das heißt nicht, dass sie auch die Mutter des Kindes ist. Ich denke eher, dass sie die Mutter kennt. Vielleicht ist sie Dienstmädchen an einem königlichen Hof mit einer schönen, unverheirateten Königin."

„Ihr wisst, dass lediglich Königin Aramché in diese Kategorie fällt."

Idiworf kicherte: „Gewiss. Gewiss."

„Aber was ist mit den Rosenbüschen?" fragte Meredeth besorgt.

„Ich bin mir sicher, dass ihr euch um die Rosen keine Sorgen machen braucht. Vielleicht ist es nur eine Metapher für den steinigen Weg, der vor euch liegt. Lasset uns alle hoffen, dass Marduk Recht behält und das Seenland einen Thronfolger erhält. Ihr wisst, dass das Volk sich immer nach einem Erben sehnt. Er gibt ihnen Sicherheit. Und ihr wisst, dass die Könige der Elfenlande es bereits aufgegeben haben, für euren Thron auf einen Nachfolger zu hoffen."

Meredeth nickte gedankenversunken.

„Verratet ihr mir, wohin eure Reise geht?", fragte Idiworf, dem das Gepäck des Königs im Schlossgang nicht entgangen war, neugierig.

„Nein."

„Irgendwelche Anweisungen für eure Abwesenheit?", fragte Idiworf. „Was sollen wir mit Lara machen? Sie ist zu wichtig, um sie jetzt gehen zu lassen. Doras könnte sich um sie kümmern."

„Doras wird mich begleiten.", unterbrach Meredeth den Schamanen, der schon ein verschmitztes Grinsen aufgelegt hatte.

„Nun, dann bleibt es wohl an Magda und mir."

„Habt ein Auge auf sie. Ich möchte nicht, dass sie das Schloss verlässt. Stellt rund um die Uhr Wachen auf."

„Was ist, wenn es ihr bessergeht und sie abreisen möchte?"

„Haltet sie hin. Lasst sie meinetwegen jedes verdammte Buch in meiner Bibliothek lesen. Ich möchte mit ihr sprechen, wenn ich wieder zurück bin."

Meredeth saß an Laras Bett und betrachtete, wie sie schlafend dalag. Er hatte kein Licht entzündet, um sie nicht zu wecken. Er lauschte ihren ruhigen Atemzügen und zog die Decke, die ihr nach unten gerutscht war, über ihren Oberkörper. Ihre Arme umklammerten die Decke sogleich im Schlaf und drückten dabei seine Hand fest an ihren Körper. Er zog die Hand vorsichtig hervor und streichelte über ihren Arm. Sie gab einen leisen Ton von sich, der an das Schnurren einer Katze erinnerte.

Der König flüsterte besorgt: „Ihr müsst wieder gesund werden."

Als er leise die Tür des gelben Zimmers hinter sich schloss, lief Doras ihm in die Arme.

„Wie geht es Lara?", fragte dieser besorgt.

Meredeth erwiderte: „Wir müssen nun aufbrechen."

„Ich muss wissen, ob ich auf euch zählen kann, Meredeth.", sagte
König Gregor mit Nachdruck.

„Seid ihr sicher, dass sich die Lage nicht wieder von allein beruhigen wird?"

„Seit Wochen plündern diese ungehobelten Nordmänner schon
die Grenzdörfer des Waldlandes. Sie stehlen, was sie greifen können, zünden die Hütten an. Meredeth, sie schänden die Frauen,
ertränken die Kinder. König Kandy hat auf mein Ersuchen nach
einer friedlichen Lösung noch nicht reagiert. Aber ich kann es
nicht mehr lange dulden. Ich bin für das Wohl meines Volkes
verantwortlich."

„Sei dir meiner Unterstützung gewiss."

Doras notierte eifrig, die verabredeten Vereinbarungen, die ge-
setzten Fristen, die Anzahl der Soldaten. Hulda lehnte sich mit
dem Hintern an seinen Tisch.

„Ihr seht gut aus, Doras."

„Oh, danke.", sagte der immer noch eifrig schreibende Berater
des Königs.

„Ihr seid verliebt."

„Woher wisst ihr das schon wieder?"

„Ich sehe es doch –, hier.", sagte Hulda und deutete in sein Gesicht. „Der verklärte Blick eines liebestollen Hundes."

Doras schüttelte schmunzelnd den Kopf.

„Ihr solltet euch in Acht nehmen. Das große Glück, das euer
klopfendes Herz euch heute beschert, wird schon bald in rasende
Wut sich verkehren."

Doras versuchte, ihr nicht zuzuhören, und tat wenigstens so, als
hätte er sie nicht gehört, den Kopf noch immer über die Feder
gebeugt.

„Sie liebt euch nicht. Ihr wisst das.", fügte Hulda wie erklärend
hinzu.

Doras blickte sie nun mit glänzenden Augen an.

„Ich weiß.", murmelte er.

Hulda legte ihm die Hand auf seine, die sogleich die Schreibfeder fallen ließ.

„Armer Doras, ihr seid ein anständiger Mann. Zu schade, dass euer Herz euch noch nicht den richtigen Weg weist."

Als ihm eine Träne über die Wange kullerte, ließ sie ihn allein zurück und gesellte sich an das Fenster zu den beiden Königen, die mittlerweile über König Gregors Kinder sprachen. Quidor machte sich gut in Damarisch und hatte schon *Die ewigen Geweihten* und *Die Hüter der Gerechtigkeit* gelesen.

Tabitha konnte die Hochzeit von Prinz Josof und Prinzessin Ophelia kaum erwarten. Sie probierte immerzu Kleider und ließ sich die feinsten Stoffe zeigen und hatte sich immer noch nicht entschieden, was sie anziehen wollte. Königin Pitara litt unter Kopfschmerzen und ließ sich entschuldigen. Nachdem Meredeth sich geduldig angehört hatte, welchen Kummer Gregor mit seiner Familie hatte, entstand ein unangenehmer Moment der Stille, den eigentlich nur König Gregor als unangenehm empfand. Denn er hatte das Bedürfnis empfunden, fragen zu wollen, wie es Meredeth Familie ginge, bevor ihm wieder in den Sinn kam, dass dieser keine Familie hatte und auf tragische Weise an ein Schicksal gekettet war, dass ihm wohl auch nie eine solche bescheren werde. Für einen winzigen Moment empfand er Neid auf den König an seiner Seite. Denn dieser konnte immer das tun, was er wollte, musste sich seine Gemächer und Besitztümer nicht mit einem mürrischen Weib und kreischenden Kindern teilen. Doch sogleich schoss ihm eine grauenvolle Erinnerung in den Kopf, die seinen Neid in Bedauern wandelte.

Hulda und Meredeth gingen schweigend durch den an das Schloss grenzenden dichten Wald. Als sie an einem Baum vorbeikamen, der erst vor wenigen Tagen umgefallen war, setzte sich

Hulda auf den Stamm. Meredeth nahm unmittelbar neben ihr Platz. „Es ist schön, dass du gekommen bist.", sagte Hulda. „Du hast mich darum gebeten." Hulda lächelte bestätigend. Er wirkte auf sie seltsam anders. Er schien nicht mehr derselbe zu sein, den sie beim letzten Mal im Dornenschloss zurückgelassen hatte.

„Du bist verändert.", sagte sie besorgt.

„Bin ich in den paar Monaten, in denen wir uns nicht gesehen habe, so sehr gealtert?", fragte er erstaunt.

„Nein, das ist es nicht.", entgegnete Hulda. „Es ist etwas, das dir auf der Seele liegt. Ich spüre es. Es wirft unscheinbare, dunkle Schatten auf euer Herz."

Meredeth besah sich seine Stiefel, an denen vereinzelte Nadeln und Blätter hingen.

„Was fehlt dir, Meredeth?", fragte sie schließlich besorgt.

„Ich habe ein paar schwierige Tage hinter mir. Ich hatte wieder Albträume von Mutter.", sagte er nahezu beiläufig.

Hulda drückte Meredeth an sich.

„Mein armer Junge. Es gibt nichts, was die Vergangenheit wieder gut machen könnte, nichts das dein Leid schmälern könnte. Aber ich bin immer für dich da, wenn du mich brauchst. Du musst es nicht allein ertragen."

„Danke, Hulda."

Sie saßen noch lange schweigend nebeneinander auf dem dicken Baumstamm, ehe sie sich wieder auf den Weg ins Schloss begaben.

Kapitel 9

Wenn du einen Garten hast, dann hast du ein Leben.
3/47, *Buch der Damaren*

Lara hörte im Hof das Geklapper der Pferdehufen. Wenige Minuten später kam Meredeth zu ihr. Er bemerkte nicht, dass Lara wach war. Er sah den Zeichenblock auf dem Tisch, schob nacheinander die Bilder heraus und betrachtete sie. Ein Bild von Nanasa, ein Bild vom Dornenschloss.

„Ihr habt mir schon wieder das Leben gerettet."

„Ach, ich habe nur …"

„Ihr habt mich in mein Bett getragen.", sagte Lara sehnsüchtig.

Er stoppte bei dem Portraitbild, das sie von ihm gemalt hatte und betrachtete es eingehend.

„Eure Bilder sind gut.", sagte er, „Ihr solltet überlegen, ob ihr damit Geld verdienen wollt."

Lara entgegnete: „Nein, es ist nur ein Zeitvertreib."

„Ich meine es ernst.", sagte Meredeth und drehte sich um, „Königin Aramché sucht schon seit Längerem nach einem begnadeten Künstler, der ihre Vögel zeichnet."

Lara schüttelte leicht den Kopf.

„Ihr werdet euch schon noch an meine Worte erinnern, wenn die nächste schlechte Ernte kommt.", endete Meredeth das Thema und fragte sie: „Wie geht es meiner Patientin heute?"

„Es wird besser.", antwortete Lara mit einer niedergeschlagenen Miene.

„Was betrübt euch?"

„Ich liege hier seit Tagen und langweile mich."

„Meint ihr, ein paar Geschichten könnten euch erheitern?"

„Vielleicht."

Laras Begeisterung für das Lesen war im Angesicht ihres noch schwachen Zustands nicht sonderlich hoch. Aber es bedeutete immerhin ein wenig Abwechslung.

„Ich werde sehen, was ich tun kann."

Schon bald nachdem er gegangen war, kam er mit einem Buch wieder und setzte sich zu Laras Erstaunen neben sie aufs Bett und begann mit den Worten: „Dieses Buch wird euch gefallen: *Die Aufzeichnungen des Händlers aus Satoy*".

Lara betrachtete Meredeth, der nun neben ihr auf dem Bett saß, eingehend. Er trug ein Hemd mit einem tiefen Ausschnitt, sodass man ein paar Brusthaare sehen konnte. Lara zählte sie. *Eins, zwei, drei, vier, fünf, sechs.* Ihr Blick wanderte weiter nach unten, über seine Muskeln, die sich zart unter dem Hemd abzeichneten, bis zu der Stelle, an der sein Bauchnabel eine kleine Vertiefung in dem Hemd hinterließ. Sie fragte sich, ob er auch am Bauch Haare hatte. Sie war bisher nur in Jungen verliebt gewesen, die man noch nicht als Männer hätte bezeichnen können. Ihre Körperbehaarung zeigte sich erst spärlich und auch der Bartwuchs war zum Leidwesen dieser Burschen noch nicht wünschenswert ausgeprägt gewesen. Lara mochte keine ausgeprägte Körperbehaarung, wie sie die Männer in ihrer Familie hatten. Ein paar Härchen störten sie nicht. Die wenigen Härchen, die sie unter Meredeth Hemd ausmachen konnte, weckten ihre Neugier.

Sie ließ ihren Blick weiter nach unten gleiten, über die Stoffhose, die aus demselben Material zu sein schien wie das Hemd. Unter dem Stoff zeichnete sich sein Penis ab. Sie hatte noch nie den Penis eines Mannes berührt. Nur einmal hatte sie mit Prinzessin Jaina deren Bruder Pitre und Anhum nackt durchs Schloss rennen sehen. Es war schon ein paar Jahre her und sie konnte sich erinnern, dass die Köchin aufschrie, als die beiden Burschen durch die Küche rannten. Jaina und Lara standen kichernd hinter einer Tür, die sie einen Spalt breit geöffnet hatten. Jaina hatte ihr danach anvertraut, dass sie wüsste, dass es in einer Beziehung zu einem Mann nur um dieses Ding gehe, das zwischen seinen Beinen baumele. Lara meinte damals noch, die andere Prinzessin würde sie veralbern. Aber sie lernte schon bald, dass Jaina recht hatte. Als sie sich in Jaffody, den Sohn des Buchhändlers verliebt hatte, war sie überglücklich, als dieser ihre Blicke erwiderte. Sie stahlen sich oft in die Lagerräume des alten Buchhändlers, die die Kunden nicht betreten durften. Dort bekam Lara auch ihren ersten Kuss. Es war an einem Morgen als die Buchhandlung noch nicht geöffnet hatte. Lara war mit ihrem Bruder John in die Stadt gefahren und hatte sich mit dem Wunsch, auf dem Markt Äpfel zu holen, von ihm entfernt. Dann war sie zu Jaffody in die Buchhandlung gegangen. Er sortierte die eingetroffenen Bücher nach dem Alphabet und legte Bücher mit Elfengeschichten auf einen Extrastapel, weil er wusste, dass Lara sie so gerne las. Als sie ihn fragte, ob sie eines der Bücher mitnehmen dürfe, sagte er ihr, dass er einen Kuss dafür haben wolle. Lara war verunsichert, weil sie wusste, dass ihr eine derartige Nähe nicht erlaubt war. Aber dann fiel ihr ein, dass er jeden Tag ihre Hand gehalten hatte und ihr über die Arme gestreichelt hatte, was ihr auch verboten war. Also konnte ein Kuss nicht viel schlimmer machen, was sowieso schon geschehen war.

Seine Lippen waren zart und kalt und ein bisschen spröde. Und in dem Moment, als sie merkte, wie schön es war, seine Lippen auf ihren zu spüren, und ihr Herz schneller schlug, war ihr erster Kuss auch schon vorbei. Aber auf diesen einen Kuss folgten im Laufe der Wochen noch viele weitere. An einem Abend war sie noch spät zu ihm gegangen. Der alte Buchhändler beäugte die beiden kritisch, als sie im Lager verschwanden. Jaffody küsste sie stürmisch, nachdem die Tür hinter ihnen zugefallen war. Er berührte ihre Brust durch das Kleid und ließ unter einem Quieken Laras seine Lippen in ihr Dekolleté sinken. Er küsste und küsste sie abermals. Als er zu hecheln begann und grunzende Laute von sich gab, bemerkte sie seine Hand in seiner Hose und wusste, dass Jaina recht hatte.

Danach hielt sie den jungen Mann auf Abstand, weil sie nicht wollte, dass er ihr irgendwann diese Aufgabe zugedachte. Sie lächelte zaghaft, als ihr einfiel, wie unbeholfen sie beide gewesen waren. Und sie wusste noch immer so wenig von alledem, was Männer und Frauen in ihren Betten teilten. Meredeth hingegen wusste von alledem eine Menge. Davon war sie überzeugt. Er hatte bestimmt schon viele Frauen geküsst, ihre nackten Körper berührt und sich mit ihnen den körperlichen Freuden hingegeben.

Lara hatte damals manchmal darüber nachgedacht, ob sie nicht mehr wollte. Sie wusste, dass sie von ihrem zukünftigen Ehemann entjungfert werden würde. So sollte es sein. Aber konnte er es wissen, wenn es jemand vor ihm getan hatte? Lara konnte es sich gar nicht vorstellen. Und sie wusste auch nicht, wer dieser Ehemann einmal sein würde. Vielleicht ein unausstehlicher Mann, der behaart war wie ein Hund und fürchterlich stank. Jaffody war ein gutaussehender Junge. Und sie liebte ihn. Und da sie spürte, dass es ihn drängte, mehr mit ihr zu teilen, als nur ihre Hand und ihre Lippen zu berühren, war sie nah daran, es zuzulassen.

Doch so sollte es nicht mehr kommen. Als sie eines mittags mit Jaffody an der Wand gelehnt saß, er hielt ihre Hand und küsste sie auf die Wange, kam ihr Vater hereingestürmt und zerrte sie von ihm weg. Er schlug sogleich auf den Jungen ein, der sich nicht zu wehren wusste. Er war nicht von Adel und hatte nie eine Kampfausbildung genossen. Die einzige Bildung, die ihm zukam, war jene, die er aus den Büchern hatte. Als Jaffody vor Schmerz wimmernd am Boden lag, schrie Lara: „Nein, Vater, bitte hör auf." Sie wollte ihn von Jaffody wegziehen, doch eine Hand packte sie am Arm und hielt sie zurück. Es war John. Lara versuchte, sich aus seiner Umklammerung zu befreien und schrie immer wieder unter Tränen: „Vater, hör auf." Unterdessen trat König Hariam auf den wehrlosen Jungen ein, dessen Gesicht vor lauter Blut kaum noch zu erkennen war. Der alte Buchhändler stand stumm in der Tür. Lara wandte ihr Gesicht ab, als sie merkte, dass sie ihren Vater nicht stoppen konnte. Doch John befahl: „Sieh hin. Sieh ihn dir genau an, diesen Schwächling." Lara blickte auf den armen Burschen, den sie liebte. Seine vor Schmerz zuckende, blutüberströmte Gestalt erinnerte sie kaum noch an den Jungen, den sie für ein Buch zum ersten Mal geküsst hatte. Hariam trat mit einem beherzten Tritt in seinen Bauch, dass Jaffody einen lauten Schrei ausstieß. Es folgten weitere Tritte, doch der Sohn des Buchhändlers rührte sich nicht mehr.

Meredeth schreckte auf: „Ihr solltet mir schon zuhören, wenn ich euch vorlese."

„Entschuldigung."

Lara sah Meredeth nun an, während er die Geschichte des Händlers erzählte, der die feinsten Waren aus Satoy auf ganz Enuma verkaufte. Sie betrachtete seine feinen Lippen, aus denen die Worte kamen, die er unvergleichlich deutlich aussprach mit seiner sanften, tiefen Stimme. Sie betrachtete seine breiten Schultern und ihr Blick wanderte wieder unweigerlich zu den spärlichen Härchen auf seiner Brust. Mit einem verschmitzten Lächeln bemerkte sie, dass sie sich schon bald wieder in unschicklichen Gedanken wiederfinden würde und lenkte ihren Blick erneut auf seine Lippen. Ihre Augen tasteten sein Gesicht ab. Die Bewegung seiner Augenbrauen, seine Augen, die den Zeilen folgten.

Sie war noch nie einem Mann begegnet, der ihr so gut gefiel, wie er. Sicher, sie hatte Jaffody geliebt. Ein hübscher Junge, der ihr Herz in Aufruhr gebracht hatte. Aber noch anziehender als sein Äußeres fand sie seine Bildung, dass er fast jedes Buch gelesen hatte, das in der Buchhandlung seines Vaters angeboten wurde. Meredeth hingegen kam ihr zunächst wie ein Traum vor. Vielleicht, weil sie viel Blut verloren hatte und nicht mehr klar denken konnte. Aber auch später noch, als sie ihn sah, schlug ihr Herz schneller und sie fühlte ein angenehmes Kribbeln auf ihrer Haut.

Sie war total verliebt und hatte es schwer, seinen Worten zu folgen. Ihr Herz pochte so laut, dass sie nichts Anderes wahrnehmen konnte, als ihre leidenschaftlichen Gefühle für ihn. Sie fragte sich, ob auch er das laute Wummern ihres einsamen Herzens hören konnte und einfach unbeirrt weiterlas, um sie nicht in eine peinliche Situation zu bringen.

Sie schloss die Augen und konzentrierte sich auf seine Worte. Doch es wollte ihr nicht recht gelingen. Da war wieder dieser angenehme Duft, den sie schon am ersten Tag am König wahrgenommen hatte. Ein Geruch, der in ihr Gefühle hervorrief, die ihr gänzlich unbekannt waren. Sie fühlte sich, als könnte ihr in seiner Nähe nichts geschehen, als wäre sie an ihrem Ziel angekommen. Es war für sie der Duft von Heimat, obgleich es sie keineswegs an die Graue Feste erinnerte. Aber hatte sie diese Burg jemals als ihre Heimat betrachtet?

"Der Händler hatte einen der besten Stände am Marktplatz ergattert." Ihr Bruder Anhum war auf der Grauen Feste zu Hause. Ihr geliebter Anhum las ihr immer Bücher vor. Genauso wie jetzt Meredeth. Sie lagen auch immer zusammen in einem Bett – etwas inniger vielleicht. Er war ein guter Vorleser – nicht so gut wie Meredeth –, aber Lara hörte ihm gerne zu und unterbrach ihn zu seinem Leidwesen an einigen Stellen mit Fragen und Kommentaren. Sie öffnete die Augen und lächelte. Ihre Augen trafen Meredeth', der kurz aufgehört hatte, zu lesen, und sie anschaute.

„Was erfreut euch?"

„Nichts." antwortete Lara ertappt.

„Ihr habt viele Geheimnisse.", merkte er an. „Aber hört nicht auf damit. Dieses Schloss hat schon lange kein Lächeln mehr gesehen. Und keines wie das eure, das dem kalten Gemäuer wie eine warme Sommerbrise ist."

Lara fühlte sich geschmeichelt. Sie konnte gar nicht aufhören zu lächeln, während sie weiter Meredeth' Worten lauschte.

Es klopfte an der Tür. Idiworf warf einen verwunderten Blick auf das seltsame Pärchen. Ein junges, ärmliches Mädchen auf dem besten Wege, eine Frau zu werden, und ein König, der seine besten Jahre schon hinter sich hatte, beide im Schlafgewand, lagen mit ihren Gedanken in eine Elfengeschichte vertieft nebeneinander wie zwei Vertraute, die nur für den ungebetenen Gast taten, als ob sie sich nur flüchtig kannten. Idiworf ließ sich nicht anmerken, dass er diese ganze Konstellation äußerst unangebracht fand. Dass der König ihrer Herkunft auf den Grund gehen wollte, war eine Sache. Mit ihr in einem Bett zu liegen, eine ganz andere.

„Eure Majestät, Leutnant Lacson bittet um euren Bericht."

„Warum bittet er nicht selbst darum?"

„Er scheint mir sehr erbost darüber, dass ihr nicht direkt zu ihm gekommen seid. Ihr solltet ihn nicht warten lassen."

„Meredeth Jennemei, nicht Lacson Nardor, ist König des Seenlandes."

„Ich werde ihm ausrichten, dass eure nächste freie Minute ihm gehört."

Nachdem Idiworf gegangen war, fragte Lara: „Wollt ihr nicht doch zu ihm gehen?"

„Nichts langweilt mich mehr als Politik. Ich habe vor zwanzig Jahren als junger Bursche den Thron bestiegen und seitdem nur Politik gesehen."

Nach einer kurzen Pause fügte er hinzu: „Die Politik ist wie ein Kartenspiel. Man weiß nie, welche Karten man halten sollte. Aber eines habe ich mit Gewissheit gelernt: Der Ausgang des Spiels ist immer derselbe, ganz gleich, ob ich am Tisch gesessen habe oder nicht."

„Ich verstehe nicht viel von Politik."

„Aber ihr wollt sicherlich erfahren, wie es unserem Händler ergeht", sagte er und fuhr mit dem Lesen fort.

„Das Wirtshaus war an diesem Abend gut besucht …"

Lara lag im Bett und zeichnete ein Bild des lesenden Meredeth. Sie war gerade dabei gewesen, die Details seines Gesichts herauszuarbeiten, als es an der Tür klopfte. Mit einem Lächeln im Gesicht malte sie all die kleinen Besonderheiten, die sie so gerne sah und am liebsten alle mit Küssen bedecken würde. Sie legte nun erwartungsvoll und mit strahlendem Lächeln ihren Zeichenblock zur Seite. Als sie Doras eintreten sah, konnte sie ihre Enttäuschung nicht verbergen. „Lara, euch geht es wieder besser!", freute sich Doras. Er umarmte sie und musterte sie in ihrem Nachthemd. Es war eng geschnitten und tief dekolletiert. Magda hatte schon geschmunzelt. „Ihr wollt wohl zwei Männern den Kopf verdrehen", hatte sie gesagt. „Doras, weil er in euch verliebt ist und Meredeth, weil er euch gefällt." Meredeth hatte sie aber kaum angesehen. Doras hingegen konnte seinen Blick kaum von ihr abwenden.

„Gut seht ihr aus."

Er setzte sich an ihr Bett.

„Ich habe euch vermisst. Ich wäre gern früher gekommen, aber der König ließ mich gestern die Ergebnisse unserer Reise zusammentragen und einige Recherchen in der Bibliothek durchführen. Es hat mich den ganzen Tag gekostet. Und auch am Abend hatte ich leider keine Zeit für euch."

„Meredeth war da und hat mir vorgelesen.", sagte Lara mit einem verklärten Blick.

Doras sagte nichts. Er hielt stumm ihre Hand, während sein Blick auf ihrer unfertigen Zeichnung verharrte.

Als die Mittagsstunden vorüber waren, betrat Meredeth das gelbe Zimmer, warf Laras Decke zurück und nahm sie auf seine Arme: „Bei diesem schönen Wetter solltet ihr nicht in diesem Zimmer versauern."

Lara zappelte mit ihren Beinen und Armen.

„Lasst mich runter.", krisch sie.

„Wenn ihr weiter so zappelt, lauft ihr Gefahr, dass ich euch fallen lasse."

„Ich habe mein Haar noch nicht gebürstet, mich noch nicht umgezogen."

„Ich bringe euch nur in den Garten. Niemand wird euch sehen."

„Wenn ich ein starker Riese wäre, würde ich euch dasselbe antun."

Er sagte, während er die Treppe hinunterging: „Dann bin ich froh, dass ihr nur ein schwaches Weib seid."

Als er den Schlossgang entlangging, bemerkte er ihren finsteren Blick.

„Es wird euch gefallen."

Doch seine Worte konnten Lara nicht aufheitern. Er betrat mit ihr den Schlossgarten. Der Duft der Rosen stieg in Laras Nase und die Sonnenstrahlen kitzelten ihr auf der Haut. Hummeln und Schmetterlinge suchten sich ihren Weg von Blüte zu Blüte. Und in den Büschen zankten die Fana'afa um die besten Nistplätze. Auch im Marduk verschwanden dann und wann ein paar Vögelchen und bauten ihre Nester. Lara lächelte. Meredeth nahm den Weg zum Pavillon, der am rechten Rand des Gartens mit Blick auf den See stand. Er hatte weiße Streben und war von Rosen umrankt. Selbst das Dach war lediglich von Rosenranken gebildet. Die gesamte Fläche des Pavillons war ausgefüllt von einer großen Chaiselongue, die mit weißen Kissen bedeckt war. Auf halbem Weg kamen sie an Idiworf und Lacson vorbei, die sich beide verneigten.

„Eure Majestät."

Idiworfs Blick folgte den beiden interessiert, während Lacson der Zorn ins Gesicht geschrieben stand.

Meredeth setzte Lara in dem Kissenmeer des Pavillons ab und setzte sich neben sie. Lara sah sich lächelnd um. Die Rosen, die um den Pavillon gewachsen waren, hingen von oben herunter in ihr Haar und Gesicht und verströmten einen zarten Duft. Sie ließen einige warme Sonnenstrahlen hindurch, die Lara und Meredeth wärmten.

Lara zog ihr Kleid etwas nach oben, damit die Sonne auch ihre Füße und Unterschenkel erreichte. Sie beobachtete die Insekten und Vögel, die emsig den Garten eroberten. Meredeth beobachtete die junge Prinzessin erfreut.

Lara lächelte ihn an: „Es ist herrlich."

„Ich wusste, dass es euch gefällt.", sagte Meredeth und fügte hinzu: „Sobald die ersten Sonnenstrahlen den Frühling ankündigten, war meine kleine Schwester Larissa nur noch hier zu finden. Ich glaube, manchmal schlief sie auch heimlich hier draußen."

„Das kann so nicht weitergehen. Dieses Bauernmädchen muss so schnell wie möglich das Schloss verlassen."

„Ihr könnt sie nicht einfach wegschicken."

„Keine Angst. Ich werde mich dem Problem annehmen."

„Ihr solltet nicht vorschnell handeln. Ihr wisst, dass der Marduk uns einen Thronfolger versprochen hat."

„Möge der Thronerbe bald kommen, damit der König seinen kindlichen Elan wieder in etwas Elfisches stecken kann."

„Dort hinten ist ein Fischreiher.", sagte Meredeth und zeigte auf den See.

Doch Lara reagierte nicht. Sie war eingeschlafen. Laras Kopf ruhte friedlich auf einem der Kissen, das sie mit ihren Armen umschlungen hielt. Ihre zarten Hände umklammerten das Kissen wie einen Schatz. Meredeth' Blick wanderte von ihrem Gesicht und den Armen zu ihrem Busen und ihrer Taille. Hin zu ihren wohlgeformten Hüften, die wie ihre Oberschenkel von dem dünnen Stoff des Kleides umspielt wurden. Seine Augen stoppten bei dem Anblick ihrer zarten Waden, die im Schlaf zuckten.

„Eure Majestät."

Meredeth schreckte aus seinen Gedanken auf.

Es war der Schamane Idiworf.

„Ich möchte mit euch sprechen." Meredeth zog seine Beine an.

„Setzt euch nur." Idiworf sah argwöhnisch auf die junge Frau, die neben seinem König lag.

„Sie ist eingeschlafen. So redet nur. Was bekümmert euch?"

„Leutnant Lacson steht nicht mehr voll und ganz hinter euch, mein König. Er ist ein Menschenfeind und betrachtet euer Interesse an dieser Frau mit Argwohn. Seine Gesinnung könnte die Moral eurer gesamten Wache untergraben. Ihr solltet euch in Acht nehmen. Mein König, ihr wisst, dass ich euch ein treuer Diener bin und euch bei allen Entscheidungen unterstütze. Aber Lara bringt zu viel Unruhe an den Hof."

„Sie ist der einzige Hinweis, um die Weissagung zu entziffern."

„Habt ihr schon etwas über sie herausgefunden?"

„Nein."

„Zumindest scheint sie keine Bäuerin zu sein."

Meredeth folgte Idiworfs Blick.

„Ihre Finger sind zart, ihre Muskulatur nur gering ausgeprägt. Dieser Körper hat in seinem Leben noch keine harte Arbeit gesehen."

Kapitel 10

Und dies sind die Leichen, die wir ernten.
10/63, *Buch der Damaren*

„D" er Große Wald färbt sich rot, mein König."
„Sind eure Quellen zuverlässig?", fragte Meredeth.
Leutnant Lacson nickte.
„Ich habe es von verschiedenen Gelehrten gehört, die in den letzten Tagen aus dem Waldland hergereist sind, weil sie sich dort nicht mehr sicher fühlten."
Ein junger Mann mit unsicherem Schritt und unruhiger Miene betrat den Thronsaal. Der Mann mit braunem, welligem Haar fiel gekonnt in die Knie und ließ den Kopf sinken.
„Eure Majestät. Ich bin Prinz Anhum aus der Weiten Steppe. Ich suche meine Schwester Lara. Sie war vor einigen Tagen aufgebrochen, um euch euer Pferd und andere Habseligkeiten aus eurem Besitz zurück zu geben. Seitdem ist sie nicht nach Hause zurückgekehrt."
Meredeth ' Blick verfinsterte sich. Er schaute eine Weile auf den jungen Mann, als denke er darüber nach, ob er antworten solle.
Dann sagte er kühl: „Eure Schwester wurde nach ihrer Ankunft krank und befindet sich noch in meiner Obhut."
Anhum freute sich, dass seine Schwester sich noch auf dem Dornenschloss befand: „Kann ich zu ihr?" fragte er noch immer kniend, während er den König demütig anblickte.
„Geht nur zu ihr. Sie liegt im gelben Saal. Meine Wache wird euch den Weg weisen."
„Vielen Dank, eure Majestät."
Meredeth nickte ihm wohlwollend mit ernster Miene zu.

Lara lag im Bett und blätterte gedankenversunken durch ihre Zeichnungen. Da war das Bild, das sie von dem Tag gemalt hatte, als sie Nanasa zurückgebracht hatte. Meredeth mit einem strahlenden Lächeln im Gesicht. Sie liebte dieses Lächeln und schloss die Augen, um in ihre Gedanken zu tauchen, in denen dieses Lächeln in bunten Farben und lebhaften Erinnerungen gespeichert war.

Es klopfte an der Tür und Anhum trat ein. „Anhum, Anhum.", rief Lara voller Freude. Ihr Bruder drückte und küsste sie, ehe er sich neben sie aufs Bett setzte. „Wie geht es Vater und Mutter? Was ist in der weiten Steppe passiert, seitdem ich abgereist bin?"

„Nicht so viele Fragen auf einmal!"

Nachdem Anhum ihr von Hariams und Mirandas Sorgen um Laras Wohlbefinden sowie Meiras ersten Reitversuchen erzählt hatte, schauten sich beide lange schweigend an.

„Und wie findest du König Meredeth."

Er lachte auf: „Er ist eine wahrlich imposante Erscheinung. Ein großer, gutaussehender Mann mit einem schlichten und dennoch eleganten Kleidungsstil. Er ist wie die Elfen aus unseren Büchern. Etwas kühl vielleicht."

Lara lächelte gedankenversunken.

„Nein, nein. Lara, sag nicht, dass du …"

Lara unterbrach ihn: „Nein, Anhum. Ich mag ihn nur – vielleicht auch etwas mehr. Aber er ist ein Elf und er hat keinerlei Interesse an mir."

„Vielleicht sollte ich dich auf der Stelle mit nach Hause nehmen, damit du in diesem zauberhaften Märchenschloss nicht endgültig dein Herz verlierst."

Beide lachten und Lara zog eines ihrer Kissen hervor und schlug es ihrem Bruder gegen den Kopf. Er nahm ein anderes Kissen und versuchte ihren Schlag abzuwehren. In dem Moment trat der König ein. Beide waren zu sehr in ihr Spiel vertieft, um ihn direkt zu bemerken.

Der ernste Blick des Königs machte Platz für ein zaghaftes Lächeln.

„Es freut mich, dass ihr meinem Gast so viel Freude bereitet. Ich hatte schon Angst, Lara – Prinzessin Lara – würde sich auf meinem Schloss zu Tode langweilen."

Lara blickte Meredeth unsicher an. Prüfend, ob die Erkenntnis, dass sie eine Prinzessin aus der Weiten Steppe war, seine Meinung zu ihr verschlechtert hatte. Sie konnte seinen Blick nicht deuten.

Anhum lächelte und antwortete: „Ich habe euch zu danken. Ich bin mir sicher, dass ihr gut für meine Schwester gesorgt habt."

Dabei ließ er es sich nicht nehmen, Lara frech anzugrinsen und erneut mit dem Kissen nach ihr zu schlagen.

Lara fing an zu kreischen und lachte: „Anhum, Anhum."

Nachdem Meredeth sich das Schauspiel eine Weile betrachtet hatte, lud er Anhum ein, bis zum Essen zu bleiben und sich bis dahin sein Schloss anzusehen.

Anhum trug seine Schwester die Treppe herunter und stützte sie beim Gehen, während sie den Schlossgang entlanggingen, um in den Garten zu gelangen. Ihm entging nicht, dass sie beständig von zwei Wachen verfolgt wurden, die sie nicht aus den Augen ließen. Lara sah sich immer wieder um, weil sie nicht glauben konnte, dass sie sich nicht unbeobachtet durch das Schloss bewegen konnten. In der Mitte des Schlossgartens nahe des Brunnens setzten sie sich auf eine Bank, deren Stirnseite zum Schloss gewandt war. Lara legte ihren Kopf auf Anhums Schulter und er legte den Arm um sie.

Die Wachen hatten an der Schlossmauer Stellung bezogen und standen regungslos nebeneinander. Den Blick immer auf den Prinzen und die Prinzessin gerichtet. Lara war rasend: „Ich verstehe gar nicht, was das soll."

Anhum drückte seine Schwester fest an sich. „Die Jennemeis und die Kordes waren noch nie gute Freunde."

Lara schloss ihre Augen.

„Anhum, wenn ich ihn sehe, dann fühle ich mich so gut. Dann bin ich wie ein Reh, das nach langer Suche endlich seinen Wald gefunden hat. Wenn ich ihm nahe bin, dann rast mir mein Herz und sein Duft gibt mir das Gefühl, zu Hause zu sein."

Lara stockte. Ihre Augen füllten sich mit Tränen. „Aber, wenn ich ihn sehe, bin ich so unsicher. Ich weiß nicht, was ich sehe. Ich sehe einen Mann, der immer freundlich zu mir ist. Ich sehe einen Elf, der zweimal mir das Leben gerettet hat. Manchmal meine ich mehr zu sehen in seinem Blick. Aber ich bin mir nicht sicher, ob ich es bin, die ihm gefällt, oder ob er sich nur selbst gefällt im Spiegel meiner Gefühle."

„Meine liebe Lara, wie gerne würde ich dir helfen, dich von deinem Kummer befreien."

Er fing einige ihrer Tränen mit seinem Finger auf, bevor sie von den Wimpern auf ihre Wangen tropfen konnten. Dann hob er ihr Kinn, sodass sie ihm in die Augen blickte.

„Ich werde nicht zulassen, dass dir jemals jemand weh tut."

Lara umarmte Anhum und flüsterte ihm ins Ohr: „Du bist der Beste."

Am reichlich gedeckten Tisch hatte sich zu Laras Erstaunen auch Leutnant Lacson eingefunden, der in der Nähe des Königs Platz genommen hatte. Lara saß auf ihrem gewohnten Platz und hatte Anhum an ihrer Seite. An den Wänden des Speisesaals waren ringsum Wachen aufgestellt. Lara hatte ihre Mühe, sie alle zu zählen und dabei nicht aufzufallen. *Eins, zwei, drei.* Anhum ließ den Blick neugierig durch den Raum schweifen. *Zwölf, dreizehn, vierzehn.*

„Es ist mir eine ganz besondere Freude mit einem Prinzen der Menschen an einem Tisch zu speisen. Ich hoffe, ihr mögt das elfische Essen.", betonte Leutnant Lacson.

Lara war sich nicht mehr sicher, wo sie angefangen hatte zu zählen und gab ihr Unternehmen auf.

„Sicher, ich habe schon auf vielen Reisen die elfischen Köstlichkeiten kennen gelernt."

„Wann gedenkt ihr, unser Land wieder zu verlassen?"

„Meine Eltern warten auf eine Botschaft. Ich werde direkt nach dem Essen aufbrechen müssen."

„Es betrübt mich zu hören, dass ihr uns heute schon verlassen werdet. Ich hoffe, ihr reist in Begleitung eurer liebreizenden Schwester. Die Elfenlande sind äußerst gefährlich für junge Menschenfrauen."

Anhum wusste nicht, wie er reagieren sollte, und blickte Lara fragend an.

Doch ehe er einen Gedanken fassen konnte, warf Meredeth ein: „Schluss damit! Euer Mitgefühl ist rührend, mein teurer Lacson. Prinzessin Lara ist mein Gast und wird so lange bleiben, wie sie möchte."

Anhum fügte bestätigend hinzu: „Ich habe ihr ein Pferd von unserem Hof mitgebracht, damit sie nicht wieder eines eurer Pferde entwenden muss."

Lara errötete und stocherte mit gesenktem Kopf beschämt in ihrem Essen, in der Hoffnung, dass niemand es wahrnahm.

Meredeth nickte zustimmend.

„Ihr seid der zweite Sohn von König Hariam und Königin Miranda. Sagt, wie viele Geschwister habt ihr?", fragte er.

„Neben John und Lara ist da nur noch Meira, unser kleiner Sonnenschein."

„Weiß euer Vater, dass ihr hier seid?"

Anhum war verunsichert, vor allem, weil ihm nicht entgangen war, dass der Leutnant beständig die Hand an seinem Schwert hatte. „Nein. Ich hielt es für besser, es für mich zu behalten."

„Ihr seid ein kluger Mann.", funkelte Meredeth Anhum an.

Dieser aß verunsichert weiter von seinem Essen.

„Sagt, Prinz, habt ihr je jemanden getötet?", fragte er, während er Anhum eindringlich betrachtete.

Dieser blickte etwas verschüchtert auf und sagte fast unhörbar: „Nein."

„Ich habe schon einige Männer getötet. Ein Kordes war bisher noch nicht darunter."

Er wandte sich zu seinem Leutnant: „Lacson, ihr übertrefft uns natürlich alle. Erzählt unserem Gast doch die Geschichte, als ihr das erste Mal euer Schwert gebrauchtet."

Lara legte erschrocken Gabel und Messer ab und betrachtete Meredeth, der wiederum Anhum genüsslich beobachtete, während Leutnant Lacson berichtete: „Ich war dreizehn und hatte gerade an der Akademie Ettaire in Kurainne meine Ausbildung zum Ritter begonnen. Als ich im Sommer meine Familie in Fuora besuchte, ging ich an einem sonnigen Morgen über den Markt. Mit vollem Stolz präsentierte ich mein kleines Schwert, mit dem ich jeden Tag das Kämpfen übte.

Als plötzlich die Frauen auf dem Markt aufschrien. Ein kleiner Junge hatte aus dem Korb, in dem sie Brötchen und Brot der Vortage sammelten, um es als Tierfutter zu verkaufen, einen vertrockneten Kanten gestohlen. Ich verfolgte den Straßenjungen durch die engen Gassen bis er in eine Sackgasse gelaufen war. Eine hohe Mauer versperrte ihm den weiteren Weg. Und hinter ihm stand ich mit meinem gezogenen Schwert. Der kleine Waisenjunge schaute mit großen Augen zu mir herauf. Er sagte: ,Ich habe Hunger.' Ich legte ihm die Spitze meines Schwerts an die Brust. Als er mir seine Hand mit dem Brot entgegenstreckte, durchbohrte ich mit einem festen Ruck sein Herz."

Lara warf Meredeth einen bösen Blick zu, den dieser gar nicht bemerkte. Er war zu sehr auf Anhum konzentriert.

„Ich nahm das Brot, das aus seiner Hand zu Boden gefallen war, und ließ ihn liegen. Er hatte den Tieren ihr Futter gestohlen. Deswegen sollte er auch sterben wie ein Tier."

Anhum blieb fast das Essen im Halse stecken. Er legte das Besteck ab und schüttete ein ganzes Glas Gloras hinterher.

„Ich brachte der hoch erfreuten Marktfrau ihr Stück Brot zurück. Ich glaube, den Jungen haben ein paar Arbeiter erst einige Stunden später gefunden. In einer Blutlache, angeknabbert von den Ratten, umschwirrt von ein paar Fliegen. Sie haben ihn in einem Loch vor der Stadt verscharrt."

„Es wird wohl Zeit für mich zu gehen.", sagte Anhum und erhob sich.

„Aber ihr habt noch gar nicht von unserem köstlichen Dessert gekostet.", sagte Meredeth und schickte eine der Wache in die Küche, um nachzusehen, wo der Nachtisch blieb.

Lara war erzürnt und wollte etwas sagen, schwieg aber stattdessen und fasste nach Anhums Hand, nachdem dieser sich wieder gesetzt hatte. Er blickte seine Schwester ratlos an.

Lara und Anhum löffelten zaghaft von ihrem Nachtisch. Meredeth und Lacson hatten bereits ihr Interesse an den beiden verloren. „Hulda hat geschrieben, dass ihre letzte Schiffsladung im Mittensee versenkt wurde."

„Weiß man, welche Beflaggung die Angreifer hatten?"

„Nein, aber Hulda vermutet, dass es Kandys Flotte war."

Anhum und Lara tauschten stumme Blicke. Die Tür ging auf und Idiworf kam herein: „Eure Majestät, bitte entschuldigt die Störung, aber ihr solltet sofort kommen."

Meredeth stand ohne zu zögern auf und folgte dem Schamanen. Leutnant Lacson ergriff die Chance, nickte Anhum und Lara zu und verließ das Speisezimmer hinter seinem König. Kaum war die Tür hinter ihnen zugefallen, flüsterte Anhum seiner Schwester zu: „Lara, ich kann dich hier nicht zurücklassen."

Lara drückte seine Hand. „Du brauchst keine Angst zu haben."

Anhum blickte sich kurz um, um sich zu vergewissern, dass ihr kleines Gespräch keine Aufmerksamkeit bei den Wachen erregte. „Aber er ist ein Scheusal."

„Vertrau mir, Anhum! Er ist ganz anders, wenn er mit mir allein ist."

Kapitel 11

Derjenige, der den Sonnenschein nicht sieht, lebt im Dunkeln.
81/12, *Buch der Damaren*

Lara küsste und drückte ihren Bruder zum Abschied. Danach lief sie so schnell sie konnte zum Nordturm. Sie wollte ihm nachsehen, wenn er davonritt. Zu ihrem Erstaunen folgten ihr die Wachen nicht auf ihrem Weg. Im Nordturm war es kühl. Sie setzte sich auf den Fenstersims, der Richtung Süden wies und blickte hinaus. Sie sah, wie Anhum die Brücke in die Stadt überquerte, in den engen Straßen Golans verlor sie ihn und entdeckte nur dann und wann einen Fetzen des fuchsfarbenen Pferdes. Als er die Stadt verlassen hatte, konnte sie den galoppierenden Fleck bis zum Horizont verfolgen. Nachdem er irgendwo zwischen Land und Himmel verschwunden war, blickte Lara ihm noch lange nach.

Sie nahm mit vorsichtigen Schritten die Treppe und schlich zum gelben Zimmer. Das Schloss war still und sie vernahm nur das leise Tippeln ihrer Schritte. Sie drückte vorsichtig die Klinke der Tür herunter und huschte in den Raum. Sie schrak zusammen. Vor einem der Fenster stand Meredeth und blickte hinaus.

„Wo seid ihr gewesen?" Lara stand immer noch wie erstarrt vor der Tür. Er sah sie durchdringend an. Ihr Herz raste. Sie wich seinem Blick aus und schaute auf den Boden.

„Ich war im Nordturm." Dann durchquerte sie den Raum und setzte sich an den Schreibtisch. Sie schlug ihren Zeichenblock auf und begann zu malen.

„Wenn das alles war.", sagte sie herablassend. Meredeth stand zögerlich am Fenster. Als sie zu ihm blickte, sah sie, dass er *Die Aufzeichnungen des Händlers aus Satoy* in seinen Händen hielt. Mit unruhigen Fingern bewegte er es in seinen Händen hin und her. „Seid ihr verärgert?" Lara fand es allerhand, dass er es wagte,

ihr eine derartige Frage zu stellen. „Natürlich bin ich verärgert. Ihr habt mir Angst gemacht und meinen Bruder verunsichert."
Meredeth kicherte.
„Er wäre fast an seinem Essen erstickt."
„Ihr seid ein abscheulicher Mann."
„Ich würde nie eine Frau oder ein Kind ermorden."
„Nein, dafür habt ihr ja euren Leutnant."
„Ihr versteht mich falsch.", sagte er und fügte nach einer kurzen Pause hinzu: „Als ich den Thron bestiegen habe, habe ich mir geschworen, dass nie wieder ein Kordes dieses Schloss betreten würde. Ich wollte lediglich dafür sorgen, dass euer Bruder nie wiederkommt und dass er auch nichts Gutes von seinem Besuch zu berichten weiß."
„Und was ist mit mir?"
„Ihr bergt kein Risiko. Ihr seid nur eine Frau. Auch wenn ich gelernt habe, dass Frauen Männern sehr gefährlich werden können, fürchte ich sie nicht."
„Ach ja.", antwortete Lara frech, „Ihr nehmt sie wahrscheinlich lieber gefangen."
Er legte das Buch in den Fenstersims und trat hinter sie: „Ihr seid mein Gast und es steht euch frei, jederzeit zu gehen."
„Ich werde morgen abreisen.", sagte sie und legte den Stift ab.
„Wie geht es eurer Hand?", fragte Meredeth und griff nach ihr. Er besah sich die Handfläche genau und fuhr mit den Fingerspitzen darüber.
Sie zuckte.
„Es schmerzt noch etwas."
„Ihr solltet sie weiter schonen, bevor ihr wieder an euren Bildern arbeitet."
Lara zog ihre Hand aus der warmen Umklammerung seiner Finger. Ihr war, als würde ihr das Herz jeden Moment zerbersten. Der Groll gegen ihn mischte sich mit den starken Gefühlen, die durch seine Fürsorge nur bestärkt wurden.
„Zu schade, dass ihr schon abreisen müsst. Ich hatte eine Überraschung für euch.", sagte er, als er sich zum Gehen wandte. Sie

wollte zu gerne wissen, was es war. Sie wollte aber auch, dass er aus dem Zimmer verschwand und sie allein ließ. Schließlich siegte aber die Neugier: „Was ist es?" Er setzte sich auf das Kanapee, das nahe der Tür stand.

„Wahrt ihr jemals zu Gast auf dem Steinschloss?"

„Nein."

„Es soll eines der schönsten Schlösser der Alten und Neuen Lande sein."

„Ich dachte, euer Schloss sei das Schönste."

Meredeth schmunzelte.

„Mit Sicherheit nicht."

Dann fragte er: „Und wahrt ihr je auf einer Elfenhochzeit?"

Lara schüttelte den Kopf.

„Nun, ich habe eine Einladung von König Kamil erhalten. Sein Sohn Josof wird in vier Tagen heiraten. Ich hatte mir gedacht, dass ihr mich sicherlich gerne begleiten würdet."

Lara strahlte bei der Vorstellung an eine Elfenhochzeit. Doch dann kamen ihr die Zweifel.

„Haltet ihr das für eine gute Idee? König Kamil ist nicht als Freund der Menschen bekannt und er hat meines Wissens auch noch nie welche auf sein Schloss eingeladen."

„Ich kann selbst wählen, wen ich mitbringe. Ihr seid eine Prinzessin. Dadurch seid ihr auf jeder Feier willkommen."

„Ich möchte eurer eigentlichen Begleitung aber nicht den Platz streitig machen."

„Ich reise für gewöhnlich allein."

Sie fragte sich, ob es eine gute Idee sei, ihm zuzusagen. Ihr Groll wegen des Abendessens hatte sich zwar weitestgehend gelegt. Sie verspürte nur noch den Wunsch, ihm nahe zu sein. Ihn zu berühren und seiner Stimme zu lauschen. Dennoch wollte sie ihn lieber mit einer Absage strafen.

„Ihr müsst nur sagen, wenn ihr nicht wollt."

„Nein.", platzte es aus ihr heraus.

„Ich würde sehr gerne auf diese Feier gehen."

Sie war sich unschlüssig, welche Reaktion sie erwartet hatte, aber es enttäuschte sie, dass der König beinahe gleichgültig schien. Sie fragte sich, ob sie nicht doch besser hätte sagen sollen, dass sie kein Interesse habe.

„Ihr werdet etwas Passendes zum Anziehen brauchen. Ich werde morgen meinen Schneider Keriball Norten zu euch schicken." Noch ehe sie etwas antworten konnte, war er auch schon aus dem Zimmer verschwunden.

Sie griff nach dem Buch, das er auf dem Fenstersims zurückgelassen hatte und blätterte darin. Als ihre Augen über die Buchstaben flogen, konnte sie die Worte in ihrem Kopf hören. Sie erinnerte Meredeth' Stimme, die ihr jeden einzelnen Satz vorgelesen hatte. Sie blätterte immer schneller und die Worte schienen übereinander zu stolpern. Sie schlug das Buch zu. Ihr Verhalten ihm gegenüber bereitete ihr ein schlechtes Gewissen. War es wirklich nötig gewesen, ihm derart die kalte Schulter zu zeigen? Wahrscheinlich würde er jetzt niemals die Geschichte mit ihr zu Ende lesen.

Lara lag an diesem Morgen lange im Bett. Die Sonne stand schon hoch am Himmel, als Magda klopfte: „Eure Hoheit, Keriball Norten würde gerne Maß nehmen."

„Lasst ihn nur herein", sagte Lara und sprang aus dem Bett.

„Ihr werdet ganz bezaubernd aussehen.", sagte der Schneider, während er sich akribisch ihre Maße notierte.

Lara fragte neugierig: „Was ist mit dem Stoff und dem Schnitt? Wollt ihr nicht wissen, was ich gerne hätte?" Der Schneider antwortete in Gedanken versunken: „Oh, mein Fräulein, ihr werdet natürlich tragen, was der König wünscht." Als er das enttäuschte Gesicht seiner jungen Kundin sah, sagte er: „Nur keine Sorge, mein Kind, König Meredeth verfügt über einen überaus guten Geschmack."

Nachdem er gegangen war, setzte sich Lara wieder aufs Bett. Ihre Gedanken kreisten um die bevorstehende Feier. Magda kam mit einem Tablett mit Backwaren, Alendebutter und Milch herein und setzte sich zu ihr. „Ihr seid bestimmt schon ganz aufgeregt.", sagte sie, und stellte das Tablett auf dem Nachttisch ab. Lara nickte lächelnd.

„Elfenhochzeiten sollen traumhaft schön sein."

„Ja, das sind sie.", geriet auch Magda ins Schwärmen.

„Der König ist heute Morgen außer Haus. Er wird wohl erst am Nachmittag zurück sein.", sagte Magda, „Wenn ihr etwas braucht, schickt einfach nach mir. Oder sprecht mit Idiworf. Er wird euch sicherlich auch gerne jederzeit zur Seite stehen. Ihr wisst ja, wo ihr ihn findet."

Lara lachte.

„Ja, immer im Garten bei seinem Baum. Er sollte aufpassen, dass er nicht auch eines Tages Wurzeln schlägt."

Lara lag stundenlang im Bett und hatte schon die Zeit vergessen, als sie vom Geräusch der sich öffnenden Tür aufschreckte. Der König trat herein und beäugte sie argwöhnisch. Er legte eine Schatulle auf den Schreibtisch.

„Ich habe euch etwas mitgebracht."

Dann ging er zum Kleiderschrank: „Ich werde nicht länger dulden, dass ihr in diesem Lumpen herumlauft."

Während er die Flügeltüren öffnete, sagte er: „Sucht euch einfach etwas aus."

„Ich möchte nicht."

„Meine Schwester Larissa hat auf all ihren Reisen Kleider in Hülle und Fülle gekauft. Ich glaubte oftmals, dass sie mich nur der Kleider wegen an der Akademie Cresce besuchte. Der Schrank ist jedenfalls voll damit. Und sie hat nie eines davon getragen. Ihr werdet sicherlich etwas finden, das euch gefällt."

„Nein", sagte Lara störrisch.

„Nun, an eurer Stelle hätte ich lieber selbst gewählt, aber wenn ihr nicht anders wollt, werde ich diese Aufgabe für euch übernehmen."

Lara glaubte noch immer, mit ihrer bockigen Art durchzukommen. Meredeth schob die Kleider ratlos an der Stange hin und her.

„Heute ist ein Tag für -.", begann er, „rot."

Er zog ein rotes Kleid hervor und warf es aufs Bett.

„Magda wird euch beim Einkleiden helfen.", sagte er, bevor er das Zimmer wieder verließ. Lara saß immer noch bockig auf dem Bett, das Kissen mit ihren Armen an die Brust gepresst. Sie hatte sich schon daran gewöhnt, jeden Tag in dem Kleid ihrer Zofe herumzulaufen. Auch der für die mittlerweile hohen Temperaturen viel zu warme Stoff machte ihr nichts aus.

Magda kam einige Minuten später zu ihr.

„Ich habe gehört, dass der König heute Abend mit euch ausgehen wird."

„Ich will nicht.", erwiderte Lara mürrisch.

Magda hob das Kleid von dem Bett und betrachtete es.

„Es wird euch guttun, mal etwas Anderes zu sehen zu bekommen."

Lara schaute noch immer missmutig.

Magda sagte: „Auch, wenn es vielleicht nicht immer so ankommt. Der König bemüht sich sehr um euer Wohlergehen. Tut ihm diesen Gefallen." Lara stand – immer noch etwas widerwillig – auf.

Magda half ihr beim Anziehen des Kleids. Sie sah Lara ganz entzückt an und wies ihr den Spiegel. Lara hingegen blickte schockiert auf ihre blanken Schultern.

„Ich kann unmöglich so herumlaufen.", sagte sie, „Lasst mich ein anderes Kleid auswählen."

„Der König hat dieses Kleid gewählt, also solltet ihr es auch tragen. Ganz abgesehen davon glaube ich nicht, dass ihr etwas findet, das euren hochgeschlossenen Baumwollkleidern gleicht. Elfenfrauen verstecken ihre Körper nicht komplett unter Schichten von Stoff."

Auch wenn sie sich noch immer nicht mit dem Kleid anfreunden konnte, setzte sie sich bereitwillig, als Magda ihre Haare bürsten wollte.

„Ich werde euch einen Kurrainischen Zopf machen. Dann braucht ihr keine Angst haben, dass jemand eure Ohren sehen könnte."

Lara drehte und wendete ihren Kopf vor dem Spiegel. Sie lächelte begeistert. „Diese Frisur ist wirklich schön." Magda, die hinter ihr stand, freute sich über das Lob.

„Genießt euren Abend und urteilt nicht zu hart über den König. In den zehn Jahren, seitdem ich hier angestellt bin, hat er keine Frau ausgeführt. Ich würde nicht mehr als ein komplettes Desaster erwarten."

Lara schaute Magda durch den Spiegel in die Augen. „Da es mir gestern noch sehr danach verlangte, ihn zu ohrfeigen, bin ich auf eine Katastrophe vorbereitet."

Meredeth wartete bereits an der Kutsche auf Lara. In seinem elfenbeinfarbenen Jackett, das ihm wie die dazu passende Hose auf seinen Körper geschneidert worden war, gefiel er Lara unglaublich gut. Sie freute sich, dass Meredeth sie mit einem begeisterten Lächeln begrüßte, nachdem er sie mit einem schnellen Blick gemustert hatte. Er reichte ihr die Hand zum Einsteigen.

„Wohin fahren wir?"

„Ins Theater."

„Geht ihr oft ins Theater?"

„Nein. Ehrlich gesagt langweilt es mich zu Tode. Ich habe schon als Kind alle ihre Vorführungen gesehen und sie spielen immer und immer dieselben Stücke. Es fällt ihnen nichts Neues ein."

Nach einer kurzen Pause fügte er hinzu: „Ich hoffe, dass es euch gefällt. Es ist an der Zeit, dass ihr etwas Anderes zu sehen bekommt als gelbe Tapeten."

Die Kutsche bewegte sich unter neugierigen Blicken langsam durch die Straßen der Stadt. Kinder kamen angelaufen und winkten, in der Hoffnung, dass hinter den kleinen Fensterscheiben jemand war, der sie bemerkte. Lara sah ihn an, während er sie von unten nach oben musterte. Als sein Blick den ihren traf, lächelte er. Sie lächelte verlegen zurück.

Der Kutscher ließ die beiden am Hintereingang aussteigen. Der Portier führte sie auf direktem Weg zur Königsloge. Heute Abend wurde *Der reiche Bürger von Trient* aufgeführt.

Meredeth lehnte sich zu ihr herüber.

„Wie gefällt es euch?"

Lara lächelte unsicher.

Doch dann flüsterte sie in sein Ohr: „Es ist überaus langweilig."

Meredeth lachte amüsiert auf.

Lara fügte mit deutlichen Worten hinzu: „Wir sollten gehen."

Meredeth flüsterte: „Seid ihr sicher?"

„Ja."

Die beiden schlichen sich nach draußen. Meredeth schickte die Kutsche in das Schloss zurück und sagte: „Wir werden ein wenig spazieren gehen." Er bot ihr seinen Arm an. Sie hakte sich bei ihm ein.

Sie schlenderten die Straße entlang. „Welch eine Schmach für die Schauspielbesetzung.", lachte Lara. „Der König verlässt nach nicht einmal einer halben Stunde die Vorstellung." Meredeth schmunzelte. Die Straßen waren weitestgehend menschenleer. Es war schon spät und die meisten Geschäfte hatten bereits geschlossen. Lara blieb vor einer Buchhandlung stehen und sah durch die Fenster hinein. Sie erspähte große Bücherregale, die in mehreren Reihen nebeneinanderstanden.

„Meint ihr, dass er Bücher hat, die sich nicht in eurer Bibliothek finden lassen?"

„Gewiss."

Er führte sie zum Ufer des Sees, an dessen Promenade sie den Weg zur Brücke verfolgten. Ein Händler mit einem Strauß roter Rosen im Arm verneigte sich zunächst: „Eure Majestät." Und reichte Lara dann mit den Worten „Eine Rose für die schöne Lady." eine der Blumen. Meredeth sagte: „Gebt mir alle." und drückte dem Händler einige Münzen in die Hand. „Es ist spät. Geht nach Hause zu eurer Frau und euren Kindern." Dann reichte er Lara den ganzen Blumenstrauß. Sie roch an den Blumen. Während sie weitergingen, fragte sie scherzend: „Habt ihr nicht genug Rosen auf eurem Schloss?"

„Auf meinem Schloss habe ich nur elfenbeinfarbene Rosen und ihr habt euch heute für die Farbe Rot entschieden.", neckte er zurück.

Lara versteckte ihr Schmunzeln in dem Blumenstrauß, während sie noch einmal tief den Duft der Rosen einatmete. Sie bemerkte die neugierigen Blicke der Elfen, die dem König ihre Ehrerbietung zeigten und gleichzeitig Lara interessiert betrachteten.

Ein kleiner Junge rief: „Lesmereda." und winkte die beiden herbei. Meredeth überquerte mit Lara die Straße und bewegte sich auf den Jungen zu, der vor dem „Gisho", einem der zahlreichen Lokale, stand. Neben der Eingangstür war ein großes offenes Fenster, das den Blick auf einen langen Tresen frei gab, an dem vielerlei Speisen zubereitet wurden. Auf einer Tafel standen die Namen und Preise der Speisen, die im Straßenverkauf angeboten wurden. Ganz vorne an einer Pfanne stand ein stämmiger kleiner Koch, der wie zu sich selbst murmelte: „Jona, du sollst nicht immer fremde Leute ansprechen. Unsere Kunden kommen von ganz allein.", während er kleine Teigbällchen in der Pfanne schwenkte. Als er aufsah, stand ihm zunächst der Schock im Gesicht, der sich blitzschnell in ein freundliches Lächeln wandelte: „Eure Majestät, welch eine Ehre."

Dann fiel sein Blick auf Lara: „Und heute, wie ich sehe, in ganz zauberhafter Begleitung."

Lara lächelte verlegen.

„Kennt ihr schon unsere Gisho?", fragte er sie.

„Nein.", antwortete sie schüchtern.

„Das müssen wir sofort ändern." Er reichte ihr aus einer Schüssel eines der Teigbällchen und betrachtete Lara neugierig, während sie hineinbiss.

„Wirklich köstlich:", sagte sie.

Der Koch zeigte sich sichtlich erleichtert.

Meredeth sagte: „Lefoy, gebt uns eine große Portion."

„Aber gerne.“

Die beiden schlenderten weiter mit dem Beutel voller Gisho die Straße entlang.

Meredeth führte Lara außen an dem Schloss vorbei auf die Nordseite. Dort stand nahe an der Schlossmauer eine Bank mit Blick auf den See, auf der sie sich setzten. Lara legte den Blumenstrauß neben sich.

„Meine Mutter zog sich immer hierher zurück, wenn sie von ihren Kindern genug hatte.“

„Wie viele Kinder hatte eure Mutter.“

„Fünf. Drei Söhne und zwei Töchter.“, antwortete er kurz angebunden.

„Ich glaube, meine Mutter traute sich gar nicht, sich von uns loszueisen, aus Angst wir könnten nur allerlei Unfug anstellen, wenn sie uns nicht beaufsichtigte.“

Lara sortierte mit den Fingern den Rosenstrauß. Meredeth hatte sich ihr zugewandt hingesetzt und den Beutel mit den Fischbällchen in ihre Mitte gestellt. Meredeth’ Blick wanderte über Laras Arme.

„Ihr habt kalt.“; sagte er angesichts ihrer Gänsehaut. Meredeth nahm seinen Umhang ab und hängte ihn ihr über die Schultern.

Lara wickelte sich in den noch warmen Umhang, nahm vorsichtig ein paar Züge seines Dufts. Es war, als hätte Meredeth seine Arme um sie geschlungen. Überall war sein Geruch und die Wärme, die sie spürte, war die seine. Meredeth schmunzelte.

„Was hat es damit auf sich, dass alle Rosen auf eurem Schloss dieselbe Farbe haben?“

„Ich dachte, ihr hättet so viele Bücher gelesen. Da müsst ihr doch auch von den Rosen des Dornenschlosses gehört haben.“

Lara blickte ihn scheu an.

„Diese Rosenbüsche wuchsen hier schon lange bevor König Jeregest vor 3.000 Jahren das Dornenschloss erbauen ließ. Der Marduk ist der Lebensquell für diesen Garten und alle Pflanzen, die ihn umgeben. Nachdem König Jeregest den Thron bestiegen hatte, verloren die Rosenbüsche, die bisher in allen erdenklichen

Farben blühten, alle Blüten. Der König war nicht besonders erfreut über dieses Ereignis."

Lara lauschte interessiert und nahm sich ein paar Gisho auf die Hand. Sie waren noch immer warm. „Die Blüten, die nun überall auf den Wegen im und um das Schloss herumlagen, ließ er in den See werfen, der sich schon bald in einen wabernden Regenbogen verwandelte. Die Blüten trieben den Adyton entlang durch das Seenland und Blutland bis in die Raue See. Wenige Tage darauf trieben neue Blüten aus, die allesamt dieselbe Farbe trugen. Sie waren Violett. Seither verlieren die Büsche ihre Blüten jedes Mal, wenn ein König seine Regentschaft beendet und geben ihrem neuen König eine neue Farbe. Jedes Mal werden sie im Gedenken an den ersten Farbwechsel in den Adyton geworfen und künden im ganzen Süden von dem Ereignis. Selbst an der Küste von Krautland sollen sich immer noch einige Blüten finden. Etwas mitgenommen sicherlich."

„Wie entscheidet der Marduk über die Farbe?"

„Die Farbe ist die Farbe des Königs. Sie steht sinnbildlich für seine Persönlichkeit. Für das, was sein Volk von ihm erwarten kann."

„Und was für ein König war Jeregest?"

„Er war eitel. Er war aber ebenso ein Vorreiter seiner Zeit, der mit originellen Ideen die Entwicklung seines Königreichs vorantrieb."

„Und was für ein König seid ihr?"

„Wahrscheinlich ein ziemlich furchtbarer.", antwortete Meredeth.

Lara beharrte: „Nun sagt schon."

„Dieses Feld überlasse ich lieber den anderen. Ihr solltet Idiworf fragen. Er kann jede noch so furchtbare Attitüde mit schmeichelnden Worten umreißen."

„Ich bin mir sicher, dass es eine Menge Positives zu sagen gibt."

Er lachte auf.

„Nennt mir nur eine Sache!"

„Ihr habt wunderschöne Augen.", flüsterte Lara zurückhaltend.

„Welche Farbe.", fragte er und wandte absichtlich seinen Blick ab.

„Grün."

Er lächelte. Sie blickte nun in die andere Richtung und sagte: „Meine Augenfarbe erratet ihr nie!"

„Wenn man euch flüchtig in die Augen blickt, könnte man meinen, dass sie grün sind. Wenn man jedoch genauer schaut, merkt man, dass kein grün darin zu finden ist. Sie glänzen bernsteinfarben. Aber lediglich in der Mitte. Nach innen werden sie braun."

Lara starrte ihn verblüfft an. Sein Blick war auf den Boden vor ihm gerichtet.

„Aber außen, außen sind sie strahlendes Blau. Die Antwort lautet also bunt. Eure Augen sind bunt."

Er blickte sie nun siegessicher an. Sie schenkte ihm nur ein kurzes Lächeln, ehe sie den Blick wieder abwandte. Er wusste genau, wie ihre Augen aussahen. Hatte er sie so genau angesehen? Auch wenn sie die Antwort nicht wusste, fühlte sie sich schön. Der Junge hatte nach ihr gerufen. Was hatte er gesagt?

„Lesmereda.", flüsterte sie.

Ihm waren schon fast die Augen zugefallen, doch jetzt blickte Meredeth sie aus scheinbar hellwachen Augen fragend an.

„Das war es doch, was der Junge sagte.", fügte sie hinzu.

„Jaja, das ist Damarisch."

„Wie kommt es, dass der Sohn eines Kochs Damarisch spricht?"

„Das ist gar nicht so ungewöhnlich wie ihr meint. Vor 2.000 Jahren wurde zwar Enumisch als Amtssprache eingeführt, aber die Damaren sind das Oberste, was die Elfen kennen. Sie stehen quasi über den Elfenkönigen. Deswegen ist es für jeden eine Ehre, diese Sprache an seine Nachkommen weiter zu geben. Die meisten lernen sicher nur noch wenige Worte, da es lediglich an den großen Akademien unterrichtet wird."

„Und ihr könntet euch auf Damarisch unterhalten?" Er nickte.

„Sagt mir einen Satz. Ich würde es gerne hören."

„One i one dschadati: Eñe, ta eñe awan es sadre hufiti di'erre, fuge añata mamala."

Lara lauschte verzückt seinen Worten.

„Nun sagt mir etwas auf Arami!"

121

„Ich habe die Sprache meiner Vorfahren nie gelernt."

„Ich kenne ein paar Ausdrücke.", sagte er und fügte nach kurzem Überlegen hinzu: „Arch, – Jechloch –, Churre."

„Was ist ihre Bedeutung?"

„Es sind Schimpfwörter, die sie den Elfen geben."

Lara schwieg.

„Was ist es, das unsere Familien entzweit?"

„Ich möchte nicht, dass unsere Vergangenheit sich jetzt zwischen uns stellt. Heute bin ich nur ein Mann und ihr seid nur eine Frau. Ganz ohne Geschichte. Wir haben nur diese Portion köstlicher Gisho, die zwischen uns steht", sagte er, während er in den Beutel griff und mehrere Bällchen herausfischte.

„Wahrt ihr schon einmal in den Neuen Landen?"

„Ja, ich habe über viele Jahre die Akademie Cresce in Kurainne besucht. Und ich habe viele Reisen in den Neuen Landen unternommen."

„Ich bin noch nie über den Mittensee gesegelt. Ich war auch sonst nirgends außer daheim und in Ohana. Einmal war ich … Und nun bin ich hier und es ist so viel schöner als alles, was ich mir in meinen Träumen je vorstellen konnte." Sie blickten gemeinsam über den dunklen See.

„Ihr solltet einmal nach Trient fahren. Ich bin mir sicher, dass es euch gefallen wird."

„Es würde mir wahrscheinlich schon reichen, wenn ich immerzu hier sitzen könnte.", entgegnete Lara.

„Ihr habt sicherlich noch nie die Weite Steppe gesehen."

„Oh doch, sie macht ihrem Namen alle Ehre. – Sehr weit und einsam. Ich war sogar schon auf der Grauen Feste. Eine sehr imposante Burg."

„Ich würde euer Schloss tausendmal vorziehen. Es ist so hell und freundlich. Überall grünt und blüht es und hinter jeder Ecke steigt einem ein angenehmer Duft entgegen."

Ihm fielen immer wieder die Augen zu, die er nur mit aller Mühe und Not aufbehalten konnte. Sie schmunzelte, als er erneut gegen den Schlaf ankämpfte. Er grinste zurück. „Wir sollten wohl hineingehen. Es ist schon spät.", sagte er und sie gingen mit langsamen Schritten ins Schloss. Sie mit dem Rosenstrauß in ihrer Linken und er mit dem Goshi-Beutel in der Rechten. In der Mitte baumelten ihre Arme nebeneinander wie Fremde, die sich nur dann und wann streiften und schnell wieder weiterzogen, damit es nur eine flüchtige Begegnung blieb.

Sie blieben vor dem gelben Zimmer stehen. „Da wollte ich euch einen netten Abend bereiten, der ganz anders ist, als die tristen Tage, die hinter euch liegen. Und jetzt habe ich euch sicherlich nur gelangweilt.", sagte Meredeth enttäuscht. „Ich fand diesen Abend sehr unterhaltsam", entgegnete Lara. Sie wollte ihn zu sich hereinbitten und war sich sicher, dass er sich nicht wehren würde. Er schien schon mehr zu schlafen als zu wachen. Sie hätte ihn gerne in die Arme geschlossen und sanft über seinen Rücken gestreichelt, seine Wange mit der ihren liebkost und ihm zärtlich „Gute Nacht" ins Ohr gehaucht.

Er sagte: „Hier. Die solltet ihr nehmen.", und drückte ihr den Beutel in die noch freie Hand. Lara schaute ihm lange in die Augen. „Gute Nacht, Lesmereda.", sagte er und sie flüsterte „Gute Nacht." Dann trottete er mit langsamen Schritten davon.

Lara steckte die elfenbeinfarbenen Rosen einer Vase zu einer anderen und bestückte die nun leere Vase mit ihrem roten Blumenstrauß. Die Vase stellte sie auf den Schreibtisch, wo ihr Blick auf das hölzerne Kästchen fiel, das der König ihr gebracht hatte. Der Deckel hatte eine Rosenverzierung. Darin fand sie mehrere Zeichenstifte und einen kleinen Zettel, auf dem stand:

Für die kleine Künstlerin.
Meredeth

Lara hielt den Zettel lange in den Fingern, ehe sie ihn wieder in das Kästchen zurücklegte. Dann legte sie sich aufs Bett, knabberte noch ein paar Goshi und träumte von Meredeth. Sie hatte sich auf dem Bett in seinen Umhang gewickelt, der sie umschloss wie tausend Umarmungen.

Während Lara sich noch intensiver in den Umhang kuschelte, bemerkte sie, dass er noch immer nach ihm roch.

Kapitel 12

Der Eine wird sprechen und alle werden schweigen.
Damarische Weissagungen

D as war ja ein erfolgreicher Abend.", sagte Magda strahlend, als sie neben Laras Bett stand.

Lara fragte lächelnd, „Warum?"

Magda ließ den Blick schweifen und antwortete: „Ihr tragt den Umhang des Königs und ihr habt einen Blumenstrauß geschenkt bekommen. Zudem seht ihr trotz allem glücklich aus."

Lara sagte: „Legt euch zu mir", und klopfte sanft auf die andere Bettseite. Als sie sich nebeneinander im Bett liegend lange in die Augen geschaut hatten, fragte Lara: „Kann ich euch ein Geheimnis anvertrauen?" und fügte schnell hinzu: „Ihr dürft mit niemandem darüber reden."

Magda nickte. „Natürlich. Ich werde schweigen. Selbst einem Damar würde ich es nicht sagen."

Lara flüsterte: „Ich mag den König sehr."

Magda tätschelte ihre Wange: „Prinzessin, ihr werdet ja ganz rot. – Es ist euch also ernst, dass ihr ihn mögt."

„Ja. Meint ihr, er mag mich auch?"

„Ach, Lara. Ich wünschte, ich könnte euch sagen, was ihr gerne hören wollt. In der Zeit, die ich hier beschäftigt bin, hat sich der König nie für die Frauen interessiert. Ich war schon in vielen Häusern angestellt und alle Männer hatten ihre Frauen. Wenn sie nicht verheiratet waren, kannten sie den Weg ins nächste Freudenhaus oder bis in die Kammern der Mägde. Aber der König ist anders. Er trägt einen großen Kummer im Herzen. Ihr könnt euch aber seiner Freundschaft gewiss sein. Was schon eindrucksvoll genug ist."

„Hasst er die Menschen?"

„Nein, er hasst eigentlich nur die Kordes."

„Warum?"

Magda zögerte.

„Ich sollte es euch wahrscheinlich nicht sagen. Wenn ihr es noch nicht wisst, solltet ihr es wohl besser nie erfahren. Die Armee der Weiten Steppe hat ihm das genommen, was er am meisten liebte."

„Er ist ein herzensguter König und eure Liebe ehrt ihn. Aber verrennt euch nicht in etwas, das euch nur Kummer bereiten wird."

Lara sah Magda nachdenklich an.

Magda sagte unvermittelt: „Der König hat mir aufgetragen, heute mit euch in die Stadt zu gehen. Ihr braucht noch Schuhe für die Hochzeit."

„Was macht der König heute?"

Magda schmunzelte: „Er hat einige Termine mit Personen aus allen möglichen Landesteilen. Er muss tun, was Könige so tun. Regieren und sich um das Wohl des Volkes kümmern."

Lara fügte enttäuscht hinzu: „Und er möchte wohl nicht, dass ich einem seiner Besucher einen Schreck einjage."

Magda lachte.

„Aber Lara-."

„Ich habe doch Recht."

„Meredeth sorgt sich um eure Sicherheit. Bei den Elfen weiß man nie, wer ein Freund und wer ein Feind der Menschen ist."

Dann sagte Magda: „Alle reden sie von euch."

„Wen meint ihr?"

„Ich war heute Morgen mit Tabetha auf dem Markt. Diejenigen, die gestern Abend noch auf den Straßen unterwegs waren, erzählen den ungläubigen Anderen, dass sie den König in Golan gesehen haben. Wenn sie dann ihr gegenüber schon mit dieser Aussage geschockt haben, erwähnen sie die junge Frau, die an seiner Seite war. Jetzt ist der Unglaube komplett. Die Ersten überschlagen sich in den Lobeshymnen über eure Schönheit und die Zweiten bestreiten, dass der König überhaupt in der Stadt war, ge-

schweige denn, dass er in Begleitung einer Frau unterwegs war."
Lara schmunzelte.

Lara und Magda überquerten die Brücke in die Stadt. Nachdem sie bei einem Schuster Schuhe für die Hochzeit ausgesucht hatten, gingen sie zu der Buchhandlung, die Lara bei ihrem gemeinsamen Spaziergang mit Meredeth entdeckt hatte.
Neben den übervollen Regalen waren Bücher auf dem Boden gestapelt und an jeder freien Ecke im Raum waren weitere Bücher aufgereiht. Große Tafeln, die mit einer schwungvollen Handschrift beschrieben waren, nannten auf die einzelnen Kategorien, in denen die scheinbar chaotisch zusammengestellten Bücher sortiert waren. Lara ging zielstrebig auf das Regal mit der Beschriftung „Damaren" zu. Magda folgte ihr. Lara nahm das Buch mit der Aufschrift *Damarische Magie* in die Hand und blätterte darin.
„Ich würde König Meredeth gerne etwas schenken. Als Dank für seine Gastfreundschaft."
„Ihr solltet ihm ein Bild malen. Er mag eure Zeichnungen sehr."
„Ein Portrait?"
„Solange ihr nicht an ein Portrait von ihm, sondern von euch denkt. Wie euch sicher nicht entgangen ist, hängt im Schloss kein einziges Bild, das den König zeigt."
„Ich werde einen Rahmen brauchen."
„Den findet ihr bei Kell, dem Kunsthändler."
Lara nahm ein anderes Buch zur Hand. Der tiefschwarze Einband hatte keine Beschriftung. Als sie es öffnete, sah sie damarische Schriftzeichen, die sie nicht lesen konnte. Enttäuscht schob sie das Buch zurück ins Regal. „Kann ich ihnen helfen?", fragte ein alter, hagerer Mann. Er trug einen langen grauen Umhang und eine Brille mit goldfarbener Fassung, die auf seiner Nasenspitze

saß. Durch die großen kreisrunden Gläser schaute der Buchhändler Lara neugierig an.

„Ihr seid ein Mensch!", schrie sie auf.

„Genau, wie ihr junges Fräulein."

„Aber –"

„Ich bin im Seenland ein willkommener Gast. Ich bin in der reichen Savanne aufgewachsen, da meine Mutter sich dazu ent-
schlossen hatte, nochmal zu heiraten – einen Elfen. Ich hatte es
nicht einfach, aber nachdem ich Damarisch gelernt hatte und ein
Studium in Trient abgeschlossen habe, war ich wie einer von
ihnen." Lara starrte mit großen Augen auf den Buchhändler.

„Und ihr seid der bezaubernde Gast des Königs, über den alle
sprechen. Ich dachte schon, sie haben zu viel Gloras getrunken
und sehen Geister. Aber anscheinend waren es wohl doch keine
Märchengeschichten, die ich auf dem markt aufgeschnappt habe."

Lara zögerte. Magda stieß sie an.

„Lass uns gehen."

„Ich möchte noch ein paar Bücher kaufen." Sie reichte dem
Buchhändler zwei Bücher und bat ihn um weitere Empfehlungen.
Nachdem sie das Geschäft verlassen hatten, gingen sie noch zum
Kunsthändler, um einen Rahmen für Laras' Portrait zu kaufen.

Lara griff nach dem Buch auf dem Fenstersims: „Wir müssen
unbedingt noch die Geschichte zu Ende lesen."

Sie reichte Meredeth das Buch.

„Aber doch wohl nicht mehr heute."

„Doch, jetzt sofort.", sagte sie und ließ sich aufs Bett fallen.

„Ich hatte einen anstrengenden Tag und ihr wart auch stundenlang auf den Beinen."

„Bitte, es sind ja nur noch ein paar Seiten."

Er gab sich geschlagen und legte sich neben sie. Er schlug das Buch mit einem Mal auf und erwischte direkt die Seite, auf der sie aufgehört hatten.

„Er hatte seinen Karren bis unter die Decke mit kleinen Gläschen mit Curry, Safran und Ordes beladen."

Als Meredeth umblätterte, sagte er: „Oh, hier ist eine Zeichnung von Trient."

Lara robbte näher an ihn heran und legte ihren Kopf an seine Schulter: „Es sieht herrlich aus."

„Hier ist der Hafen und dort hinten könnt ihr das Rathaus mit dem großen Marktplatz sehen."

Er las weiter und Lara folgte den Zeilen, während sie seiner Stimme lauschte. In Gedanken las sie jedes Wort mit.

Als er das Buch beendet hatte, legte sie sich wieder auf ihre Bettseite und sah nach oben zu ihm.

„Wahrt ihr schon einmal in Satoy?"

„Ich war wahrscheinlich schon in jedem Ort, der in diesen Geschichten vorkommt."

Dann fügte er hinzu: „Mein Cousin Ortis wohnt in Satoy. Ich habe ihn und seinen Vater in jungen Jahren öfters besucht."

„Wenn ihr schon die ganze Welt bereist habt, währt ihr der perfekte Erzähler für eines dieser Bücher", sagte Lara.

„Das Reisen allein macht keine gute Geschichte. Man muss auch etwas zu erzählen haben."

„Ich habe wahrscheinlich gar nichts zu erzählen."

„Ihr seid von einem Graumling attackiert worden. Und ihr habt überlebt."

„Und ich wurde von einem König errettet.", fügte Lara lächelnd hinzu.

„Da habt ihr schon wahrlich mehr erlebt als ich."

Als Lara eingeschlafen war, saß er noch immer neben ihr und betrachtete das Bild in dem Buch, bis ihm schließlich die Augen zufielen.

Lara lag mit einem der Bücher aus der Buchhandlung auf dem Kanapee und las. Ab und an schaute sie zum Bett herüber und beobachtete Meredeth, der immer noch schlief. Sie las in dem Buch *Damarische Weissagungen*.

„ *...Enuma wird einst gespalten sein. Viele Könige –*"

„Nun, ich habe euch so oft vorgelesen in den letzten Tagen. Jetzt möchte ich, dass ihr mir vorlest."

„Ich bin nicht gut im Vorlesen."

„Bei welchem Buch seid ihr?"

„Damarische Weissagungen."

Meredeth begann vorzutragen, ohne auch nur ein Buch zum Ablesen zu haben:

„ *werden kommen. Doch einzig der Eine wird einen was einst eins war.*"

Er traf den Einstieg genau dort, wo sie aufgehört hatte zu lesen und vergaß nicht eines der Worte, die sie vor sich gedruckt im Buch stehen sah. Sie blickte ihn mehrfach ungläubig an und wieder zurück ins Buch. Schließlich schlug sie das Buch zu und unterbrach ihn: „Ihr macht mir Angst."

Er stand auf und ging auf sie zu.

„Ihr braucht euch nicht zu fürchten. Ich habe diese Weissagungen schon gehört, als ich noch nicht geboren war. Ich kenne sie wie mein Leben. Und es ist ein Leichtes für einen Elf ein Wort in euren Gedanken einzufangen, das nach einer Fortsetzung verlangt."

Dann setzte er sich zu ihr und las weiter aus dem Buch vor:

„ *Er wird den Thron des Königslands besteigen, das ihn am meisten braucht.*"

„Klingt ja fast, als hätte er eine Wahl", schmunzelte Lara.

Meredeth blickte sie finster an. Er fügte die letzten Worte der Geschichte unbeirrt an: „Und es wird kein Krieg mehr sein."

„Welches Land denkt ihr, ist gemeint?", fragte sie.

„Das Nordland."

„Aber das Nordland gehört den Menschen.", entgegnete Lara.

„Es wird ja auch nirgends gesagt, dass der Eine ein Elf sein muss."

Lara saß am Tisch und malte. Sie fügte ihrer Zeichnung immer weniger Striche hinzu und hielt immer öfter inne, um das Bild eingehend zu betrachten. Dann griff sie nach dem hölzernen Rahmen und legte ihn probehalber darüber. Das Ergebnis gefiel ihr noch nicht ganz und sie fügte hier und da noch ein paar kleine Details hinzu.

Es klopfte an der Tür. „Herein.", antwortete Lara und drehte im gleichen Moment das Bild um, sodass man nur noch die blanke Rückseite des Blattes sehen konnte. Magda trat mit einem verschmitzten Lächeln ein.

„Man erzählt sich, dass der König heute Nacht bei euch war."

„Ach, das ist nicht so, wie du meinst.", sagte Lara beruhigend und fügte erklärend hinzu: „Er ist nur beim Lesen eingeschlafen."

„Was malt ihr da?"

Lara drehte das Blatt um und zeigte es Magda.

„Das ist ja wirklich atemberaubend schön. Diese Details, und den König habt ihr wahrlich gut getroffen."

„Es ist eine Szene von unserem gemeinsamen Abend. Meint ihr, dass es ihm gefällt?"

Magda antwortete grinsend: „Das sollte er wohl lieber selbst entscheiden."

„Ihr denkt also, eher nicht."

„Naja, so war es nicht gemeint. Es ist nur so, dass er noch nie ein Bild mochte, auf dem er selbst abgebildet war."

„Es war wohl eine dumme Idee.", stellte Lara enttäuscht fest.

„Nein, sicher nicht. Er mag eure Bilder und wird auch in diesem euer Können bewundern."

Lara war immer noch enttäuscht, wollte aber Magda nicht weiter damit belasten.

„Was steht heute an?"

„Der König hat heute Morgen noch eine Sitzung mit seinen Beratern. Danach wird er mit euch speisen. Wir beide werden uns noch der Hochzeitsfeier widmen, damit ihr wisst, was euch erwartet."

Magda und Lara hatten sich in den Pavillon im Schlossgarten gelegt.

„Bei einer Elfenhochzeit werden keine Ringe oder dergleichen ausgetauscht. Die Frau erhält lediglich bei der Verlobung einen Ring als Zeichen ihrer Gebundenheit. Bei der Zeremonie tauschen die Partner Liebesschwüre auf Damarisch aus."

„Wie romantisch!"

„Der Mann spricht zuerst. Er sagt: ‚Einmal, nur einmal sage ich dir: Immer, für immer will ich die Erde sein, die deine Blüten nährt, damit sie Früchte tragen.' Danach ist die Frau dran. Sie antwortet: ‚Einmal, nur einmal sage ich dir: Immer, für immer will ich der Busch sein, der die Schmetterlinge in deinen Garten lockt, damit dein Leben bunt und voller Freude ist.'"

„Sie sagen also immer dasselbe?"

„Genau. Es ist der Hochzeitsschwur, der in der Geschichte von Isidor und Leonore überliefert wurde und seit jeher in unseren Eheschließungen geäußert wird. Persönliche Worte sind nicht gestattet."

„Und danach?"

„Ich denke, dass König Kamil die Zeremonie leiten wird. Er sagt dann: ‚So sei es.' und die Frischvermählten tauschen einen Kuss aus. Damit ist der offizielle Teil auch schon vorbei."

„Und irgendwelche einführenden Worte?"

„König Kamil wird höchstens um Ruhe bitten, wenn die Gäste am Tuscheln sind. Aber letztendlich ist die Trauung ein schneller, unkomplizierter Akt."

Lara betrachtete nachdenklich die Rosenblüten, die von der Decke des Pavillons hingen.

„Im Anschluss wird getanzt und gefeiert. Begonnen wird mit dem Hochzeitstanz, an dem alle aus Höflichkeit teilnehmen sollten. Danach ist man frei, ob man tanzt, isst, trinkt oder die Feier verlässt."

„König Meredeth wird wohl direkt die Flucht ergreifen."

Magda lachte lauthals.

„Ja, das klingt nach ihm. Aber nein, er wird genauso wie ihr bis zum nächsten Tag bleiben. Ihr werdet also auch die Siemara mitbekommen."

„Siemara?"

„So wird der offizielle Abschluss der Hochzeit genannt, bei dem alle Gäste ein Geschenk erhalten. Meistens beinhaltet es eine Weissagung für jeden Gast."

„Eine Weissagung?"

„Wie ihr sicherlich schon wisst, glauben die Elfen an Weissagungen wie sie auch Marduk äußert. Es gibt gute und schlechte, erwünschte und weniger erwünschte. Aber letztendlich kann man sich vor seiner Zukunft nicht verstecken. Warum also nicht erfahren, was sie für einen bereithält?"

„Ich glaube nicht, dass ich wissen will, was auf mich wartet."

„Ich werde euch noch den Hochzeitstanz zeigen. Es ist ein Tanz, den nur die Elfen tanzen. Alle anderen Tänze sind auf ganz Enuma verbreitet und ihr solltet sie kennen."

Magda sprang auf. Lara lag noch immer auf dem Rücken unter dem Pavillon.

„Kommt schon, wir haben nicht mehr viel Zeit."

Lara hatte keine rechte Lust, sich zu erheben. Magda zog an ihrer Hand, sodass es Lara zu ungemütlich wurde und sie doch noch aufstand.

Lara und Magda drehten in der Mitte des Schlossgartens ihre Kreise. Am Fenster des Arbeitszimmers stand der König. „König Gregors Männer haben bereits einige Menschen getötet, die sie im Waldland beim Plündern erwischt haben." Sein Blick fiel auf die beiden tanzenden Frauen im Garten. „Wie wollt ihr euch positionieren?", sagte Lacson. Der König antwortete nicht. Sein Blick war auf den Garten gebannt. Der Leutnant schaute Idiworf und Doras fragend an. Er wiederholte seine Frage.

„Was habt ihr gesagt?", fragte Meredeth.

Lacson trat näher an ihn heran und fragte: „Wie wollt ihr darauf reagieren, König Meredeth?" Er konnte gerade so weit aus dem Fenster sehen, dass er erkannte, was des Königs Aufmerksamkeit auf sich gezogen hatte und ging mit finsterer Miene zurück zum Tisch.

„Du machst das richtig gut.", sagte Magda, während sie Laras Schritte beim Tanzen betrachtete.

Deutlich verunsichert bat Lara: „Schau mir bitte in die Augen."

Als Magda ihren Blick wieder auf Lara richtete, sagte sie: „Du solltest König Meredeth beim Tanzen natürlich auch stets tief in die Augen schauen. Wenn du kannst."

Da war es auch schon geschehen und Lara hatte sich in der Schrittfolge vertan, trat Magda auf den rechten Fuß, die diesen dann wiederum nicht zum nächsten Schritt heben konnte und so landeten sie nach einigem unbeholfenen Stolpern übereinanderliegend im Busch.

„Das sollte euch mit dem König natürlich nicht passieren.", sagte Magda, bevor sie loslachte. Auch Lara fing an zu lachen.

Meredeth schmunzelte.

„Wenn wir ihn mit unseren Truppen unterstützen, riskieren wir gegebenenfalls, dass König Hariam sich mit ihm verbündet."

„Ach ja, die Unruhen an der Grenze zum Nordland …" Leutnant Lacson, der im Zimmer auf und ab ging, sagte genervt: „Dafür ist mir meine Zeit entscheidend zu kostbar."

Idiworf und Doras erhoben sich zum Gehen. Der König drehte sich um und fragte: „Haben wir schon alle Punkte abgehandelt?"

Ohne eine Antwort abzuwarten, fügte er hinzu: „Gut, dann ist wohl alles gesagt."

Lara hatte mit Meredeth im großen Speisesaal zu Abend gegessen, als sie das Bild, das sie für ihn gemalt hatte, unter ihrem Tuch hervorholte. Meredeth blickte sie erstaunt an, als sie zu ihm herüberging und es ihm reichte. Der Rahmen, den sie für das Bild ausgesucht hatte, bot mit seinem dunklen Rondaholz den perfekten Raum für die romantische Szene.

„Für mich?"

„Ja, nachdem mir Magda sagte, dass ihr keine Portraits von euch mögt, habe ich unseren gemeinsamen Abend festgehalten, als wir im Garten gesessen haben."

Meredeth schwieg und betrachtete das Bild lange. Dabei wanderten seine Augen jeden einzelnen Zentimeter ab, bis er wieder das gesamte Bild betrachtete.

„Gefällt es euch nicht."

Meredeth schwieg und Lara schämte sich. Wie konnte sie nur so etwas Kitschiges malen? Sie hätte ihm ein Reiterbild malen sollen, wie er majestätisch durch Golan reitet.

„Es sind bezaubernde Farben. Ihr habt ein gutes Auge fürs Detail."

„Ein gutes Auge fürs Detail?", fragte Lara enttäuscht.

Meredeth nickte, während sein Blick noch immer auf dem Bild haftete.

Lara senkte ihren Blick. War dieser Moment damals auf der Bank in seinem Schlossgarten für ihn nur ein beliebiges Ereignis in seinem langen Leben, das man in einem detailgetreuen Stillleben festhalten konnte, ohne dass man etwas spürte? Wenn nicht den Ansturm großer Gefühle, dann wenigstens ein klein wenig Zuneigung, die die Luft erfüllte? War dieser Moment nur wie ein kleiner Schmetterling, der ungesehen an einem warmen Frühlingsmorgen über eine Blumenwiese huschte und im Nirgendwo verschwand?

Lara stiegen Tränen in die Augen. Sie wandte sich zum Gehen.

„Ich wünsche euch eine gute Nacht."

„Gute Nacht."

Meredeth sah auf, öffnete den Mund und zögerte. Das Wort, das beinahe seine Lippen verlassen hätte, fing er im Fluge wieder auf.

Lara liefen Tränen über das Gesicht und sie entfernte sich mit immer eiligeren Schritten.

Er blickte ihr lange nach, bis sie die Tür erreichte und hinter sich verschloss. Dann betrachtete er wieder das Bild.

Kapitel 13

Der Tod wird immer dort sein, wo auch das Leben ist.
Die Weisheiten der Kress

Ich kann das unmöglich tragen.", sagte Lara, während sie sich in dem Kleid, das der Schneider nur wenige Minuten zuvor ins Schloss hatte bringen lassen, vor dem Spiegel hin und her drehte. Magda betrachtete Lara mit einem freudigen Lächeln. Doch Lara war alles andere als erfreut. Das elfenbeinfarbene Kleid, in dem mit schimmernden Fäden Rosen eingearbeitet waren, hatte einen überaus tiefen Rückenausschnitt. Lara wagte sich gar nicht, überhaupt an einen Ausschnitt zu denken, da das Kleid eigentlich unmittelbar über ihrem Po endete. Lediglich am Nacken wurde das Oberteil des Kleides mit zwei Knöpfen zusammengehalten.

Magda redete beschwichtigend auf sie ein: „Lara, das ist die neueste Mode. Damit kann man auf einer Elfenfeier nichts falsch machen."

„Ich bin aber keine Elfenfrau", protestierte Lara und befahl schließlich: „Sucht mir etwas Anderes heraus."

„Das wird den König sehr verärgern.", merkte Magda an.

„Er hat das Kleid extra für euch schneidern lassen. Bestes Satara aus den Neuen Landen."

Lara schaute immer noch kritisch auf ihr Spiegelbild.

„Bitte sagt dem König, dass ich erkrankt bin und ihn nicht begleiten kann."

„Aber Lara", beruhigte Magda die Prinzessin. „Ihr seht bezaubernd aus."

Es klopfte an der Tür. Der Kutscher Creston trat ein.

„Der König wartet schon ungeduldig."

Lara wollte ihre Ausrede selbst vortragen und atmete tief ein. Doch das Lächeln des Kutschers, das in seinem Gesicht auftauchte, sobald er die Prinzessin in Augenschein genommen hatte, ließ sie zögern. Magda drückte sie sanft in Richtung Tür. „Nun geht schon."

Lara griff nach ihrer Zeichenmappe und folgte dem Kutscher nach draußen. In der Dunkelheit der Nacht konnte sie die Umrisse von König Meredeth erkennen, der neben der Kutsche in langsamen Schritten auf und ab ging. Er nahm nur drei oder vier Schritte in eine Richtung, bis er wieder umkehrte. Er wirkte in Gedanken versunken, den Kopf leicht gesenkt, als schaue er auf den Boden, der im Dunkel der Nacht nicht auszumachen war. Als er hörte, dass sich jemand näherte, blieb er stehen.

„Da seid ihr ja endlich.", sagte er erleichtert und reichte Lara zum Einsteigen die Hand. Seine Stimme versicherte ihr, dass er es wirklich war. Ansonsten konnte sie nur tanzende Schatten erkennen. Er hatte sich ihr gegenübergesetzt. Lara fragte sich, ob er lächelte, ob er sich auf die Feier freute, ob er merkte, dass sie noch immer wegen dem Kleid verärgert war.

Während die Kutsche über die Straßen gleitete, blickte sie in die Dunkelheit. Dorthin, wo er saß. Sie konnte seinen ruhigen Atem hören. Aber ihr wäre lieber gewesen, sie könnte neben ihm sitzen, ihren Kopf an seine Schulter drücken, ihn riechen, damit sie sich sicher sein konnte, dass er wirklich da war. Und dann und wann würde er ihr ein paar Worte ins Ohr flüstern und sie würde kichern und wüsste, dass auch er lächelte, mit diesem sonderbaren Strahlen in seinen grasgrünen Augen. Aber sie saß nur regungslos da, umhüllt von der Dunkelheit und – obwohl er ihr direkt gegenübersaß – fühlte sie sich einsam.

Als die ersten Sonnenstrahlen die Wiesen streichelten und den kommenden Tag ankündigten, bemerkte Lara, dass Meredeth schlief. Mit in die Brust gesenktem Kopf saß er ihr gegenüber und jede Unebenheit, die sie passierten, schüttelte seinen Körper bis dieser wieder regungslos verweilte.

Lara schaute aus dem Fenster. In der Ferne lag ein großer See, dessen Wasser still ruhte.

Sie bemerkte Meredeth' Erwachen nicht. Er rieb sich seine Augen und reckte seine Glieder, die ihm leicht schmerzten. Dann blickte er Lara an, die mit ihrem Gesicht am Fenster hing und staunend die vorüberwandernde Landschaft begutachtete. Er sah hinaus, um zu sehen, wie weit sie schon gekommen waren. Dann setzte er sich neben sie und sagte: „Me'elem, das Dorf der weißen Priester."

„Und Alama'a, der Fluss, an dem König Bzeodana den Tod fand." Lara drehte sich überrascht zu ihm um. „Und dort hinten steht ein kleines Bauernhaus."

Er deutete mit dem Finger in die Ferne. Lara schaute mit zugekniffenen Augen in die Richtung, in die er gedeutet hatte.

„Ich sehe nichts."

Er rückte näher an sie heran, legte den Arm um sie. Sein Gesicht neben dem ihren, so dass sie seine Wange an der ihren spüren konnte.

Er deutete erneut: „Dort hinten."

„Jetzt kann ich es sehen. …", strahlte Lara. Sie schloss kurz die Augen, genoss die Sonnenstrahlen auf ihrer Haut und die sanfte Umarmung, seinen fast unscheinbaren Duft, der ihr durch jede Faser ihres Körpers stieg und ihr sagte, dass sie nie wieder woanders sein wollte.

„In dieser Gegend habe ich einige Sommer mit meiner Familie verbracht. Mein Onkel Fjerdes und mein Cousin Ortis waren auch oft da. Wir spielten verstecken und dass wir Ritter waren, die in eine große Schlacht zogen."

Lara ließ die warmen Klänge seiner Stimme in sich wirken.

„Es gibt sie immer noch.", schmunzelte er mit Blick auf die Mühle, die sich in der Ferne zeigte. „Hinter dieser Mühle habe ich zum ersten Mal ein Mädchen geküsst.", sagte er, als wäre es schon so lange her, dass er sich nicht mehr ganz sicher war, ob es wirklich passiert ist.

„Ich bin mir sicher, dass sie nicht die einzige war, die hinter dieser Mühle eurem Charme erlegen ist.", schmunzelte Lara.

„Wir haben alle unsere kleinen Geheimnisse."

Lara wendete ihr Gesicht zu ihm. Ihre Blicke trafen sich und verweilten aufeinander, als ob es in der Welt nichts Anderes gäbe als diese Kutsche. Sein Arm auf ihren Schultern schien leicht zu werden wie eine Feder. Er ließ den Arm, hinter ihrem Rücken heruntergleiten, sodass seine Hand nun auf der Sitzbank lag. Sie spürte nichts mehr als ihre beider Blicke, die sich berührten.

Warum konnte ich nicht früher geboren sein? Ich wäre gerne eines dieser Mädchen gewesen. Ich hätte dich geküsst, Meredeth, ich hätte dich vieltausendmal geküsst. Ich hätte dich geküsst, auch wenn du mich wohl schon sehr bald wieder vergessen hättest. In diesen Minuten hätte dich mir niemand nehmen können. Du wärst Mein gewesen. Sie spürte einen Stich im Herzen. Er war mit seiner adretten Hochzeitsgarderobe, seinem bezaubernden Lächeln und seiner weichen Stimme, die sie in seine unbeschwerte Kindheit eintauchen ließ, direkt in ihr Herz gestürmt und hatte sich dort ausgebreitet. Ihr war, als wäre ihr Herz nicht groß genug, um ihre Liebe zu halten. Als drücke sie gegen die Wände der engen Herzkammer, um sich Platz zu machen. Als rufe sie: „Lass mich frei!" Sie wusste, wie befreiend ein Kuss sein konnte.

Die Lider seiner tiefgrünen Augen schlossen sich ein wenig. Sie spürte seine Hand nun an ihrer Taille, zuerst als zarte fast unscheinbare Berührung, doch dann drückte er sie leicht in seine Richtung. Sie wusste gar nicht, wie ihr geschieht, rückte mit der Bewegung seiner Hand näher an ihn heran. Ihr Blick löste sich kurz von seinen Augen und fiel auf seine Lippen, die nun leicht geöffnet waren, als würde er jeden Moment etwas sagen wollen. Als sie ihm wieder in die Augen sah, die ihren erneuten Blick sehr willkommen hießen, schien es ihr, als sprächen aus seinen Augen tausend Worte zugleich oder auch nur pure Sprachlosigkeit.

Ein Poltern ließ die Kutsche erzittern. Sie hatten ein großes Erdloch überfahren. Meredeth und Lara lächelten sich verlegen an. Sie errötete und wandte schnell den Blick von ihm ab und sah aus dem Fenster. Er zog seinen Arm hinter ihr vor und widmete sich still einem Buch, das er mitgenommen hatte. Sie traute sich nicht, ihn anzuschauen. Sie hatte sich ihren Träumen hingegeben und doch tatsächlich gehofft, er würde sie küssen. Sie kam sich so töricht vor. Sie hatte das Gefühl, Meredeth nie wieder in die Augen sehen zu können und hoffte, dass sich vor ihnen ein großes Loch auftun würde. Noch größer als jenes, dass sie eben überfahren hatten. Und dass sie geradewegs im Jenseits landen würden. Dort würden sie direkt getrennt sein. Er würde seine Fragen beantworten, um in die Ewigen Lande zu wandern und sie würde mit dem kostbaren Kleid, das sie an ihrem Körper trug, ihren Eintritt in das Jenseits bezahlen. Wenn sie von ihrer Eingangspforte die seine sehen könnte, würde sie zu ihm hinübersehen, aber nur weil sie sicher wüsste, dass er sie nicht anschauen würde. Sie würde sehen wollen, ob er die Antworten weiß.

Dann würde sie ihren Weg nehmen in der Gewissheit, dass sie ihn nie wiedersehen würde, nie wissen würde, wie es ist, von ihm geküsst zu werden, in seinen Armen einzuschlafen, die Worte zu hören, die sie so gerne aus seinem Mund vernommen hätte: „Ich liebe dich.“

Sie näherten sich einer Kreuzung, die Lara aus ihren Gedanken riss. Sie lebte noch und konnte noch nicht ins Jenseits hinübergehen. Auch Meredeth hatte von seinem Buch aufgesehen und blickte zu der Kreuzung, der sie sich langsam näherten. „Hier verläuft die Grenze zu Grünland.“, sagte er fast wie zu sich selbst. Er befahl dem Kutscher, eine Pause einzulegen.

Meredeth reichte Lara die Hand zum Aussteigen. Die beiden gingen ein paar Schritte die einsame Straße entlang. Sie musterte ihn. Sein Jackett war aus demselben Stoff wie ihr Kleid, mit goldfarbenen Rosen bestickt. Dazu trug er eine weiße Hose, ein helles Rüschenhemd und Stiefel. *Wie kann ein einziger Mann nur so gut aussehen? Diese engen Hosen stehen ihm unglaublich gut. Und dieses Jackett. In denselben Farben wie mein Kleid. Jeder wird sehen, das wir zusammengehören. Meredeth und ich. Ich und Meredeth. Zumindest für einen Tag und eine Nacht.*

„… Und König Vlad kam an diese Kreuzung …“

Meredeth hielt plötzlich einen Moment inne.

„Ihr hört mir gar nicht zu.“, bemerkte er, „Habe ich recht?“

Lara lächelte verlegen.

„Ich war mit den Gedanken woanders."

„Ich hätte wissen müssen, dass ihr nur an die Hochzeit denken könnt."

„Nein, fangt nur wieder an zu erzählen. Ich werde euch diesmal ganz bestimmt zuhören."

Meredeth schwieg.

Dann sagte er: „Ihr werdet sicherlich auch bald heiraten."

„Ja.", antwortete Lara stockend.

„Seid ihr schon jemandem versprochen?"

„Nein."

„Euer Vater wird sicherlich einen vortrefflichen Mann für euch finden."

„Ich wünschte mir manchmal, ich wäre eine Bäuerin, die Tochter eines Händlers, ein Waisenmädchen. Ich würde gerne wie sie aus Liebe heiraten. Wie kann ich einen Mann heiraten, von dem ich nicht weiß, ob er mich liebt, ob er gut zu mir ist?"

„Lara, wer könnte euch je etwas Böses tun? Euer Mann wird sehr gut und gütig zu euch sein. Und ihr werdet sehen, dass es euch gar nicht schwerfallen wird, ihn zu lieben. Nicht die Liebe, von der ihr träumt, aber eine Liebe, die von gegenseitiger Wertschätzung geprägt ist."

„Habt ihr aus Liebe geheiratet?"

Er blieb unvermittelt stehen und schwieg. Lara war sich nicht sicher, ob er nur überlegte, oder ob er Erinnerungen nachhing.

„Ja. Mein Vater hatte lediglich Anforderungen geäußert, mir aber die letztendliche Wahl überlassen. Ich schätze, ich hatte großes Glück."

„Und würdet ihr nicht sagen, dass man nur aus Liebe heiraten sollte?"

„Man sollte zuallererst daran denken, was für das Volk das Beste ist. Erst danach kommen die eigenen Gefühle."

„So spricht wohl nur ein wahrer König.", stellte sie ernst fest. Sie bewunderte und bedauerte ihn zugleich für seine zutiefst empfundene Überzeugung.

143

„Eure Majestät, wir sollten langsam die Weiterreise antreten, damit ihr nicht zu spät kommt.", rief Creston.

Die Kutsche passierte ein großes Tor, das in einen ausladenden Schlosspark führte. Er war eingerahmt in zwei breite Wege, die zum Schloss führten und von den Kutschen genutzt wurden. In der Mitte kreuzten sich zwischen hohen Büschen diverse schmale Wege, die nur zu Fuß erkundet werden konnten. Einige der Hochzeitsgäste, die man anhand ihrer extravaganten Kleidung ausmachen konnte, flanierten durch die Gänge und genossen die warmen Sonnenstrahlen. Lara sah die Frauen, die in ihren üppigen Kleidern und mit einnehmendem Lächeln den Männern schöne Augen machten.
Sie erblickte Mädchen, die sich hinter den Büschen versteckten und sich gegenseitig in ihren feinen Gewändern bewunderten und einander ihre tiefsten Geheimnisse ins Ohr flüsterten. Laras Augen strahlten. Das Schloss glitzerte mit seinen tausenden Fenstern im Licht der Sonne. Eine echte Elfenhochzeit. Und sie würde dabei sein. Meredeth sah weder die Hochzeitsgäste noch das Schloss. Er hatte nur Augen für Lara. Ihre Begeisterung schien ihn zu beeindrucken. Für ihn war der Besuch des grünen Schlosses nichts Besonderes. Er kannte König Kamil gut und er kannte auch die Namen der meisten Gäste. Für ihn war der Besuch dieser Feier eine unliebsame Pflicht. Aber Lara, die in all den kleinen Dingen so viel Wunderbares sah, ließ ihn unvermittelt lächeln.
Meredeth half Lara vor der ausladenden Treppe des Schlosses aus dem Wagen. Er musterte sie mit einem schnellen Blick und schenkte ihr ein sanftes Lächeln. Lara senkte verlegen ihren Blick.
„Meredeth, wie schön euch zu sehen." Eine kräftige, ältere Dame kam die Treppe heruntergestürzt. Dann fiel ihr Blick auf Lara. „Und wer ist dieses bezaubernde junge Fräulein?"

Meredeth stellte die beiden Frauen einander vor: „Prinzessin Lara, Königin Bzenede."

„Lara?", fragte Bzenede, als würde sie in ihrem Kopf nach einer Antwort suchen, während sie weiterging.

König Kamil, der ein paar Worte mit Creston gewechselt hatte, umarmte Meredeth freundlich.

„Oh, wen haben wir denn da?"

Lara verbeugte sich schüchtern vor dem König: „Eure Majestät, ich bin Prinzessin Lara."

Kamil schmunzelte: „Ich habe für euch das übliche Zimmer reserviert, das kleine im Südflügel, das ihr immer wolltet. Ich konnte ja nicht wissen, dass ihr …"

Meredeth blickte Lara verunsichert an. Die Diener des Königs trugen die Taschen der beiden in das Schloss.

„Ich werde euch noch den Schlüssel für das kleine Zimmer im Nordturm geben. Nicht sonderlich luxuriös. Aber es sollte reichen.", fiel Kamil ein. Eine weitere prunkvolle Kutsche näherte sich dem Eingang des Schlosses.

„Da kommt Gregor, bitte entschuldigt mich.", sagte Kamil und warf Lara ein tiefgründiges Lächeln zu.

Meredeth und Lara folgten den anderen Hochzeitsgästen in den großen Saal, der für die Trauung hergerichtet worden war. Große, schwere Polsterstühle waren in Reihen aufgestellt. Die hintersten Plätze waren schon überwiegend besetzt mit den betuchten Gästen, die keinen Adelstitel innehatten. In den vorderen Reihen saßen bereits vereinzelt nahe Verwandte des Brautpaares und vornehme Gäste aus den Königshäusern von Enuma.

Meredeth und Lara gingen außen an den Stuhlreihen vorbei. Viele der Anwesenden starrten Lara und ihren königlichen Begleiter unverhohlen an.

Sie tuschelten: „Es ist König Meredeth mit einem jungen Mädchen. Wo hat sie nur ihre Anstandsdame gelassen?"

„Wahrscheinlich braucht sie keine. Ich glaube, gesehen zu haben, dass sie ein Mensch ist. Ein verdorbenes Menschenweib. Und dieser Jennemei bringt sie hierher!"

„Hoffentlich setzen sie sich nicht zu uns. Ich könnte es nicht ertragen, diese Unzucht aus nächster Nähe zu betrachten."

Lara konnte ihre Worte nicht hören, aber erkannte, dass sie ihr nicht freundlich gesonnen waren. Ihr waren die Blicke, die wie Dolchhiebe in ihre Richtung stießen, unangenehm. Sie hatte gewusst, dass sie auf dieser Elfenhochzeit kein allseits gern gesehener Gast war. Sie hatte aber nicht gewusst, dass die Tatsache, dass sie mit einem König – und dazu noch an der Seite von König Meredeth – auftauchte, für viele der Anwesenden den eigentlichen Affront darstellte. Als Lara die spöttischen Blicke bemerkte und wie die Frauen ihre Köpfe zusammensteckten, um mit kurzen allzu auffälligen Blicken auf das ungewöhnliche Pärchen ihre Aussagen zu verifizieren, ahnte sie, dass sie das ganze Ausmaß dieser Entscheidung noch nicht begriffen hatte.

Hier und da grüßte Meredeth im Vorbeigehen vereinzelt ihm bekannte Gesichter. Er schien jemanden zu suchen und ließ den Blick immer wieder durch den Raum gleiten. Die Blicke, die für Lara allzu offensichtlich waren, kümmerten ihn scheinbar nicht. Er schien zu sehr in Gedanken, als dass ihm derartige Details aufgefallen wären. Als sie an einer großen Wendeltreppe ankamen, fragte Meredeth: „Wollt ihr hier unten bleiben oder lieber nach oben gehen? Dort werdet ihr keinen Sitzplatz finden aber eine bessere Aussicht haben."

„Nach oben.", antwortete Lara lächelnd.

Ihr war in diesem Moment nicht zum Lächeln zu Mute. Sie hatte gerade erst eine überaus gut gekleidete und scheinbar sehr reiche, adlige Frau mittleren Alters entdeckt, die sie so abschätzig betrachtete, als sei sie eine Magd, die gerade in schmutzigen Lumpen das Schloss betreten hatte. Das hatte ihr Tränen in die Augen getrieben, die sie sofort wieder verdrängte. Sie freute sich, dass Meredeth sich so aufmerksam ihr gegenüber zeigte und sich für ihre Meinung interessierte. Sie hatte sich für die obere Etage entschieden, um den neugierigen Blicken der adligen Gesellschaft zu entgehen und hoffte, auf der Empore stehend – zwischen etlichen anderen Gästen – weniger Aufmerksamkeit auf sich zu ziehen.

146

„Meredeth, welch eine Freude dich zu sehen." Ein älterer Mann näherte sich gefolgt von einem jüngeren.

„Bueno, die Freude ist ganz auf meiner Seite."

„Wie ich hörte, habt ihr eine ganz entzückende Begleitung mitgebracht."

Sogleich wandte er sich an Lara. „Eure Hoheit, darf ich euch mit meinem Sohn Piedro bekannt machen?"

Lara verneigte sich.

„Ist Aramché auch hier?", fragte Meredeth.

„Sie konnte nicht kommen. Ihr wisst ja, wie ungerne sie ihre Kleinen allein lässt."

Während die beiden Könige sich weiter unterhielten, wandte sich Piedro an Lara: „Ihr seht bezaubernd aus, Prinzessin."

„Danke.", antwortete Lara zurückhaltend.

„Wenn der alte Mann euch langweilt, könnt ihr jederzeit zu mir kommen.", sagte Piedro.

Lara sah sehnsüchtig zu Meredeth herüber, dessen Nähe sie schon vermisste, obgleich er nur wenige Meter von ihr entfernt stand. In seiner Gegenwart fühlte sie sich sicher. In der Nähe von Piedro, dessen Verhalten sie unverfroren fand, wusste sie nicht, was sie tun sollte. Plötzlich wandte Meredeth sein Gesicht in ihre Richtung und ihre Blicke begegneten sich. Einen Moment hielt sie seinem Blick stand, bis sie ein leichtes Räuspern neben sich vernahm.

„Ist es eure erste Elfenhochzeit?", fragte Piedro interessiert.

Lara nickte.

„Piedro, wir müssen wieder auf unsere Plätze."

„Ihr müsst unbedingt mit mir tanzen.", insistierte Piedro.

„Ich bin der beste Tänzer auf dieser Feier."

Lara nickte lachend.

„Ihr müsst.", rief er ihr im Gehen zu.

„Ja, ich werde mit euch tanzen."

Meredeth blickte sie eindringlich an. Es schien Lara, als wollte er etwas sagen. Aber da Meredeth schwieg und auch sie der unangenehmen Stille nichts entgegnen konnte, wendete sie ihren Blick gedankenverloren ab. *Er findet mein Verhalten wohl ungehörig, zu zugänglich für die fremden Männer. Aber er ist nicht mein Vater und es ist auch gut, dass er nichts gesagt hat.*

„Meredeth!", erschallte ein Ruf von der anderen Seite der Empore. „Ihr entschuldigt mich.", sagte Meredeth zu Lara und machte sich zu ihrem Verdruss auf den Weg zu dem älteren Herrn mit grauem Haar. Er war nicht sonderlich groß und wirkte eher schwächlich. Doch sein glänzend blaues Jackett zeugte von hohem Stand und Reichtum. Meredeth hatte keine Probleme, an den mittlerweile zahlreichen Personen vorbei zu kommen. Die meisten traten bereits vorzeitig zur Seite, als sich der großgewachsene Mann mit den breiten Schultern näherte. Einerseits ließ die imposante Erscheinung sie zurücktreten, andererseits war es sein strenger und entschlossener Blick. Er sah nicht so aus wie ein Mann, der freiwillig ausweichen würde. Diejenigen, die ihn kannten, machten ihm aus Ergebenheit und Bewunderung Platz.

„Wie schön, euch zu sehen, Gregor. Wo ist eure reizende Frau?"

„Pitara wollte mit den Kindern lieber sitzen. Aber ich ziehe es vor zu stehen. Außerdem trifft man hier oben immer die interessanteren Gäste."

Meredeth nickte zustimmend.

„Wer ist eure Begleitung?"

„Prinzessin Lara."

„Oh", meinte König Gregor erstaunt.

„Ich hatte erwartet, das nächste Mal, wenn ich euch mit einem Kordes sehe, habt ihr den Schädel von König Hariam, den ihr eigenhändig von seinem stinkenden Körper getrennt habt, in den Händen. Aber dieser Anblick ist uns allen wohl angenehmer."

„Es ist … ", fing Meredeth an.

„Meredeth, ihr braucht euch nicht erklären. Solange ihr wisst, wer eure Feinde und wer eure Freunde sind, könnt ihr mitbringen wen ihr wollt."

Meredeth schenkte König Gregor seine stumme Zustimmung. Sie schauten nun beide unauffällig zu Lara herüber. Sie sah etwas hilflos aus zwischen all den ihr unbekannten Leuten.

„Wo ist ihre Anstandsdame?", fragte Gregor mit suchendem Blick.

Lara bemerkte den Blick eines Mannes in Meredeth' Alter. Er lächelte Lara freundlich zu und musterte sie in ihrem Kleid. Der Anblick der jungen Prinzessin schien ihm zu gefallen.

„Ich grüße sie, mein Fräulein", sagte er.

„Killian Norway."

„Lara.", antwortete sie schüchtern.

„Hoch erfreut, Lara. Ich bin Gelehrter aus Kurainne. Mit wem seid ihr hier?"

„König Meredeth", antwortete sie, ohne jedoch zu Meredeth und König Gregor hinüberzusehen.

„Oh, der König. Er ist ein feiner Herr.", lobpreiste Killian.

„Die bin ich.", erklärte Meredeth.

„Ihr?", kicherte Gregor.

„Ich könnte mir keinen besseren für diese Rolle vorstellen. Was sagt denn Hariam dazu?"

„König Hariam ist nicht hier. Wen interessiert seine Meinung?"

„Sie könnte euch interessieren, mein teurer Freund. Wenn der Feind vor eurem Schloss steht und euch eigenhändig das Herz aus der Brust schneiden möchte."

„Er wird es nicht wagen, den Friedensvertrag zu brechen.", wandte Meredeth ein.

„Alle Elfenlande würden sich gegen ihn stellen und König Kandy würde ihm nicht helfen."

„Ihr begebt euch auf sehr dünnes Eis. Der König wird seine älteste Tochter nicht gerne an eurer Seite sehen."

Meredeth blickte zu Lara hinüber, die mit Killian Norway sprach. Er hatte den Gelehrten einst in Trient getroffen, als Hulda nach dem Tod ihres Mannes die Geschäfte übernommen hatte und die Elfenkönige sowie einige Geistesgrößen zu sich geladen hatte, um Verträge auszuhandeln und ihre Unternehmung langfristig zu planen. Der Gelehrte war ein kluger und bescheidener Mann.

„Ich umso mehr."

„Ihr habt doch nicht etwa ...", druckste Gregor. „Ihr wollt doch nicht ..."

Gregor sammelte seine Worte.

„Ihr seid nicht an ihr interessiert, oder? Ich meine, nun ja, ihr seid alt, viel älter als sie. Und nicht gerade die Sorte Mann, die das Herz einer jungen Menschenprinzessin höherschlagen lässt. Noch dazu einer Kordes."

Meredeth' Blick hatte sich verfinstert. Die Augenbrauen des Königs waren so nahe beieinander gerückt, sodass man gar nicht mehr erkennen konnte, dass es eigentlich zwei waren. Die beiden Könige blickten schweigend nach unten auf die Stuhlreihen, die nun gänzlich gefüllt waren.

„Ich werde wohl wieder hinübergehen.", sagte Meredeth kühl. Die beiden Könige nickten sich wohlwollend zu. Meredeth kämpfte sich durch die Elfen, die mittlerweile zahlreich auf der Empore versammelt waren. Lara freute sich, dass er wieder zu ihr kam. Die ringsum stehenden Elfen, die sie neugierig beäugt hatten, schienen zwar nicht feindselig, aber Lara hatte sich zunehmend fehl am Platz gefühlt. An Meredeth' Seite fühlte sie sich wohl. Sie lächelte. Er war ja eigentlich auch nur einer von ihnen, ein Elf. „Das war König Gregor. Ihr werdet später sicher noch die Gelegenheit haben, ihn persönlich kennen zu lernen."

Als er seine Hand gedankenverloren auf das Geländer senkte, landete sie auf Laras Fingern. Sie war warm und weich. Lara blieb für einen kurzen Moment das Herz stehen. Ihr Atem stockte. Sie war reglos und selig. Er zog seine Hand blitzschnell weg, ohne Lara eines Blickes zu würdigen und platzierte sie nun so weit weg von der ihrigen, dass ihr keine Möglichkeit eingefallen wäre, um eine erneute Berührung, nach der es ihrem Herzen zutiefst verlangte, herbeizuführen.

Lara blickte Meredeth sehnsüchtig von der Seite an. Das goldene Haar umschmeichelte sein Profil. Er kam ihr so unglaublich kostbar vor. Wie ein Schatz, den sie besitzen wollte, dessen sie aber nicht würdig war. Meredeth schaute konzentriert nach unten und schien immer noch nach jemandem zu suchen, den er nicht erblicken konnte.

König Kamil erschien im Mittelgang zwischen den Stuhlreihen und klatschte laut und langsam in die Hände. Das war das Zeichen für die Gäste, sich zu setzen und ruhig zu sein. Das Brautpaar würde jeden Moment eintreffen. Und da kamen auch schon Josof und Ophelia. Sie lächelten sich immer wieder verliebt an, während sie den Gang entlangschritten und mit bewundernden Blicken bestaunt wurden. Lara betrachtete ungläubig die beiden Gestalten. Sie waren beide in hellen Gewändern gekleidet, die aus feinsten Stoffen gefertigt waren. Ophelias Kleid, das aus mehreren Lagen Stoff bestand und ihren Körper trotz des imposanten Ausmaßes kunstvoll umschmeichelte, ließ sie wie aus einem Märchen erscheinen.

König Kamil sprach nun zu den beiden, die voreinander standen und sich verliebt ansahen: „Die Damaren geben euch durch mich ihre Zustimmung zu eurem Bunde. So sprecht die überlieferten Worte und seid vereint." Er sprach die Sprache des vereinten Enuma. Dann nahm Josof Ophelias Hand und sagte zu ihr: „One i one dschadati: Eñe, ta eñe awan es sadre hufiti di'erre, fuge añata mamala."

Daraufhin antwortete Ophelia mit ihrem Liebesschwur. Es war, wie Magda es ihr erzählt hatte. Lara verstand die Worte des Brautpaares nicht. Sie hatte auch nur eine vage Erinnerung daran, was die Bedeutung der Worte war. Aber die Blicke der beiden und die Emotion, die sie in ihre Aussagen steckten, erzählten Lara alles. Sie waren ineinander verliebt und hatten diesen Tag herbeigesehnt, dass sie einander ihre Liebe nicht mehr hinter scheuen Blicken verstecken mussten. Es musste ein Segen sein, den Mann seines Herzens zu heiraten, ihn jeden Morgen als erstes zu sehen, abends mit seinem Geruch in der Nase einzuschlummern. Seine

Blicke zu genießen, ihn zärtlich zu berühren und zu wissen, dass es für ihn nichts Schöneres gibt, als sie an sich zu drücken und zu küssen. Und dass er sich den ganzen Tag danach sehnte, endlich wieder eine Umarmung zu spüren, einen Kuss, ihren Herzschlag an seinem. Laras Blick wanderte unwillkürlich zu Meredeth. Sie lächelte, weil in ihren Gedanken er der Mann war, der an ihrer Seite sein würde. Er würde sie halten, streicheln, küssen. Er würde sie lieben, zärtlich und hingebungsvoll.

Seine Hand strich über ihre Wange. Sie gaben sich einen innigen Kuss. Nun waren sie ein Paar. Lara blickte Meredeth sehnsüchtig an. Doch seine Aufmerksamkeit war ganz auf das Treiben in der unteren Etage gerichtet. Sie fühlte sich einsam und verlassen. Sie hätte wenigstens seine Hand halten wollen, auch wenn es ebenso unschicklich war wie der Inhalt ihrer Träume. Sie hätte gewusst, dass er da war, dass sie bei ihm war, dass ihr nichts geschehen konnte.

Es war ihr, als würde sie auf dem offenen Meer in den Wellen treiben und langsam immer weiter in die Tiefe sinken. Die Stimmen der umstehenden Elfen nahm sie nur noch dumpf war. Das Geländer, auf dem ihre Hand eben noch lag, schien sich aufgelöst zu haben. Plötzlich spürte sie, wie jemand nach ihrer Hand griff und sie an seinen Arm führte. Es war Meredeth, der ihr seinen Arm zum Einhaken angeboten hatte. „Kommt. Lasst uns nach unten gehen." Lara durchströmte ein tiefempfundenes Glücksgefühl. *Ich bin an seiner Seite. Ich bin die Frau, zu der er heute gehört. Wir tragen den gleichen Stoff und sehen bestimmt ganz bezaubernd aus.* Sie grinste.

„Habt ihr das Kleid gesehen? Ich hoffe, ich werde auch mal so etwas tragen.", schwärmte Lara.

Meredeth schmunzelte. „Das werdet ihr ganz gewiss."

„Ihr habt wohl noch nicht die Kleider der Menschen gesehen."

„Ich kann mich noch gut an die Garderobe erinnern, in der ich euch gefunden habe."

Lara lachte. „Ihr wisst, welche Kleider ich meine."

Die beiden gingen schmunzelnd mit den anderen Gästen die Treppe herunter, an deren Ende das Brautpaar die Glückwünsche entgegennahm.

Lara und Meredeth betraten den großen Tanzsaal, dessen rechte Seite mit einer endlosen Fensterreihe den Blick nach draußen gewährte. Auf der gegenüberliegenden Seite waren Spiegel nebeneinander angebracht, die den Raum noch größer erscheinen ließen. Auch dieser Raum verfügte über eine Empore, die mit denen der anderen Räume verbunden war. Im Tanzsaal fand sich jedoch lediglich eine schmale Wendeltreppe, die die untere Etage mit der oberen verband. Im angrenzenden Raum, in den man durch eine große mit Funkelglas verzierte Flügeltür gelangen konnte, war ein üppiges Büffet aufgebaut und etliche reich geschmückte Esstische warteten darauf, dass sich die hungrigen Gäste setzten und Belanglosigkeiten austauschten. König Meredeth ging mit Lara am Rand der Tanzfläche, auf der noch niemand tanzte, entlang. Neben den Musikern stand ein älterer Mann, der befahl: „Fangen sie erst an, wenn das Brautpaar kommt." Meredeth sagte zu ihm: „Dschadro, ich wusste gar nicht, dass man dich hier auch zum Arbeiten eingespannt hat."

König Dschadro lachte: „Ich walte nur ein bisschen im Hintergrund."

„Darf ich euch Prinzessin Lara vorstellen?"

„Eure Majestät." Lara verbeugte sich.

„Ich habe es schon gehört.", sagte König Dschadro zu Meredeth gewandt. „Alle reden ja davon. Ein kluger Schachzug. Nichts könnte König Hariam mehr demütigen. Seine Tochter verführt von seinem ärgsten Feind."

„Nichts läge mir ferner, als eine Beziehung für derartige Zwecke auszunutzen."

„Ich weiß, Meredeth. Gerade das macht euch so sympathisch. Auch wenn ich mir manchmal wünschte, ihr kämt mehr nach eurem Vater, dem Schlitzohr."

Es wurde unruhig im Saal. Josoph und Ophelia betraten den Raum.

„Bzenede!", rief Dschadro. „Wo ist nur immer meine Frau, wenn ich sie suche?"

Meredeth wandte sich zu Lara.

„Darf ich bitten?", fragte er und griff, ohne eine Antwort abzuwarten, nach ihrer Hand. Lara lächelte und nickte ihm bejahend zu. Sie ließ sich bereitwillig von ihm auf die Tanzfläche führen. Sie hatte diesen Tanz stundenlang mit Magda geübt. Auch wenn sie ihn in Gedanken schon hundertmal getanzt hatte, hatte sie immer noch Angst, einen Fehler zu machen. Einen der entscheidenden Schritte zu vertauschen und sich und Meredeth komplett zu blamieren. Sie schauten sich in die Augen, während sie darauf warteten, dass die anderen Paare ihre Positionen einnahmen und die Musiker das Lied anstimmten. Lara fiel es schwer, Meredeth' Blick über längere Zeit zu erwidern. Es war ihr sichtbar unangenehm, so lange und intensiv von ihm angeschaut zu werden. Sie lächelte verlegen.

Und da sie wusste, dass es gewünscht war, seinen Tanzpartner während des Tanzes anzusehen, wollte sie ihren Blick keineswegs abwenden. Sie hoffte, dass die Musik bald zu spielen beginnen würde. Das einzige, was sie in diesem Moment spüren konnte, war seine warme Hand auf ihrem Rücken, Jeder einzelne seiner Finger schien Pulse in ihren Körper zu senden, die sie gleichsam wärmten und ihr Herz zum Rasen brachten. Sie meinte immer wieder, Musik erklingen zu hören. Vor lauter Sehnsucht nach einem Ton täuschten ihr ihre Ohren allerlei Geräusche vor. Doch das einzige, was zu hören war, waren die Schritte der Paare, die sich auf der Tanzfläche verteilten. Sie wollte endlich lostanzen. Meredeth' sanfter Blick ließ sie innerlich dahinschmelzen. Sie hatte das Gefühl, jeden weiteren Moment, in dem sie nur so dastand und ihn anschauen musste, einer Ohnmacht näher zu kommen.

Dann ertönte endlich die Musik und Lara war nicht die Einzige, die über diese Fügung erleichtert war. Sie wirbelten im Gleichklang mit den anderen Paaren über die Tanzfläche. Die Musik war schön und zugleich zutiefst traurig. Lara hatte schon oft von der Hochzeitsmusik der Elfen gehört, die die Herzen der Verliebten anrührt und ihnen große Freude und unglaublichen Schmerz zugleich schenkt. Wie ein Mann, den man liebte und nicht haben konnte. Lara fühlte den tiefen Kummer, der in dieser Melodie lag. Ihr Herz wurde ihr schwer. Sie tanzte mit dem Mann, in den sie sich unsterblich verliebt hatte, aber er würde sie wohl nie als das sehen, was sie gerne sein wollte: Die Frau an seiner Seite. Tränen wollten sich durch ihre Augen in die Welt hinaus drücken. Doch sie ließ sie nicht hinaus. Sie sperrte den Schmerz, den die Musik in ihr offenbart hatte, in ihr Herz.

Obwohl der Saal voller Elfen war, die tanzten, oder am Rande der Tanzfläche den wogenden Wellen an herrlichen Kleidern zusahen, sah Lara nur Meredeth. Ihre Augen an seine geheftet, entging ihr nicht, dass seine Augen glasig glänzten. *Armer Meredeth! Er tanzt diesen Tanz nicht das erste Mal. Er hat einst seine Braut zu diesem Lied über die Tanzfläche geführt. Und jetzt bin da nur noch ich.*

Sie verlor sich in seinen tiefgrünen Augen und fand darin eine Wiese, die kein Ende hatte. Überall waren die satten, grünen Gräser, die in einen blauen Himmel ragten und nur dann und wann den Blick auf ein paar Mohnblumen freigaben. Lara fand darin ein kleines Mädchen mit schwarzem Haar, das über die Wiese rannte. Sie hörte eine Stimme: „Lara. Lara!" Es war wie ein jüngeres Abbild ihrer selbst. „Lara!", hörte sie Meredeth sagen. Dann war sie wieder im Tanzsaal, noch immer umrahmt von Meredeth' Armen, noch immer über die Tanzfläche wirbelnd. Sie lächelte ihn an. Er lächelte zurück und schien beruhigt, dass ihr Blick nicht mehr der einer Abwesenden war.

Sie dachte an das, was König Dschadro gesagt hatte. War sie für Meredeth nur ein Mittel zum Zweck? Hatte er ihre Nähe gesucht und sie zu dieser Feier eingeladen, um ihrem Vater zu schaden? Sie wusste nicht, warum die Kordes und die Jennemei verfeindet waren. Und sie wusste, dass Meredeth nicht mit ihr darüber reden würde. Der Gedanke, er könnte sich ihr annähern, gefiel ihr. Er würde mit seiner Hand durch ihr Haar streichen, seine Finger über ihre nackte Haut führen und sie küssen. Er würde ihr verführerische Worte zuflüstern, weil er wusste, dass man sich Frauen so gefügig machte. Sie würde ihn gewähren lassen.

Auch wenn er sie nicht lieben sollte. Angst kam in ihr hoch, dass seine Freundlichkeit vielleicht nur gespielt war. Ihre Hände umgriffen ihn fester, als würde sie ihn und auch den Gedanken, dass er sie mochte, nicht gehen lassen wollen. Doch es war ihr, als verlöre sie ihn zwischen all den wirbelnden Kleidern und den Tanzenden, die verbunden durch die Musik und vereint im gemeinsamen Tanz doch nur wie der Graumling waren, der sich einsam durch den Wald streifend nach einem frischen Stück Fleisch sehnte und dafür auch seinesgleichen in Betracht ziehen würde.

Die Musik verstummte. Meredeth strich Lara eine Locke aus dem Gesicht, die ihr beim Tanzen über die Stirn gerutscht war. Er lächelte sie mit einem einnehmenden Lächeln an, als müsste er sie noch für sich gewinnen. Er wusste scheinbar noch nicht, dass ihr Herz schon ganz ihm gehörte. Lara fühlte sich leicht schwindlig und die Kraft ihrer Beine ließ langsam nach. Sein Lächeln überrollte ihr Herz mit einer Welle an Freude, der ihr Körper nicht mehr länger standhalten konnte. Meredeth setzte zu einer Frage an.

„Jetzt müsst ihr mit mir tanzen, Lara!", sagte eine vertraute Stimme. Piedro hatte sich an den anderen Paaren vorbei zu den beiden gekämpft. Meredeth nickte Piedro und Lara zu und verließ wortlos die Tanzfläche. Lara fühlte sich noch ganz benebelt von Meredeth' Nähe. Sie hatte noch gar nicht richtig realisiert, dass Meredeth bereits gegangen war.

„Ihr werdet nicht enttäuscht sein.", fuhr Piedro fort. „Ich hatte an der Akademie Cresce die besten Tanzlehrer, die man auf Enuma finden kann." Lara lächelte ihm zu. Sie mochte seine arrogante Art nicht, aber dennoch war er ein adretter und freundlicher junger Mann. Außerdem war ihr Herz noch ganz in Aufruhr, weil sie Meredeth' Lächeln nicht vergessen konnte.

Während sie mit Piedro tanzte, bemerkte sie Meredeth am Rand der Tanzfläche neben König Gregor. Er schien zu ihr herüber zu schauen. Sie war sich nicht sicher und wollte bei der nächsten Drehung noch einmal einen Blick in seine Richtung werfen. Aber diesmal konnte sie nur noch König Gregor sehen, der amüsiert das Treiben auf der Tanzfläche beobachtete. „Ihr habt schöne Augen", sagte Piedro. Lara lenkte ihren Blick auf Piedro. „Wunderschöne, grüne Augen." Sie nickte bestätigend.

„Und euer Vater hat nichts dagegen, dass ihr mit einer Menschenfrau tanzt?", fragte sie herausfordernd. Piedro sah sie irritiert an.

„Nein. Er sähe es sehr von Vorteil, enger mit den Menschen verbunden zu sein."

„Und was denkt ihr?"

„Ich dachte immer, die Frauen der Menschen seien grobe und unmanierliche Geschöpfe. Und dann sah ich euch."

„Vielleicht bin ich ja nur eine Ausnahme."

„Dann immer noch eine Ausnahme, die man für eine Verbindung in Erwägung ziehen sollte."

Lara wurde verlegen. Sie wünschte sich, ihr Vater oder ihre Brüder wären hier. Sie würden den Elfenprinzen in die Schranken weisen. Aber sie war sich nicht sicher, wie sie reagieren sollte. Er hatte ja nicht um ihre Hand angehalten. Er hatte ihr lediglich zu verstehen gegeben, dass sie für eine Verbindung in Frage käme.

Er flüsterte ihr nun ins Ohr: „Ihr braucht nicht schüchtern sein, Prinzessin. Wenn ihr mich fragt, seid ihr die schönste Frau auf dieser Feier. Ich würde euch nicht hindern, wenn ihr mich küssen wollt."

Lara stockte vor Schreck der Atem. Sie bemerkte im ersten Moment gar nicht, dass die Musik aufgehört hatte zu spielen und sie nicht mehr tanzten. Dann verbeugte sie sich: „Eure Hoheit.", und verließ eilig die Tanzfläche. Sie suchte mit ihren Augen den Saal ab und ging schnellen Schrittes hinüber zum Speisesaal.

„Ihr flüchtet wohl vor eurem Verehrer", sagte eine ältere Dame, die an einem der ersten Tische saß. Die anderen Frauen am Tisch lachten. Lara schaute sie mit verzweifeltem Blick an. Sie konnte König Meredeth immer noch nicht entdecken und hatte Angst vor den unzähligen ihr fremden Elfen, die womöglich besser wussten, wer sie war. „Ihr müsst das reizende Fräulein sein, das Meredeth mitgebracht hat, über das alle hier sprechen." Lara war noch immer verängstigt und wünschte sich, Meredeth wäre nicht von ihrer Seite gewichen.

Dann fügte die Frau hinzu: „Ach, entschuldigt mich, dass ich mich noch nicht vorgestellt habe. Ich bin Hulda, die Schwester von Amiralda, Meredeth' Mutter. Ich bin mir sicher, dass er euch von mir noch nicht erzählt hat." Lara nickte und schaute sich sogleich wieder im Saal um, auf der Suche nach Meredeth. „Er wird euch schon nicht weglaufen, mein Kind.", sagte Hulda verschmitzt lächelnd unter dem Gelächter der anwesenden Frauen. „Setzt euch zu uns."

Lara setzte sich auf den einzigen noch leeren Platz, der sich links neben Hulda befand. Da sie eine Verwandte von Meredeth vor sich hatte, wich ihre Angst ein wenig. Hulda stellte ihr der Reihe nach die Frauen am Tisch vor. Es waren Sanja, die Cousine der verstorbenen Königin Helene von Ostend, Assana, Minda und Griseldis, die Mutter von Königin Pitara.

„Und ihr seid?", endete Hulda.

„Prinzessin Lara."

Hulda zog die rechte Augenbraue nach oben.

„Prinzessin Lara aus der Weiten Steppe?"

„Ja."

Assana und Minda tuschelten.

Lara fühlte sich zunehmend hilflos. Warum musste sie Meredeth auch auf diese Hochzeit begleiten?

Sanja schüttelte den Kopf. „Nun hat König Meredeth wohl endgültig den Verstand verloren."

Griseldis warf ein: „Er ist wahrscheinlich schlauer als wir alle zusammen."

Hulda tätschelte Laras Hand, deren Hilflosigkeit weiter wuchs. Lara schaute sich erneut im Saal um und suchte nach Meredeth. Manchmal sah sie jemanden, der ihm von Frisur und Statur ähnlich war. Aber sobald derjenige sich drehte, konnte sie erkennen, dass es sich um jemand anderes handelte. Hulda nahm Laras' suchende Blicke mit Interesse zur Kenntnis.

„Meine Hoheit, dürfte ich um den nächsten Tanz bitten?", fragte ein hagerer, groß gewachsener junger Mann mit langem schwarzen Haar.

„Seht ihr nicht, dass wir uns unterhalten, Prinz Lores?", fragte Sanja genervt. Prinzessin Lara, die eigentlich gemeint war, sah sich nicht imstande, etwas zu entgegnen. Der Prinz entschuldigte sich und ging.

„Wie kommt es, dass ihr hier seid?", fragte Hulda neugierig.

Lara zögerte zunächst.

„Ich war zufällig am Hof des Königs und er fragte mich, ob ich ihn begleiten würde."

Minda platzte heraus: „Und wird er euch heiraten?"

Griseldis sagte: „Minda, bitte! König Meredeth wird sicherlich nach seiner letzten Ehe das Interesse an einer solchen Verbindung verloren haben."

„Wusstet ihr, dass Meredeth bereits verheiratet war?", fragte Hulda, die das Thema begierig aufgriff.

„Er hat es erwähnt.", stotterte Lara.

Hulda lächelte bedeutungsschwanger.

Lara blickte sich wieder suchend um.

„Hat er auch erwähnt, dass sie ihm weggelaufen ist?", fragte Assana neckisch.

„Nein."

„Das ist ja mal wieder typisch. Den besten Teil der Geschichte hat er natürlich unterschlagen.", lachte Minda.

Hulda warf ihr einen bösen Blick zu.

„Sein Cousin Ortis ist mit seiner Ehefrau durchgebrannt. Es soll zwei Tage nach der Hochzeit passiert sein. Armer Meredeth. Hätte er doch nur auf seine Mutter gehört."

„So etwas kann man ja nicht ahnen.", entschuldigte Lara.

„Marduk hat es Amiralda gesagt. Sie hat seine Zukünftige gesehen. Und es war nicht Anastasia. Sagen konnte sie ihm nicht, dass sie nicht die Richtige war."

„Ist Ortis heute auch hier?"

„Aber natürlich, meine Kleine. Selbstverständlich in Begleitung von Anastasia. Sie ist eine wahre Schönheit. Etwas gealtert sicherlich."

Hulda schaute sich suchend im Saal um.

„Dort hinten bei der Säule. Meredeth ist bei ihnen."

Lara war irritiert.

„Er hat den beiden verziehen. Letztendlich erkannte er wohl auch, dass sie nicht die Richtige für ihn war. Die drei verstehen sich besser denn je. Etwas wunderlich ist der König sicherlich geworden. – Kalt, und – griesgrämig."

Lara schaute zu den dreien herüber. Meredeth' Anblick ließ ihr Herz höher schlagen. Sein Cousin war etwas kleiner und schmaler als er. Seine Gesichtszüge und sein Haar wirkten ähnlich denen von Meredeth. Die Frau an seiner Seite war eine strahlende Schönheit mit dunklen Haaren.

„Geht nur, Prinzessin.", forderte Hulda Lara auf. „Er geht euch sowieso beständig im Kopf herum.".

Lara verabschiedete sich höflich von den Damen, die sie mit ihrem Tuscheln und Schmunzeln hinter sich ließ. Hulda blickte der Prinzessin aus der Weiten Steppe prüfend nach. „Interessant. Äußerst interessant.", murmelte sie.

Lara kämpfte sich an den Elfen vorbei. Männer nickten ihr freundlich zu. Frauen musterten sie und tuschelten.

„Eure Hoheit.", erklang eine freundliche Stimme neben ihr. Als sie ihren Blick dem Mann mit den braunen Augen und braunen Haaren zuwandte, verneigte er sich: „Prinz Amiel."

Sie nickte ihm freundlich zu.

„Es freut mich, sie kennen zu lernen."

„Ich habe mich gefragt, ob ich euch für den nächsten Tanz gewinnen kann."

„Es tut mir leid, eure Hoheit. Fragen Sie mich gerne später noch einmal."

Sie ging weiter. Nach einer gefühlten Ewigkeit kam sie endlich bei Meredeth an. Dieser stellte sie sogleich seinen Gesprächspartnern vor: „Darf ich vorstellen: Meine Begleitung, Prinzessin Lara aus dem Hause Kordes. Mein Cousin Ortis und seine Frau Anastasia."

Aus der nächsten Nähe betrachtet fand Lara Anastasia noch hübscher. Ihre Augen waren ebenmäßig braun und schmal, ihre schwarzen Haare glatt und dünn. Ihr Lächeln hatte etwas Exotisches.

Anastasia musterte Lara interessiert und fragte: „Wie gefällt es euch auf Breven?"

„Es ist ganz reizend. Ich bin es gar nicht gewohnt, dass man so sehr mit der Natur verbunden lebt."

„Meredeth erwähnte, dass ihr auch sein Schloss schon besucht habt."

„Ja. Ich habe noch nie so viele Rosen an einem Ort gesehen.", schwärmte Lara. „Und alle Räume sind so freundlich und hell und so über und über mit geschmackvollen Farben und Stoffen bestückt."

„Da hat sich wohl jemand in dein Schloss verliebt, Meredeth.", schmunzelte Anastasia. „Pass' nur auf, dass sie dir den Kopf nicht verdreht, um nie wieder gehen zu müssen."

Meredeth lachte.

Lara lief rot an und blickte schnell Richtung Tanzfläche, in der Hoffnung, die anderen würden es nicht bemerken.

Ortis erlöste sie und schlug Anastasia vor: „Wir sollten noch Kamira begrüßen."

Sie verabschiedeten sich von Meredeth und Lara. Meredeth trat näher an Lara heran.

„Ich hoffe ihr langweilt euch nicht allzu sehr. Zumindest könnt ihr euch, wie ich sehe, vor Verehrern kaum retten."

Lara lachte. „Ich hatte noch nie Gefallen an diesen offiziellen Anlässen. Sie sind übervoll an Oberflächlichkeiten und ich kann nicht verstehen, wie ihr euch dies antun könnt."

Meredeth schmunzelte. „Wenn ich die Wahl hätte, wäre ich wohl nicht hier." Sie lächelten sich schweigend an.

„Meredeth!", rief eine jugendliche Frauenstimme. Meredeth freute sich sichtlich, die hübsche Elfin, die neben dem Durchgang zum Speisesaal stand, zu sehen. Er huschte eilig zu ihr herüber. Lara beobachtete argwöhnisch, wie die beiden sich mit einer innigen Umarmung begrüßten. Er flüsterte ihr ins Ohr und sie lachte herzlich. Das war sie also, die Frau, nach der er Ausschau gehalten hatte. Sie war überaus hübsch und grazil. Und sie passte perfekt zu ihm mit ihrem blonden Haar und ihren spitzen Ohren. Lara wurde überwältigt von der Wut, die sich in ihr sammelte, dem Schmerz, der drohte, ihr Herz zu zerreißen. *Bitte, lass mich sterben! Ich kann das nicht länger mit ansehen.* Meredeth hielt die schöne Unbekannte an der Hand und schaute an ihr herunter, ließ sie eine Drehung vollführen, sodass er ihr ganzes Kleid in Augenschein nehmen konnte. Die beiden unterhielten sich angeregt und flüsterten sich zwischendurch immer wieder Worte zu. Dann schaute die Frau in Laras Richtung. *Ich kann froh sein, dass ich noch nichts gegessen habe.* Lara griff nach der Hand des nächstbesten Mannes und forderte ihn auf: „Tanzt mit mir!"

Nach einer anfänglichen Irritation lächelte der Elf mittleren Alters bei Laras Anblick und fragte: „Oh, womit habe ich diese glückliche Fügung verdient?"

„Ihr wart zur rechten Zeit am rechten Ort.", flüsterte Lara ihm zu. Er hatte ein freundliches Gesicht, das vor allem an der Stirn schon von tiefen Falten gekennzeichnet war. Sein langes blondes

Haar war bereits von einzelnen weißen Strähnen durchsetzt, die man aber nicht wirklich ausmachen konnte. Er war ein guter Tänzer. Und vor allem war er weniger aufdringlich, als es jüngere Männer zu sein pflegen. Lara sah, wie Meredeth mit der jungen Frau an der Hand durch den Saal ging. Mit seinem Blick durchkämmte er jeden Quadratmeter des Raumes. Er suchte sicherlich nach ihr. Lara rückte mit ihrem Gesicht nahe an ihren Tanzpartner heran, von dem sie lediglich erfahren hatte, dass er Efron hieß. Efron schien erfreut über diese körperliche Annäherung, zeigte es aber nur in einem milden Lächeln. Meredeth ging mit seiner Begleitung an Lara vorbei, ohne sie zu entdecken. Lara atmete auf. *Es hat mir gerade noch gefehlt, dass er mir diese Schnepfe vorstellt. – Sie ist so hübsch und er hält ihre Hand. – Warum bin ich dumme Gans nur hierhergekommen?* Lara schnaubte und ihr Blick verfinsterte sich.

„Geht es euch nicht gut?", fragte Efron. Lara zwängte sich ein Lächeln auf und antwortete nicht. Die letzten Töne der Musik verklangen im Raum. „Es hat mich gefreut, mit euch zu tanzen, Lara." Kaum hatte er sich mit einer tiefen Verbeugung von ihr verabschiedet, hörte sie hinter sich ihren Namen.

„Lara", rief die viel zu vertraute Stimme. *Meredeth, verdammt!* Jetzt hatte sie keine Möglichkeit mehr, dem Unausweichlichen auszuweichen. „Ich möchte euch Antara vorstellen." Lara tat gespielt uninteressiert. „Sehr erfreut." Antara strahlte: „Es freut mich so, euch kennen zu lernen, Prinzessin." Als Lara die beiden immer noch distanziert und unschlüssig ansah, sagte Meredeth: „Antara ist meine Nichte. Sie war ganz neugierig, als sie hörte, dass ich eine junge Prinzessin in ihrem Alter zur Hochzeit mitgebracht habe." *Seine Nichte!* Lara war erleichtert und beantwortete Antaras herzliches Lächeln mit einem freundlichen Blick. „Ich lasse die beiden Damen dann einmal allein.", bemerkte Meredeth und schon war er in der Menge verschwunden. Antara ging neben Lara in eine unbelebte Ecke des Saals.

„Ihr tragt auch ein Beade-Kleid", musterte Antara Lara begeistert.

„Die neueste Mode aus den Neuen Ländern.", schmunzelte sie.
Nun fiel auch Lara auf, als sie Antara näher betrachtete, dass ihr
Kleid, das aus einem sehr viel feineren Stoff gewebt war als das
ihre, denselben Schnitt hatte.
„Etwas freizügig für meinen Geschmack, wenn ihr mich fragt.",
sagte Lara.
„Oh, ihr seid so hübsch, ihr braucht euch nicht zu verstecken.",
schmeichelte Antara.
Lara lächelte verlegen mit errötenden Wangen.
„Seid ihr … Ist es euch recht, wenn wir uns duzen, Hoheit?",
fragte Antara.
Lara nickte.
„Bist du schon jemandem versprochen?" flüsterte sie. Lara schüttelte den Kopf.
„Es sind heute eine Menge gutaussehender Prinzen anwesend.",
bemerkte Antara. „Vielleicht ist ja dein Traummann dabei."
„Es wird kein Elf sein. Mein Vater würde mich eher töten, als
dass er mich mit einem Elfen vermählen würde."
Antaras Blick zeigte stummes Bedauern. „Mit wem hast du schon
getanzt?"
Lara zählte in Gedanken auf: „Meredeth, Piedro, Efron."
„Deine Liste wird noch lang werden, glaub' mir."
„Und du?", fragte Lara neugierig.
„Bueno, Josof, Lores, Igor, von den meisten habe ich die Namen
schon vergessen."
Lara staunte.
„Du solltest wissen, dass ich zu den begehrtesten Jungfrauen gehöre. Ich habe zwar keine Eltern mehr, aber wer mich heiratet,
heiratet das Seenland. Ich bin Meredeth wie eine Tochter."
„Wer mich heiratet, bekommt nur verdorrtes Land.", spottete
Lara.
„Und eine wunderschöne Braut.", bemerkte Antara anerkennend.

„Wie ich sehe, habt ihr beiden euch eine ganze Menge zu erzählen." Meredeth legte den Arm um Antara, die ihn schelmisch angrinste.

„Onkel, du musst unbedingt mit mir tanzen."

„Ihr habt beide wahrlich genug Verehrer, die nur darauf warten, euch auf die Tanzfläche zu entführen. Da brauchst du nicht mit einem alten Mann wie mir tanzen."

„Bitte, Meredeth, nur ein Tanz."

„Nein, ich tanze nicht."

„Mit Lara hast du aber auch getanzt."

Sie zwinkerte Lara zu.

„Das ist etwas anderes."

König Kamil trat hinzu: „Meredeth, habt ihr später noch einen Moment für mich?"

„Aber natürlich, mein Freund. – Habt ihr schon meine reizende Nichte Antara begrüßt?"

Der leicht irritierte Kamil strahlte, als er die blonde Schönheit an Meredeth' Seite erblickte.

„Ihr solltet unbedingt mit ihr tanzen."

„Ich wollte –", fing König Kamil an, bevor er von Meredeth unterbrochen wurde.

„Na los, der nächste Tanz gehört euch."

Schon verschwanden die beiden auf die Tanzfläche. Lara schmunzelte: „Da habt ihr euch ja geschickt herausmanövriert."

„Ich verstehe gar nicht, warum Frauen immerzu tanzen wollen."

„Nun, Männer geizen weniger mit Komplimenten, wenn sie tanzen."

Beide schwiegen.

„Eure Majestät, darf ich das junge Fräulein an eurer Seite für den nächsten Tanz entführen?", fragte Prinz Jedron.

„Nur zu. Aber ihr müsst sie schon selbst fragen, ob sie tanzen möchte."

„Darf ich um den nächsten Tanz bitten?"

Lara wollte ablehnen, weil sie sich lieber weiter mit Meredeth unterhalten wollte. Doch dieser hatte sich bereits abgewandt, um weitere Gäste zu begrüßen. „Gerne."

Als Lara zu Meredeth zurückkehrte, schlug dieser vor: „Wir sollten die Gelegenheit nutzen und etwas essen." Sie gingen in den Speisesaal, der mäßig gefüllt war. Man konnte die Stimmen der Gäste in einem undeutlichen Wirrwarr vernehmen. Lara fühlte sich etwas unwohl, als sie mit Meredeth am Büfett entlangging, weil sie bemerkte, dass einige der Gäste, die an den Tischen saßen, sie beobachteten. Sie versuchte, nicht daran zu denken, und überlegte stattdessen, was sie von all den Speisen, die sie kaum kannte, essen sollte. Dann sah sie eine große Platte mit Gisho und griff beherzt zu.

„Vielleicht solltet ihr den Teller stehen lassen und die ganze Platte an unseren Tisch tragen.", bemerkte Meredeth scherzhaft. Lara legte sofort den Servierlöffel zurück an seinen Platz.

„Dschehen", erklärte Meredeth, während er sich kleine Teigröllchen auf den Teller lud. „Die solltet ihr probieren." Lara nahm auch davon, weil sie für jeden Rat dankbar war. Als sie ihren Blick in den Raum schweifen ließ, fiel ihr auf, dass Königin Lidana und Prinz Lores sie anstarrten und über sie zu reden schienen. Lara schaute schnell wieder auf das Büffet und sah, dass Meredeth schon ein paar Schritte weitergegangen war.

„Ich werde mir später vielleicht noch ein Dessert nehmen.", bemerkte er und nahm Kurs in die Mitte des Raums, in dem die Tische standen.

Lara hätte gerne die Desserts näher in Augenschein genommen. Aber sie wollte nicht als alleinige Zielscheibe der zahlreichen Augenpaare am Büfet verbleiben. Deswegen folgte sie Meredeth mit kleinen, unsicheren Schritten. Er grüßte unterwegs etliche Leute, die sie nicht kannte. Sie lächelte stets schüchtern in die ihr unbekannten Gesichter. Er wählte einen Tisch am Rande des Speisesaals, der etwas abgelegen schien, was Lara sehr entgegenkam. Sie setzte sich auf den Platz rechts neben Meredeth, sodass sie beide in Richtung des Tanzsaals blicken konnten. Als Lara anfing, in ihrem Essen herumzustochern, fragte er: „Geht es euch gut? Ihr seid so schweigsam."

„Alles bestens", antwortete sie prompt.

Er schmunzelte.

„Nein, das ist es anscheinend nicht.", entgegnete er.

Sie zögerte und sagte dann: „Ich habe das Gefühl, dass sie mich immerzu anstarren."

Er schmunzelte erneut. „Vielleicht können sie eurem Liebreiz nicht wiederstehen."

Ein Mann, der einen langen grünen Mantel trug, der mit einer goldfarbenen Kordel zugebunden war, näherte sich ihrem Tisch.

„Was darf ich Ihnen zu trinken bringen?"

„Zwei Gläser Gloras, bitte!", sagte Meredeth.

Als die Bedienung sich einige Schritte entfernt hatte, sagte Lara empört: „Ich werde nicht einmal gefragt."

„Ich weiß, dass ihr Gloras mögt, und ihr braucht definitiv ein Glas. Vielleicht auch zwei. Er beruhigt die Nerven."

Nachdem die Bedienung ihnen ihre Getränke gebracht hatte, sagte Meredeth: „Wir sollten darauf anstoßen, dass ihr, nachdem ihr meine Rosenbüsche verschandelt habt, nicht auch noch den Hochzeitstanz ruiniert habt."

Lara errötete.

„Ihr habt mich nicht mit Magda tanzen sehen.", sagte sie ungläubig.

Er antwortete nicht und hob mit einem verschmitzten Lächeln sein Glas.

Sie stieß mit ihm an.

„Ihr solltet euch vor Hulda in Acht nehmen.", warnte er, während sie weiter aßen. „Sie steigt in euren Kopf und gräbt eure tiefsten Gefühle aus."

„Lesen nicht alle Elfen Gedanken?", fragte Lara beiläufig.

„Nicht auf diese Art. Hulda hat ein Auge für die Verliebten. Sie weiß schneller als ihr, wem euer Herz gehört und ehe ihr euch verseht, verkuppelt sie euch mit jemandem."

„Solange sie den richtigen wählt, sollte es mich nicht stören.", entgegnete Lara erheitert. Meredeth nickte nachdenklich.

König Kamil, der drei Tische weiter in den Raum hinein mit zwei Männern saß, die Lara nicht kannte, wandte sich zu ihnen herüber.

„Meredeth.", rief er und winkte ihn zu sich.

„Bitte entschuldigt mich." Meredeth erhob sich und ging zu dem Tisch hinüber.

„Wisst ihr schon, wie ihr zu Gregors Plänen steht?", fragte Kamil den König des Seenlandes.

„Darf ich?", fragte Prinz Lores, der, nachdem er sich am Büffet eine weitere Portion geholt hatte, zu Lara gekommen war.

„Ja. Setzt euch nur.", sagte Lara.

„Ich hoffe ich störe nicht."

Lara blickte um sich. „Nun ja, ich bin wohl im Moment ziemlich allein. Und ihr stört nicht."

„Entschuldigt meine Direktheit, Prinzessin. Wie kommt es, dass ihr und Meredeth …"

Noch ehe er seine Frage fertig formulieren konnte, unterbrach Lara ihn schmunzelnd: „Wir haben uns zufällig kennen gelernt. Wir sind Freunde."

„Gut, ich dachte schon. … Ich meine, es wurde schon gemunkelt, er könnte vielleicht ein tiefergehendes Interesse an euch haben."

Lara lachte. „Nein, sicher nicht."

„Gut.", sagte Lores, bevor er einen weiteren Bissen zu sich nahm. „Man sollte sich möglichst wenig Feinde machen. Und mit den Königen sollte man sich gut stellen."

Ihr fiel ein Amulett auf, das er um den Hals trug. Es zeigte eine braune Schlange, die in wilden Linien ein kleines Labyrinth zauberte, dessen Anfang und Ende kunstvoll ineinander verschlungen waren.

„Was hat es mit eurem Amulett auf sich?", fragte Lara.

„Das ist die Schlange Kress. Es gibt viele Elfen, die an die Macht der Kress glauben. Sie ist die Schlange, die alles Tote verschlingt und es zu neuem Leben erblühen lässt."

„Ich habe noch nie von dieser Schlange gehört."

„Die meisten Elfen fürchten sie. Sie fürchten, dass sie den Kindern den Tod bringt, dass sie die Ernte vergiftet und die Geliebten im Schlaf sterben lässt."

„Und ihr verehrt sie?"

„Ich weiß, dass der Tod immer dort sein wird, wo auch das Leben ist. Wenn wir als Kinder fangen spielten, jagte er hinter uns und lachte mit uns, weil wir ihm entkamen. Wenn wir heute tanzen, dann schaut er uns zu, in der Hoffnung, eine der schönen Frauen reiche ihm die Hand zum Tanz. Habt ihr Angst vor dem Tod, Lara?"

„Nein."

„Dann solltet ihr mit mir tanzen.", sagte er, stand auf und reichte ihr die Hand. Lara spürte die Abenteuerlust ihrer Kindheit in sich aufsteigen, wenn sie mit ihrem Bruder in den verlassenen Burgzimmern nach Schätzen suchte oder vielmehr nach dem, was sie für Schätze hielten. Ein altes Gewand verwandelten sie kurzerhand in einen Zauberumhang.

Sie tanzten, als hätten sie nie etwas anderes getan.

"Habt ihr ihn schon entdeckt?"

„Wen?"

„Na, den Tod natürlich."

„Nein, habt ihr ihn etwa gesehen?"

„Ja, er steht neben der Säule, an die sich Prinzessin Diara gelehnt hat." Lara versuchte, die Stelle auszumachen, die Lores benannt hatte. Mit jeder Drehung suchte sie den Tanzsaal ab, bis sie eine junge Frau entdeckte, die an eine Säule gelehnt stand. Das musste Diara sein. Neben der Säule erkannte sie bald einen leeren Platz, an dem niemand stand. Gerade groß genug, dass eine weitere Person dort Platz haben konnte.

„Und? Seht ihr ihn?"

„Ja", sagte Lara begeistert, „er beneidet die tanzenden Paare, die – einander vertraut – tiefe Blicke tauschen. Und niemand ist da und sieht nach ihm."

Lores schmunzelte: „Ich werde euch nicht mit ihm tanzen lassen, Lara."

Dabei umfasste er ihre Hand und ihren Rücken noch fester mit seinen knochigen Händen. Lara lächelte.

Als die Musik verstummte, konnte Lara einen Blick in den Speisesaal werfen. Meredeth war noch immer in das Gespräch mit Kamil vertieft. Noch ehe sie es bemerkte, reichte Lores Lara an den nächsten Tanzpartner weiter. Dieser verbeugte sich: „Findrell."

„Sehr erfreut.", nickte sie ihm zu.

„Und ihr seid Prinzessin Lara?"

Sie nickte erneut. Die engstehenden dunklen Augen des eigentlich freundlichen Mannes beunruhigten sie. Hatte der Tod engstehende dunkle Augen? Sie musste sich konzentrieren, damit sie nicht weiter darüber nachdachte. Der gutgekleidete Herr war sicherlich keiner von Kress' Schergen. Sie war sich nicht einmal sicher, ob sie an die Existenz der Todesschlange glauben sollte.

„Und zu welchem Königshaus gehört ihr?", fragte sie neugierig.

„Zu keinem.", antwortete er ohne Regung.

„Ich bin Händler."

Dann fügte er in der Manier eines Marktschreiers hinzu: „Bei mir kaufen Sie nur die hochwertigsten Gewürze Ostends."

Lara schmunzelte.

„Wahrt ihr schon einmal in Jenna?"

„Nein."

„Fragt nach Findrell, wenn ihr dort seid. Ich werde euch eine private Führung geben."

Als die Musik noch nicht zu Ende war, sagte Findrell: „Kommt mit, Prinzessin, ich werde euch etwas zeigen."

Er führte sie über die Wendeltreppe in die obere Etage und die Empore entlang in einen Raum, der nicht von Hochzeitsgästen bevölkert war. Er war unbeleuchtet und nur durch den flüchtigen Schein aus dem Tanzsaal konnte man erkennen, dass in der Mitte ein großer Kronleuchter hing. Findrell blieb inmitten des Zimmers stehen. Lara stellte sich zögerlich neben ihn. Er fasste nach ihrem Haar und ließ eine Locke durch seine Finger gleiten. „Ihr seid wunderschön."

Lara fühlte sich geschmeichelt und verunsichert. Er griff nach ihrer Hand.

„Ihr solltet mich heiraten, Prinzessin.", insistierte er.

„Ihr wisst nicht, was ihr sagt, Findrell. Ich denke, wir sollten zurück zu den anderen gehen."

Der Händler drängte Lara gegen die Wand. Eine Hand hielt ihre Taille, die andere umfasste ihren Kopf.

„Ich begehre euch. Ich will euch nur für mich."

Sie versuchte, sich aus seinem Griff zu befreien, der sie aber immer fester umklammerte.

„Ihr tut mir weh."

„Dann wehrt euch nicht, Prinzessin."

Er näherte seine Lippen den ihren zum Kuss.

„Lasst sie in Ruhe.", dröhnte es durch den Raum.

Findrell drehte sich genervt um. „Ich wüsste nicht, was euch das angeht", fauchte er. Dann wurde er ganz kleinlaut und verbeugte sich ehrfürchtig: „Oh, eure Majestät."

Meredeth packte ihn und schleuderte ihn durch das Zimmer. Der am Boden liegende Findrell winselte: „Bitte, eure Majestät, ich werde die Prinzessin in Ruhe lassen."

Meredeth zog ihn am Kragen nach oben und hielt ihn vor sich: „Ich möchte, dass ihr diese Feier sofort verlasst."

Findrell nickte wild und stotterte: „Ja, ja, eure Majestät, ich werde sofort gehen."

Meredeth ließ ihn los. Findrell fiel zu Boden. Er stand ächzend auf und lief, ohne sich noch einmal umzudrehen, davon. Im Dunkel des Raums konnte Meredeth Lara nicht sehen. Er hörte nur ihren unruhigen Atem. Als sie sich sicher war, dass Findrell nicht wieder zurückkehren würde, lief Lara auf Meredeth zu und fiel ihm um den Hals. „Danke, Meredeth." Er stand zunächst reglos da, bis er ihr mit der rechten Hand über das Haar streichelte. Lara schluchzte und versuchte, die Tränen zu unterdrücken.

„Nicht weinen, bzeta meña. Es ist jetzt alles gut.", brummte seine Stimme zart an ihrem Ohr.

„Ihr haltet mich bestimmt für naiv."

„Nein, ich denke, ihr habt ein gutes Herz. Ihr müsst nur lernen, dass ihr niemandem trauen solltet."

Als Meredeth mit ihr auf die Feier zurückkehren wollte, zögerte Lara. „Sie werden bestimmt über mich spotten."

„Niemand weiß davon."

„Und ihr werdet auch niemandem davon erzählen?"

„Nein."

„Versprecht es!"

„Ich verspreche es."

Meredeth und Lara standen neben der Tanzfläche. Er hatte seinen Arm um ihre Taille gelegt, als wolle er sie festhalten, wenn jemand sie ihm entreißen wollte. Als sich ein junger Mann näherte, der offensichtlich mit Lara tanzen wollte, schenkte Meredeth ihm einen finsteren Blick. Dieser zeigte unmittelbar seine Wirkung. „…", setzte Meredeth an.

„Oh, wen haben wir denn da?" rief Hulda mit bedeutungsschwangerem Ton, als sie Meredeth und Lara erblickte. „Die kleine Prinzessin und …"

Nach einer gewollten und viel zu langen Pause, während der sie Lara zuzwinkerte, fügte sie hinzu: „Meredeth, mein Lieblingsneffe!"

„Hulda, ich bin dein einziger Neffe."

„Da siehst du mal, mein Junge: Ich habe gar keine andere Wahl."

„Du übertriffst dich immerzu in deiner Liebenswürdigkeit."

Hulda sagte zu Lara: „Ich hoffe, er kümmert sich gut um euch. Falls nicht, sagt es mir."

Sie hatte den Mund so nahe an Laras Ohr, als wolle sie nicht, dass Meredeth hörte, was sie sagte. Aber da sie nicht flüsterte, sondern in gewöhnlicher Lautstärke sprach, war es nicht wahrscheinlich, dass ihm auch nur eines der Worte entgangen war. Meredeth betrachtete Hulda mit kritischem Blick.

„Habt ihr nichts anderes zu tun? Ein paar einsame Seelen, die ihr auf den rechten Weg führen könnt?"

Hulda grinste: „Vielleicht sollte ich bei dir anfangen, Meredeth?"

„Nein, ich verzichte."

Sein mittlerweile finsterer Gesichtsausdruck wandelte sich in Erleichterung, als König Gregor ihn ansprach.

„Meredeth, habt ihr einen Moment?"

Meredeth wandte sich an Hulda: „Pass gut auf sie auf. Lass sie nicht aus den Augen. Ich bin gleich zurück."

Er verschwand mit König Gregor durch die hohen Glastüren in den angrenzenden Garten.

Der junge Mann, den Lara zu früherer Stunde zurückgewiesen hatte, näherte sich. Sein rabenschwarzes Haar glänzte im Licht.

„Eure Hoheit …?", begann er fragend.

Noch ehe er weitersprechen konnte, antwortete Lara: „Ja, gerne." Und reichte ihm die Hand. Hulda war ganz verzückt von dem jungen Prinzen, der Lara charmant anlächelte. Prinz Amiel war nicht nur ein Augenschmaus, er war auch ein guter Tänzer.

Er führte seinen Mund nahe an ihr Ohr und flüsterte: „Als ich eure schöne Gestalt das erste Mal erblickte, dachte ich, ihr müsst eine Damate sein." Lara schmunzelte und sagte: „Dann hoffe ich, ihr seid nicht enttäuscht, dass ich nur eine Menschenfrau bin."

„Oh.", antwortete Amiel, „es ist ein wahrer Segen! Einer Damate könnte ich tausend Blicke schenken und mein Herz an sie verlieren. Aber würde ich sie auch nur küssen, würde man mich mit einem Schwert durchbohren."

„Euch hingegen", betonte er. „kann ich für mich gewinnen, ohne um mein Leben zu fürchten."

„Aus welcher Königsfamilie stammt ihr?"

„Versasca."

„Seid ihr denn ein Menschenfreund?"

„Ich hatte bisher noch nicht das Vergnügen, Menschen näher kennen zu lernen."

„Und ihr? Mögt ihr die Elfen?", fragte er, warf jedoch direkt ein: „Ach, was für eine Frage! Ihr seid ja mit Meredeth hier."

Laras Augen leuchteten: „Ich habe seit meiner Kindheit die Geschichten der Elfen verschlungen. Ich wollte immer diese zauberhaften Schlösser und ihre Bewohner kennen lernen."

„Das habt ihr ja eindeutig erreicht."

„Wo ist sie?", fragte Meredeth beunruhigt Hulda, die allein am Rand der Tanzfläche stand.

„Sie tanzt", antwortete sie und deutete auf Lara und Amiel, die eng umschlungen über die Tanzfläche wirbelten.

„Ich habe dir gesagt, dass du auf sie achten sollst."

„Es ist nur Prinz Amiel. Das Schlimmste, das ihr befürchten könntet, wäre, dass er mit seinem jugendlichen Charme und seiner strahlenden Erscheinung ihr Herz erobert."

Meredeth und Hulda standen jetzt zusammen am Rand der Tanzfläche und beobachteten die beiden jungen Menschen, die miteinander flüsterten und lachten, während sie ihre Runden auf der Tanzfläche drehten. Prinz Amiel hielt Lara mit seiner Hand nahe an sich und blinzelte ihr ab und an verschmitzt zu. Als die letzten Takte des Musikstücks erklangen, sagte er: „Ich hoffe, wir sehen uns bald wieder, Lara."

„Das ist sehr unwahrscheinlich."

„Das wäre sehr schade. Wie komme ich dann zu meinem Kuss?", fragte er und zwinkerte. Lara lächelte ihn verlegen an. Sie war zwar nicht verliebt in diesen jungen Mann, aber sie konnte sich seinem Zauber nicht gänzlich entziehen.

„Ihr solltet bei meinem Vater um meine Hand anhalten.", antwortete sie schließlich mit ernster Miene. Beide verließen lachend

174

die Tanzfläche. Amiel hielt Laras Hand und zog sie zu Hulda und Meredeth. Noch immer prustend vor Lachen sagte er: „Ich bringe euch eure Prinzessin."

Hulda sagte erheitert: „Es ist immer wieder schön, wenn junge Leute so viel Spaß haben können."

Prinz Amiel schaute Lara tief in die Augen und sagte: „Ihr werdet mich bald wiedersehen, Lara."

Er zwinkerte ihr zu und verabschiedete sich von allen mit einer Verbeugung.

Hulda warf Lara einen tiefgründigen Blick zu: „Ich denke, ich werde nach Antara schauen." Lara war noch ganz aufgedreht vom Tanzen und strahlte über das ganze Gesicht. Meredeth blickte sie ernst an, während sie neben ihm stand und zur Musik auf den Zehen auf und ab wippte.

Nachdem sie einige Minuten schweigend nebeneinander gestanden hatten, ergriff Meredeth Laras Hand. „Erlaubt mir, euch etwas zu zeigen." Er führte sie in den Schlossgarten, in dessen Mitte ein riesiger von Efeu umwachsener Felsbrocken thronte. Es spazierten ein paar Elfen durch den Garten, andere standen an dem Felsen. Meredeth blieb mit Lara vor dem Felsen stehen und erklärte ihr: „Das ist der Breven-Brocken, der diesem Schloss seinen Namen verlieh. Er bildet ein Verbindungsglied zu den Verstorbenen. Elfen, die mit ihren verstorbenen Angehörigen reden wollen, kommen hierher. Nicht immer erwischt man den eigenen Verstorbenen, sondern unruhige Seelen, die nicht zur Ruhe kommen."

„Lassen Sie mich raten, Majestät: Anfassen strengstens verboten." warf Lara schnippisch ein.

„Hier ist anfassen ausdrücklich erlaubt. Erst durch die Berührung des Steins kann die gedankliche Verbindung mit den Seelen der Verstorbenen aufgenommen werden."

Lara machte vorsichtig ein paar Schritte nach vorne und berührte den Stein. Zunächst vernahm sie eine Reihe von Stimmen in einem chaotischen Wirrwarr. Dann hörte sie eine Frauenstimme ganz klar heraus.

„Jonas, hörst du mich?"

„Ich fürchte, Jonas ist nicht hier."

„Wer seid ihr?"

„Ich bin Prinzessin Lara."

„Prinzessin Lara …", antwortete die Frauenstimme nachdenklich.

„Wo bin ich?"

„Ihr seid in der Zwischenwelt."

„Und mein Mann?"

„Ich denke, dass euer Mann noch lebt. Aber ich bin mir sicher, dass er euch liebt und nicht vergessen hat."

„Wenn ihr ihn seht, grüßt ihn von mir."

„Wie ist euer Name?"

„Ich bin Gina."

In dem Moment, in dem sie ihren Namen ausgesprochen hatte, sauste der Geist von Gina durch Laras Körper und verschwand. Lara schaute sich um. Sie erkannte die unklaren Umrisse des Brockens, den sie mit der Hand berührte. Alles schien farblos, in Grautöne gepackt. Lediglich ihre Hand erstrahlte in dem ihr bekannten zarten Rosa. Sie sah die Umrisse von geisterhaften Gestalten, die anscheinend alle in dieser geheimnisvollen Zwischenwelt gefangen waren. Sie lenkte den Blick nach links und entdeckte Meredeth. Sie ging auf ihn zu, ohne ihre Hand vom Stein zu lösen. Als er sie sah, schüttelte er den Kopf. Doch sie ging weiter, Schritt für Schritt bewegte sie sich vorwärts. Wobei sie die Bewegung gar nicht spürte. Es war ihr, als bewege sich der Boden, auf dem sie stünde und nicht sie selbst. Dennoch trugen ihre Beine sie mit jedem Schritt voran.

„Nein, Lara.", sagte Meredeth mit ernster Miene. Lara streckte die Hand nach ihm aus und berührte seinen Arm. Sie wurde von einer warmen Welle erfasst, die von ihren Fingern durch ihren Körper bis zum Herzen zu fließen schien. Im nächsten Moment war Meredeth verschwunden. Der Schreck ließ Lara die Hand vom Breven-Brocken lösen. Nun stand sie wieder auf der Hochzeitsfeier vor dem großen Felsstein, um sie herum andere Gäste, die durch den Garten schlenderten. Neben ihr stand Meredeth.

„Was ist passiert?"

„Ich habe losgelassen und ihr auch.", antwortete er verärgert.

Er nahm den Weg, der nahe an der Schlossmauer entlang an hohen Bäumen vorbei in einen kleinen, abgelegenen Teil des Gartens führte, der weniger gepflegt wirkte und märchenhaft verwachsen war. Lara folgte ihm mit ein bisschen Abstand.

„Dies ist der schönste Teil des Gartens. Man hat einen wunderbaren Ausblick über die Landschaft und zugleich braucht man nicht zu fürchten, dass man irgendjemandem begegnet.", erklärte er.

„Es ist herrlich.", sagte Lara und blieb vor Meredeth stehen und schaute ihm in die Augen. „Wirklich schön.", sagte sie mit Nachdruck. Er wanderte mit seinen Augen zunächst ihr Gesicht ab, bis er ihren Blick erwiderte.

„Wie findet ihr das Schloss?"

„Ich finde das Dornenschloss tausendmal schöner als dieses hier."

„Das könnt ihr nicht ernst meinen."

Da er die Überzeugung in ihrem Blick wahrnahm, forderte er sie auf: „Nennt mir nur einen Grund."

Sie flüsterte: „Weil ihr dort seid."

In diesem Moment stürmte er los: „Seht nur, da!"

Er schien sie gar nicht gehört zu haben und jagte etwas hinterher. Lara drehte sich um und versuchte zu erkennen, was er vermeintlich entdeckt hatte. Doch nachdem sie sich vergewissert hatte, dass dort nichts war, war sie überzeugt, dass er einen Geist gesehen haben musste.

Am anderen Ende des kleinen Gartenabschnitts kniete Meredeth und formte mit seinen Händen einen kleinen Käfig. Er kam mit behutsamen Schritten auf Lara zu. Sie blickte ihm erwartungsvoll in seine tiefgrünen Augen.

„Hebt eure Hände."

Lara hielt ihm ganz nah an ihrem Körper ihre offenen Handflächen hin und er öffnete seine Hände und setzte einen leuchtenden Schmetterling mit schillernd bunten Farben in ihre Hände. Seine Flügel wirkten wie Mosaikfenster, durch die das Sonnenlicht fiel. Lara strahlte und war beeindruckt von dem Wesen, das sie noch nie gesehen hatte.

„Ein Olster. Sie sind äußerst selten und nur an wenigen Orten in Grünland zu finden."

Der Falter flatterte in Laras Haar und sie folgte ihm fasziniert mit den Augen. Erst jetzt bemerkte sie, dass Meredeth ganz nah vor ihr stand und sie ohne Unterlass anschaute. Sie erwiderte seinen Blick. In seinen grünen Augen spiegelte sich das Licht des Olster und sie konnte in ihnen sehen, wie er langsam davon flatterte. Ganz unmerklich bewegte sich ihr Oberkörper in Meredeth' Richtung. Ganz langsam, so dass sie es selbst nicht wahrnahm. Ihr Herz pochte bis zum Hals und sie hatte das Gefühl, dass Meredeth durchdringender Blick sie längst durchschaut hatte. Dass er wusste, wie schweißnass ihre Finger waren, dass er wusste, dass ihr Herz danach verlangte, ihn zu küssen. Seine linke Augenbraue zuckte nach oben, jetzt würde er sie also küssen. In dem Moment, in dem sie ihre Augen schließen wollte, merkte sie, dass seine Augen sie längst nicht mehr anschauten, sondern nach links gehuscht waren und er sich sogleich in dieselbe Richtung von ihr fortbewegte. Sein Mantel streifte den Stoff ihres Kleides. Jetzt nahm auch sie es wahr. Mehrere Stimmen aus dem Saal riefen in angrenzende Räume und den Schlossgarten: „Siemara. Siemara."

Im Tanzsaal hatten sich alle versammelt und drängten dorthin, wo eben noch die Musiker gestanden hatten. Lara suchte nach Meredeth. Da sie ihn nicht finden konnte, stellte sie sich einfach zu den anderen.

„Lara, Lara.", flüsterte eine Frauenstimme. Es war Antara, die Lara zu sich winkte. Lara ging zu Antara, die zusammen mit den anderen Prinzessinnen anstand. Dann war Lara am Zug. Sie griff in den großen Porzellankrug und holte ein Bändchen heraus. Sie konnte nur einen kurzen Blick auf die Zeichen werfen, die darauf zu sehen waren. Dann griff auch schon Antara nach ihrer Hand und rief: „Komm schon, Lara, wir wollen in den Garten gehen."

Nahe des Breven-Brockens warteten die anderen Prinzessinnen und tuschelten schon eifrig über ihre Bänder.

Lara hielt ihres in der geschlossenen Faust. Antara zeigte ihres den anderen.

„Du Glückspilz!", rief Diara aus.

„Das Band der liebevollen Ehe.", sagte eine anerkennend.

„Das hätte ich auch gerne.", eine andere.

Und die anderen stimmten ihr neidisch zu.

„Welches hast du?", fragte Nadina neugierig und schaute auf Laras geschlossene Faust.

„Ich weiß nicht.", sagte diese schüchtern, als sie merkte, dass jetzt alle Blicke auf sie gerichtet waren. Sie öffnete die Faust. Die erstaunte Reaktion stand allen ins Gesicht geschrieben. Die meisten sagten nichts, nur vereinzelt kam ein „Oh." oder „Ah." von ihren Lippen. Lediglich Antara sagte mit einem Augenzwinkern: „O, là, là, Lara."

Die anderen flüsterten und kicherten. Lara war verwirrt.

Antara flüsterte ihr ins Ohr: „Das Band der innigen, leidenschaftlichen Liebe, Lara."

„Oh.", gab jetzt auch Lara erstaunt von sich.

Pitta fragte Antara: „Und hast du schon jemanden im Auge?"

Antara sah in den Tanzsaal, in dem die jungen Männer mit dem Rest der Hochzeitsgesellschaft standen und sich unterhielten. Sie ließ den Blick kurz schweifen, auch wenn sie die Antwort längst kannte: „Nein, ehrlich gesagt nicht."

Antara und Lara banden sich gegenseitig ihre Bänder um. „Ich glaube, ich sollte auf dich Acht geben.", sagte Antara, während sie das Band um Laras dünnen Arm schlang.

Lara saß am Tisch in dem kleinen Kämmerchen, das man ihnen zugewiesen hatte. Hier schlief Meredeth also immer, wenn er hier war. Auch wenn der Raum klein war, hatte er einen gewissen Charme. Man konnte aus dem Fenster den Garten sehen.

Meredeth hatte seine Kleidung für die Nacht ausgepackt und begann sich, neben dem Bett umzuziehen. Lara drehte sich vorsichtig in seine Richtung. Er streifte sein Hemd ab. Der Anblick seiner nackten breiten Schultern zauberte Lara ein Lächeln auf die Lippen. Er sah unbekleidet sehr viel besser aus, als sie erwartet hatte. Er zog seine Hose herunter. Laras Herz pochte. Nein, sie konnte nicht länger zusehen und wandte den Blick ab. *Oh, verdammt. Wahrscheinlich habe ich jetzt schon einen knallroten Kopf. Wie soll ich diese Nacht überleben, ohne meine Hände auf diesem vollendeten Körper tanzen zu lassen?* Lara bürstete weiter ihr Haar und tat, als hätte sie nichts gesehen.

Sie maß gedanklich das Bett aus und fragte sich, wie sie beide darin liegen sollten, ohne dass sie vor lauter Scham rot anlief und er ihr an ihren menschlichen Ohrenspitzen ablesen konnte, dass sie am liebsten nicht hier mit ihm im Raum wäre. Lieber würde sie mit einem der anderen Hochzeitsgäste das Bett teilen. Auch wenn der Eine oder Andere nicht im Stande wäre, die Hände von ihr zu lassen. Den würde sie schon zurückweisen. Sie wurde wütend. Sie wollte ihn fragen, warum er nicht so sein konnte, wie die anderen. Sie wollte ihn fragen, warum er sie nicht umarmen konnte, ihren Arm streicheln und ihr sagen konnte, dass sie bezaubernd sei. Sie würde ihn an sich drücken und über seine Haut streicheln. Sie würde Arm in Arm mit ihm im Bett liegen und ihn küssen.

Dann fiel ihr das Nachthemd ein, das Magda ihr eingepackt hatte, und sie wurde nun tatsächlich hochrot. Hatte sie ernsthaft erwartet, allein in einem Zimmer zu schlafen?

Meredeth legte seine Kleidung zusammen und wollte sich ins Bett legen. „Könnt ihr mir bitte mein Kleid öffnen.", fragte Lara mit einem zaghaften Lächeln über ihre Schulter. Meredeth trat ohne ein Wort zu ihr. Sie stand vor dem kleinen Tisch und spürte seinen Atem auf der Schulter. Lara nahm ihr Haar zur Seite, damit er die Knöpfe am Hals sehen konnte. Meredeth' Blick glitt unsicher Laras Rücken entlang. Sie hielt das Oberteil ihres Kleides in den Händen, damit es ihr nicht vorne herunterrutschte, wenn er die Knöpfe öffnete. Lara wartete und nichts geschah. Sie schaute hinter sich. Im Dunkel des Raums sah sie lediglich seine farblose, große Gestalt, die reglos hinter ihr stand. Er sah sie an. „Zuerst die Knöpfe am Hals.", instruierte sie ihn. Und als ob er auf diese Anweisungen gewartet hatte, führte er seine zitternden Hände an ihren Hals.

Er kämpfte mit den Knöpfen, als hätte er noch nie zuvor Knöpfe geöffnet. Lara schwieg. Es war ihr unangenehm, dass er so lange brauchte. Als er schließlich auch die Knöpfe über ihrem Hintern geöffnet hatte, konnte sie das Kleid endlich ausziehen.

Meredeth hatte sich längst mit einem dicken Wälzer in das Bett zurückgezogen. Sie drehte sich zu ihm und konnte lediglich seine Augenbrauen über dem Buch hüpfen sehen. Sie wollte sich vergewissern, dass er nicht schaute, wie sie vollkommen nackt nach ihrem Nachthemd griff, um es überzustreifen. *Würde er doch nur schauen! Aber nein, er interessiert sich nicht einmal für mich, wenn ich mich vor ihm entblöße.*

Sie stand in ihrem Nachthemd neben dem Bett und starrte ihn an. Er war noch immer in seine Lektüre vertieft. Ihr Blick wanderte über sein Gesicht und sie fand überall nur ihre Zuneigung. Sie liebte, wie er seine Augen öffnete, wenn er etwas konzentriert betrachtete. So wie er sie angesehen hatte, als sie als arme Magd in seinem gelben Zimmer gelegen hatte. Sie liebte, wie sich seine buschigen Augenbrauen bewegten, wenn er sprach. So wie sie getanzt hatten, als er ihr die Elfengeschichten vorgelesen hatte. Sie liebte die sanfte Bewegung seiner Lippen, aus denen warme Worte klangen. So sanft, als sei jeder Satz eine Liebeserklärung.

Sie musste es hinter sich bringen. Sie schlüpfte schnell unter die Decke und legte sich ihm zugewandt: „Was lest ihr da?"

181

„Isidors Traum." Er fügte erklärend hinzu: „Es ist die bekannteste elfische Liebesgeschichte. Sie wurde vor mehreren hundert Jahren aufgeschrieben und soll auf Tatsachen beruhen."

„Ich habe noch nie davon gehört."

„Ihr könnt es euch gerne ausleihen. Ihr findet es natürlich auch in meiner Bibliothek."

Lara griff nach ihrem Zeichenblock und fing an zu zeichnen. Den Block unter sich, sah sie immer wieder sehnsüchtig zu Meredeth hinüber. Sie malte ein Portrait von Prinz Amiel. Er war eine gute Wahl, da sein Gesicht von überaus schöner Gestalt war. Sein jugendliches Lächeln und die strahlenden Augen taten ihr Übriges. Er konnte bei Weitem nicht die Gefühle in Lara hervorrufen, die sie hatte, wenn sie Meredeth ansah, aber sie gestand sich ein, dass er ein sehr attraktiver junger Mann war.

Meredeth legte das Buch beiseite und drehte sich zu ihr. „Was malt ihr", fragte er neugierig. Sie führte gedankenverloren den Stift weiter über das Papier. Er schaute ihr über die Schulter und bemerkte nüchtern: „Prinz Amiel." Dann fügte er mit übertrieben pathetischem Ton hinzu: „Ein überaus gutaussehender Bursche."

Lara sagte, noch immer in das Bild vertieft: „Überaus schwer zu malen, dieses feine, luftige Haar."

Als Lara ihre Augen öffnete, lag ihr Kopf auf der Brust eines Mannes, sein Arm war um sie geschlungen und lag auf ihrer Hüfte. Ihr Arm lag angewinkelt über seiner Brust und umfasste seine Schulter. Sein anderer Arm lag parallel darunter und schmiegte sich an ihren. So hatte sie oft mit Anhum im Bett gelegen, wenn sie sich unterhielten. Doch das war nicht Anhum. Sie wollte sich nicht anmerken lassen, dass sie wach war und bewegte nur ihre Augen, um Hinweise darauf zu finden, wo und mit wem sie war. Als sie die blonden Haare entdeckte, die hinter Kopf und Schulter desjenigen verschwanden, schreckte sie hoch. Sie wollte sich umdrehen und löste die Hand von seiner Schulter. Doch Meredeth umfasste ihre Hand mit festem Griff und führte sie dorthin zurück, wo sie gelegen hatte. Die andere Hand, die nun ihren Rücken festhielt, hinderte sie an der rückwärtsgewandten Drehbewegung. Er wandte gerade so viel Kraft an, dass sie merkte, dass er stärker war als sie. „Ihr braucht euch nicht zu fürchten.", sagte seine sanfte Stimme. Jeder Muskel in ihrem Körper verharrte in angespannter Haltung, darauf wartend, dass er seinen Griff lockerte. Sie ärgerte sich, dass er ihr die Bewegungsfreiheit nahm. Warum ließ er sie nicht zurückweichen? Was konnte er nur wollen? Ihr Vater hatte sie immer vor den Elfen gewarnt. Dass sie falsch seien und man ihnen nie trauen könne. Ihr Bruder hatte sie stets vor den Männern gewarnt, dass sie von Frauen nur eines wollten und dass sie es sich gegebenenfalls einfach nahmen, wenn man sich weigerte.

Warum hatte sie nur dieses dünne Nachthemd eingepackt, das viel zu viel Haut freigab? War sie wirklich davon ausgegangen, dass sie in einem eigenen Zimmer schlafen würde? Sie traute sich gar nicht, ihm in die Augen zu sehen. Aus Angst, sie könnte darin entdecken, was er wollte. Wenn ihr Vater sie sehen könnte, in dem schmalen Bett zusammen mit dem Elfenkönig. Er würde wahrscheinlich zuerst ihm und dann ihr die Kehle durchschneiden. Wie konnte sie nur so leichtsinnig sein und glauben, er würde sie ganz ohne Hintergedanken zu dieser Feier mitnehmen? „Ihr müsst nur lernen, dass ihr niemandem trauen solltet.", hatte er zu ihr gesagt. Warum hatte sie also ihm getraut? Weil er ihr Herz mit seinem Lächeln zum Schmelzen brachte? Lara merkte, dass Meredeth sich nicht rührte und anscheinend nicht vorhatte, irgendetwas mit ihr zu tun. Ihre lauten Gedanken machten Platz für die Welt, die sie umgab.

Sein Körper war warm und es war, als wärmte er ihre Wange, ihren Arm, ihre Brust, als ströme diese Wärme in ihren Körper und vertriebe bis in die Fußspitzen jedes Gefühl von Kälte. Tock, tock, tock galoppierte sein Herz. Sie konnte es genau hören. Und darüber ganz leise lag sein ruhiger Atem, der die Brust hob und senkte. Sie schloss die Augen und lauschte dem Pochen, das rasend nur langsam von dem Luftholen verfolgt wurde. Schon bald atmete sie mit ihm zusammen ein und aus. Ihre Muskeln entspannten sich und er löste seinen Griff. Seine Hand hielt immer noch die ihre, aber jetzt war sie keine Fessel mehr, sondern vielmehr eine schützende Hülle. Sein Herz wurde immer langsamer, schlug ganz sachte, als hätte der Atem es an die Leine genommen. Lara hatte noch immer die Augen geschlossen und dachte an nichts. Ihr ganzer Körper lauschte nur nach dem seinen.

Auf dem Flur näherten sich Stimmen, wurden für einen kurzen Moment laut und verschwanden in die andere Richtung wieder. Manchmal kamen nur ein paar Schritte, die sogleich im anderen Teil des Ganges verhallten, aber immer und immer wieder war das Gemurmel der Personen darunter. Doch Lara war schon zu tief versunken. Tock, tock, tock atmete er ein. Tock, tock, tock atmete er aus.

Meredeth hob seinen Kopf und presste seine Lippen auf ihr Haar. Dann sagte er: „Keine Zeit für Träumereien, Prinzessin. Die anderen warten sicher schon auf uns." Sie blinzelte ihn gedankenversunken an. Seine tiefgrünen Augen sahen müde aus.

Lara und Meredeth betraten den Speisesaal, in dem ein Gemisch aus Gemurmel und Besteckgeklapper einen Hintergrundchor erzeugte, der es schwermachte, sein eigenes Wort zu verstehen. Lara hatte sich kaum aus Meredeth' Arm lösen können. Seine Nähe hatte sich so gut angefühlt, in einer Intensität, die sie bisher nie gespürt hatte. Jetzt, da sie beide in diesem Raum standen, unter all den Elfen, die sie teils argwöhnisch betrachteten, durchfuhr sie ein Gefühl der Angst. Sie wollte am liebsten wieder umkehren. Aber wie sollte sie das Meredeth erklären? Dann erkannte sie an der langen Tafel Hulda, zu deren Linken zwei freie Plätze waren.

Sie winkte die beiden zu sich. Lara setzte sich neben sie. Hulda lächelte sie tiefgründig an. „Ihr seht gut aus, Prinzessin." Meredeth, der langsam gefolgt war, nicht ohne die Könige, an denen er vorbeikam, einzeln zu begrüßen, setzte sich in die Lücke zwischen Lara und König Gregor. „Danke, dass du uns zwei Plätze freigehalten hast, Hulda.", sagte er zu seiner Tante gewandt. „Ich konnte es mir nicht entgehen lassen, mich mit deiner entzückenden Begleitung zu unterhalten." Meredeth beäugte sie kritisch und wandte sich dann zu Gregor, der ihn mit einem breiten Grinsen begrüßte. „Ihr seid spät dran. Aber keine Sorge, ich bin der Letzte, der euch dafür verurteilt.", flüsterte er Meredeth zu. „Wenn ich mit einer solchen Schönheit das Bett geteilt hätte, würde ich heute Abend noch nicht aufgestanden sein."

„Es ist nicht so, wie ihr denkt."

„Ach ja, ich vergaß, ihr seid ja grundanständig, mein Freund. Selbst wenn sie euch auf Knien anflehen würde, sie zur Frau zu machen, würdet ihr sie nicht anrühren."

Dann lehnte er sich zurück, um einen Blick auf Lara zu werfen.

„Jeder sehnt sich danach, den ersten Hauch einer Rose einzuatmen, die gerade erst ihre Knospe geöffnet hat und ihren zarten Duft verstreut. Unvergleichlich reizvoll."

Meredeth warf einen kurzen Blick zu Lara, die das Gespräch der beiden gar nicht bemerkte.

„Ihr habt das Zimmer mit ihm geteilt?", fragte Hulda leise, damit es niemand am Tisch mitbekam. Lara nickte mit einem verträumten Lächeln. Es gab für sie kaum etwas Schöneres, als in Meredeth' Armen zu erwachen, seinem Herzschlag zu lauschen und bei ihm zu sein. Hulda rügte sie: „Es ist äußerst unschicklich. Habt ihr denn keine Angst um euren Ruf?"

„Ich hatte mehr Angst um mein Leben. – Meredeth hat mich beschützt."

„Das steht ihm natürlich gut. Der gutaussehende Retter, der die Frauenherzen im Sturm erobert."

Lara kicherte.

Meredeth sah Gregor mit festem Blick an und versperrte ihm den Blick auf die Prinzessin.

Prinz Amiel, der Lara gegenübersaß, warf ihr immerzu verführerische Blicke zu, während sein Sitznachbar, Prinz Piedro unverhohlen mit ihr flirtete. Lara blickte verschüchtert auf ihren Teller.

„Ist euch nicht gut, Prinzessin?", fragte Hulda.

„Es ist nur, …, die Prinzen sind …"

Noch ehe sie ausgesprochen hatte, schmunzelte Hulda.

„Ach, die Prinzen sind ganz eingenommen von eurem Band."

Sie deutete auf Laras Arm, an dem sie das Siemara-Band trug.

Lara warf einen Blick darauf. „Was ist damit?"

„Oh, ich merke schon, ihr wollt sie nicht. Aber es soll sie auch kein anderer haben.", bemerkte König Gregor.

Hulda flüsterte: „Ihr dürft euch nicht wundern, dass die anwesenden Männer aus der Fassung geraten, wenn sie eine junge, hübsche Dame mit dem Band der leidenschaftlichen Liebe sehen." Lara schien immer noch nicht zu begreifen.

König Gregor verkündete: „Ich werde nicht zulassen, dass diese Grobiane meine schönen Grenzdörfer weiter plündern."

Die anderen Könige, die ringsum saßen, nickten zustimmend.

„Die jungen Frauen wünschen sich eine gute Ehe – glückliche Antara", flüsterte Hulda weiter mit einem kleinen Lächeln für Meredeth' Nichte.

„Aber die jungen Burschen freuen sich eher auf ein leidenschaftliches Abenteuer. Und das ist es, was ihr ihnen versprecht."

Lara sah sich verängstigt um. Die Prinzen zeigten offen ihr Interesse. König Gregor hob seinen Gloras-Becher: „Ich werde diesem Menschenpack die Kehlen durchschneiden. Jedem einzelnen."

Die anderen Könige lachten und hoben ihre Becher. Auch Meredeth lachte mit ihnen. Lara durchfuhr ein Schmerz. Sie war auch ein Mensch und er hatte eben noch mit ihr in einem Bett gelegen. Im Angesicht der lechzenden Prinzen kochte Wut in ihr hoch. Niemand außer ihm hätte seine Finger von ihr lassen können. Aber er hatte keinerlei Anstalten gemacht, sie anzurühren. *Was ist an mir, dass er mich nicht mag?* Ihr Blick wanderte enttäuscht an ihr herunter, bis zu dem Arm mit dem verhängnisvollen Band. Sie ließ den Arm unter den Tisch sinken. Ihre Hand landete auf Meredeth' Oberschenkel. Nach einem ersten Schrecken ließ sie ihre Hand dort liegen. Unter dem weichen, dünnen Stoff seiner Hose spürte sie die angespannte Muskulatur. Sein Oberschenkel war warm und es war, als wäre es genau der Platz, an dem ihre Hand verweilen sollte. Meredeth sah sie eindringlich an – nur für einen kleinen Augenblick.

„Und wenn sie schöne Töchter haben, werden meine Soldaten sie schänden, bis sie sich wünschen, nie geboren worden zu sein.", verkündete Gregor. Die Könige prosteten sich einig zu. Meredeth umfasste Laras Hand. Seine Hand glühte auf ihrer Haut und ihr Herz fing an, schneller zu schlagen. *Er hält meine Hand.* Ihr Atem stockte. Sie wollte näher an ihn heranrücken, um ihm mit ihrem ganzen Körper nahe zu sein. Doch dann nahm er ihre Hand und legte sie in ihren Schoß. Lara kamen die Tränen. *Er sieht mich nicht einmal an.* Sie wollte ihm einen bösen Blick zuwerfen. Sie wollte ihn anschreien, verfluchen und ihren Schmerz spüren lassen. „Lara.", sagte Hulda eindringlich. „Kommt mit mir. Wir werden ein paar Schritte im Garten gehen."

Ohne eine Reaktion abzuwarten, zog sie die erzürnte Prinzessin mit sich in den Schlossgarten.

„Wartet auf mich! Ich will mitkommen", rief Antara, die hinter ihnen herlief.

„Lara", sagte Hulda bestimmt. „Lass nicht zu, dass deine Wünsche und Träume dein Herz verfinstern."

„Was ist los?", fragte Antara leise.

„Unsere Lara hat sich verliebt."

„Oh.", schmachtete Antara. „Ich wünschte, ich würde mich verlieben!"

Hulda sagte ernst: „Die arme Lara hat zu viel von der Liebe geträumt und zu wenig von der Liebe gekostet."

Lara weinte.

Hulda drückte sie an sich, während Antara den Spaziergang ohne die beiden fortsetzte.

„Auch wenn er dich nicht liebt, kannst du dir seiner Freundschaft gewiss sein."

Sie strich der schluchzenden Prinzessin durch das Haar.

„Glaube mir: Das ist sehr viel mehr, als du erwarten kannst."

Lara weinte bitterlich.

„Sein Lächeln, seine Berührungen, sein Geruch, jedes Wort von ihm klingt mir in meinem Herzen. Wie die verlorene Melodie, die ich mein Leben lang vermisst habe. Seine Nähe fühlt sich so richtig an. Warum kann es für ihn nicht genauso sein?"

„Manches, was wir uns träumen, wird niemals sein, kann niemals sein, Lara."

Lara schüttelte schluchzend den Kopf. „Nein. Nein. Ich liebe ihn. Ich will nicht mehr ohne ihn sein."

„Lara, die Liebe stellt uns vor eine harte Probe. Ihr Hochgefühl, ihren Herzschlag, ihr wohliges Gefühl auf der Haut, ihr Glitzern in den Augen lässt uns hochleben. Aber dieses Hochgefühl lässt uns fallen, tief fallen, wenn unsere Liebe keine Gegenliebe erfährt."

Sie sah Lara eindringlich an. „Lass nicht zu, dass der Kummer deine schönen Momente zunichtemacht."

Lara nickte schniefend. Sie gingen Arm in Arm zu Antara, die neben dem Breven-Brocken stand und verträumt ihr Band durch die Finger gleiten ließ.

Lara und Antara schlenderten mit den Prinzen Amiel und Jedron durch den Schlossgarten. Die Prinzessinnen gingen voran und die Prinzen hinterher.

„Und dein Vater möchte dich noch in diesem Jahr verheiraten?", fragte Antara.

„Ja, am liebsten sofort."

„Also, ich wäre noch frei.", betonte Jedron.

Die Prinzessinnen drehten sich lachend um.

„Lara wird doch nicht dich heiraten.", spottete Antara. „Sie wird sich einen der besten Junggesellen schnappen, die noch zu haben sind. Einen gutaussehenden Thronfolger."

„Vor allem einen Menschen, wenn es nach meinem Vater geht."

„Du wirkst verändert.", sagte Hulda zu Meredeth.

Die beiden standen in der Mitte des Schlossgartens und blickten in Richtung der aufgehenden Sonne. Meredeth schwieg.

„Gibt es da etwa eine Frau in deinem Leben?"

Meredeth schmunzelte.

„Was fragst du mich? Du bist doch diejenige, die Gefühle schon sieht, bevor sie überhaupt entstanden sind."

„Meredeth, du bist im Moment sehr verwirrt und in deinem Kopf rangeln etliche Gedanken, die bei mir nur wie ein Chaos ankommen. Deswegen frage ich dich."

Meredeth holte tief Luft.

„Marduk hat gesprochen. Seit dem kleinen Frieden hat er beständig geschwiegen. Ich dachte schon, dass er mein Tun missbilligte, aber er ist wieder da.", erklärte er.

Die anderen schwiegen. Lara würde keinen von ihnen heiraten. Und auch ihre Freundschaft würde wohlmöglich nicht über diesen Tag hinaus andauern. Sie würden sich wahrscheinlich nie wiedersehen.

„Das ist doch eine sehr erfreuliche Nachricht.", strahlte Hulda.

„Ihr wisst, dass Marduks Vorsehungen immer mit Veränderungen einhergehen. Und ich habe mich bereits gut in meinem Leben eingerichtet. Ich bin mir nicht sicher, ob ich möchte, dass es sich ändert."

„Du wirst die Zukunft nicht beeinflussen können."

Meredeth schwieg.

„Und du bist sicher, dass es da keine Frau gibt?", fragte Hulda erneut neugierig.

„Ich wüsste nicht, wer das sein sollte."

Hulda flüsterte: „Lara." Und sah zu ihr herüber.

„Und was ist mir dir, Antara? Wann wirst du heiraten?", fragte Lara.

„Ich weiß nicht. Ich habe den perfekten Kandidaten noch nicht gefunden.", antwortete sie und drehte sich lächelnd zu den beiden jungen Männern hinter ihnen um. Prinz Amiel erwiderte ihr Lächeln.

„Einen Verehrer hättest du schon mal.", flüsterte Lara.

„Er mag dich doch viel mehr als mich.", gab Antara zurück.

„Was gibt es denn da zu tuscheln?", wollte Jedron wissen.

„Lara? Sie könnte meine Tochter sein. Und ich bin für sie wahrscheinlich nicht anziehender als ihr eigener Vater."

„Und du willst mir sagen, dass sie dir keinen Hauch gefällt, dass du nicht einmal einen Blick gewagt hast, als sie sich umgezogen hat?"

„Hulda, wie könnte ich?", entgegnete er empört.

„Nun ja, Lara hat bei dir jedenfalls nicht weggesehen."

Mit leicht erröteten Wangen sagte er: „Du willst mich wohl in Verlegenheit bringen. Jedenfalls bedauere ich es sehr, dass ich ihr keinen attraktiveren Anblick bieten konnte."

„Auch, wenn du nicht mehr der Jungspund von damals bist, dem die Frauen scharenweise hinterhergelaufen sind, so bist du immer noch ein gutaussehender Mann."

Er blickte zu Lara und Antara herüber, die stehen geblieben waren und mit den Prinzen herzlich lachten.

Meredeth schrieb an einem langen Brief, seit die Kutsche den Schlossgarten durch das Tor verlassen hatte. Lara, die ihm gegenübersaß, beobachtete ihn. Ein paar Haare waren ihm vor das Gesicht gefallen und tanzten jedes Mal, wenn die Kutsche über eine Unebenheit fuhr. Meredeth hielt die Feder sicher in seiner rechten Hand. Er schrieb sehr langsam und dachte stets sehr lange nach, ohne seinen Blick vom Blatt abzuwenden. Immer wieder zog er dabei angestrengt die Augenbrauen zusammen und die Augen schlossen sich fast unmerklich ein wenig. Plötzlich hob er den Kopf und schaute Lara in die Augen. Sein Gesicht wandelte sich in ein Lächeln.

„Warum beschäftigt ihr euch nicht mit etwas? Ihr könntet euch die Landschaft ansehen, der Wald ist voller sonderbarer Wesen und etliche Bäume sind mehrere Hundert Jahre alt. – Oder ihr könntet ein Buch lesen."

„Ich habe kein Buch mitgenommen.", antwortete Lara prompt. Meredeth griff neben sich, wo außer einem Stapel an einzelnen Papieren auch ein Buch lag und reichte es ihr. Dann setzte er seinen Brief fort. Lara blickte auf den Titel. *Über die Kriegsführung* stand da in großen Lettern. Sie blätterte darin. Lara hatte innerhalb kürzester Zeit die letzte Seite erreicht, die Bilder näher betrachtet, hier und da ein paar Worte aufgeschnappt und legte es neben sich auf die Bank. Dann schaute sie wieder auf Meredeth, der immer noch schrieb. Mittlerweile hatte er bereits zwei Seiten mit Sätzen gefüllt und war kurz davor, die dritte zu beginnen. Lara faszinierte die Leichtigkeit, mit der die Feder über das Papier wanderte, bis sie abrupt stehen blieb und sich in Meredeth' Gesicht ein Schauspiel an Gedanken abspielte, das letztendlich darin mündete, dass die Feder wieder weiter über das Papier wanderte. Plötzlich legte er die Feder ab und blickte Lara ernst an.

„An wen schreibt ihr?", fragte sie.

„Königin Aramché."

„Ihr habt ihr anscheinend sehr viel zu erzählen."

„Ja, das könnte man so sagen."

Lara schaute mit einem neugierigen Blick auf die beschriebenen Blätter. Sie konnte anhand der Worte erkennen, dass er nicht auf Enumisch, sondern Damarisch schrieb. Sie senkte den Blick auf den Boden. Er ergriff wieder seine Feder und setzte seinen Brief fort. Dann stockte er: „Mmmh." Lara hob interessiert ihren Kopf und beobachtete, wie seine Augen immer wieder über die letzten drei Zeilen seines Briefes huschten, wie die Gedanken in seinem Kopf wie Fliegen umherschwirrten und er nicht recht zu wissen schien, wie er sein Schreiben fortsetzen wollte. Dann hob er erneut seinen Kopf, blickte ihr tief in die Augen. Diesmal mit einem etwas gequälten Lächeln: „Ich kann nicht schreiben, wenn ihr mich immerzu beobachtet."

Lara wandte sofort ihren Blick ab und rückte näher an die Tür, um durch das Fenster hinauszusehen. Der Wald bildete eine undurchdringbare Wand aus Bäumen, die sich wie Vertraute aneinanderschmiegten und einander ihre Geheimnisse anvertrauten, wissend, dass sie bei dem jeweils anderen gut aufgehoben waren. Sie konnte das Zwitschern der Vögel hören. Meredeth schien beruhigt und vertiefte sich wieder in seinen Brief, der ihm immer mehr Anstrengung abverlangte.

Meredeth hatte seinen Brief vollendet und beobachtete Lara, deren Blick nach draußen gerichtet war. Er konnte erkennen, dass sie in Gedanken sein musste. Denn ihr Blick blieb an nichts haften, wie bei den Schauenden, deren Augen sich wie das Gefährt, in dem sie saßen, bewegten, um den Punkt des Interesses nicht aus dem Auge zu verlieren. Laras Blick war ganz ohne Richtung, als schaue sie in eine endlose Leere.

Lara dachte an die jungen Prinzen, die sie umschwärmt und ihr Komplimente gemacht hatten. Manche waren eher schüchtern in ihrem Ausdruck, andere stürmisch und beinahe zudringlich. Aber Meredeth, Meredeth war keiner von ihnen. Ob er überhaupt wusste, wie man einer Frau ein Kompliment macht? *Ihr seid das Schönste, was ich je gesehen habe. Ihr seid atemberaubend schön. Ihr seid bezaubernd. Reizend. Hübsch.* Nein, das waren alles Worte, die niemals über seine Lippen kommen würden. *Eure jugendliche Schönheit kommt am besten zur Geltung, wenn ihr euren Blick von mir abwendet.* Das klang schon viel eher nach ihm. Sie konnte geradezu hören, wie seine Stimme diesen Satz formte. Warum konnte er nicht so sein wie die anderen? Warum drängte es ihn nicht, in ihrer Nähe zu sein, sie zu berühren, zu küssen? Wohl nur, weil sie ihm nicht gefiel. „Was ist mit euch?"

„Was meint ihr?"

„Noch eben war euer Blick ganz anders. Und dann, ganz plötzlich, wurde er finster, als hättet ihr etwas Abstoßendes gesehen."

Lara erwiderte nichts. Sie schaute ihn nur kurz an und wandte ihren Blick dann wieder zum Fenster, ohne dass der finstere Blick in ihren Augen verschwand.

Meredeth blickte sie an, von Kopf bis Fuß. Überall konnte er ihr Unbehagen spüren. In den verkrampften Fingern, die sich aneinander krallten, der angespannten Haltung, die ihren Oberkörper in einer unbequemen Position erstarren ließ. Er zögerte. Ihm lagen ein paar Worte auf den Lippen. Doch als er erkannte, dass sich Tränen in ihren Augen zu sammeln schienen, die ihnen einen sonderbaren Glanz verliehen, entschied er sich, zu schweigen. Er starrte stattdessen auf die Rückwand der Kutsche, die ihm gegenüberlag.

Lara kämpfte mit den Tränen. Wie konnte sie nur so töricht sein und sich in einen Elf verlieben? Einen Elfenkönig? Warum nicht Prinz Amiel oder Prinz Piedro oder dieser aufdringliche Händler? Oder der nette Gelehrte aus Kurraine, der gleich zweimal mit ihr getanzt hatte? Sie presste die Augen zusammen. Die Feuchtigkeit an ihren Augen tupfte sie mit den Handschuhen weg. Die Handschuhe, die sie nach dem Gespräch mit Hulda angezogen hatte. Sie wollte so sein, wie die anderen Frauen waren, wohlerzogen und tugendhaft. Meredeth, der ihr die Hand zum Einsteigen gereicht hatte, war sichtlich irritiert gewesen, als er nicht ihre Haut, sondern den Stoff in seiner Hand spürte. Er hatte nichts gesagt, aber in seinem Blick konnte sie tausend Worte der Unsicherheit lesen.

Sie unterdrückte die Tränen, die behandschuhte Hand an ihrer Wange. Sie wollte nicht vor Meredeth weinen. Sie lenkte sich mit Gedanken an ihre Familie ab und dachte an Anhum. Dass er auf der Grauen Feste auf sie warten würde. Dass er sich freuen würde, seine Schwester wieder zu sehen. Dass sie zu ihm wollte. Sie dachte daran, wie sie durch die Weite Steppe um die Wette geritten waren. Was für ein schlechter Verlierer er war. Ihre Miene erhellte sich bei dem Gedanken an sein bedrücktes Lächeln, wenn er hinter ihr ins Ziel kam.

In einer verschlafenen Ortschaft, deren Straßen wie leergefegt waren, hielt der Kutscher in einer schmalen Gasse. „Eure Majestät, es wird wohl Zeit für eine kleine Pause." Meredeth stieg aus und unterhielt sich kurz mit Creston. Danach stieg er wieder zu Lara. „Creston wird in einem der Wirtshäuser etwas zu essen besorgen."

„Weil ihr nicht wollt, dass man euch in Begleitung einer Menschenfrau sieht.", meinte Lara spitz.

„Menschen sind nicht überall im Seenland willkommen. Aber ich möchte mir und euch lediglich ermöglichen, in Ruhe essen zu können. Ohne dass das ganze Dorf auf den Beinen ist, um den König zu bestaunen."

„Hört sich ja schlimmer an als eine Hinrichtung."

Es folgte ein Moment des Schweigens, der erst dadurch unterbrochen wurde, dass Creston den beiden eine Tüte mit Essen hereinreichte und die Kutsche aus der Ortschaft lenkte. Er hielt an einem kleinen Bachlauf, an dem er den Pferden Wasser holte. Meredeth half Lara beim Aussteigen. Sie lächelte zufrieden, angesichts der Tatsache, dass sie ihm erneut ihre behandschuhte Hand reichen konnte. Sie war eine junge, unverheiratete Prinzessin und wenn er kein Interesse an ihrer Zuneigung hatte, sollte er ihrer Meinung nach auch nicht mehr bekommen, als ihm zustand.

„Wir sollten ein paar Schritte gehen.", empfahl Meredeth.

Vor ihnen lag eine einsame Landstraße, umringt von satten grünen Wiesen. Vereinzelt waren ein paar Bäume in die Landschaft gestreut. Der Bach plätscherte leise vor sich hin.

Meredeth legte sein Jackett über ihre Schultern. Sie warf einen eingehenden Blick auf seine Schultern und seine Brust, die sich unter dem Hemd abzeichneten. Ihre Augen blieben an jedem einzelnen Knopf hängen, ihn in Gedanken öffnend. Meredeth nahm den Beutel mit dem Essen und Lara konnte noch einen Blick auf seinen gut gebauten Hintern erhaschen. *Wie gern ich ihn vernaschen würde!* Meredeth bot ihr seinen Arm an. Sie hakte sich bei ihm ein und sie schlenderten die Landstraße entlang. In Ihrem Kleid mit den Handschuhen und dem gutaussehenden Meredeth an ihrer Seite fühlte sich Lara ungewohnt erwachsen, sodass sie das Bedürfnis bekam, eines der belanglosen Gespräche zu beginnen, die edle Damen bei Hofe zu führen pflegten. „Das Wetter ist heute außergewöhnlich gut. Findet ihr nicht auch, Majestät?" Meredeth sah Lara unverwandt an. Lara gefiel ihre neue Rolle. Ihn nicht beim Vornamen zu nennen, ihn auf Distanz zu halten.

Sie setzten sich auf den Stamm eines umgestürzten Baumes. Er packte das Essen aus. „Ihr könnt gerne alles probieren." Lara nahm eine kleine Teigtasche, nachdem sie ihre Handschuhe ausgezogen hatte, und biss hinein. Ihr Gesicht verzog sich. Sie aß nur langsam. Der Geschmack auf ihrer Zunge wurde mit zunehmendem Kauen immer unerträglicher. Meredeth beobachtete sie grinsend. Sie schluckte angewidert. „Das ist ja grauenvoll! Was ist das?" Meredeth lachte. Lara stimmte mit ein. Sie mochte sein Gesicht, wenn er lachte. Seine Augen strahlten dann wie kostbare Smaragde, wie man sie an Ringen trug. Seine Gesichtszüge waren dann so entzückend, dass sie sich jedes Mal aufs Neue zu verlieben glaubte. Es gab nur wenig, das ihr derlei Glücksgefühle bescherte. Als sie sich wieder gefasst hatten, erklärte Meredeth: „Es ist ein Dschaloada-Teig mit Bzarata-Füllung. Eine Spezialität der grünländischen Grenzregion. Es sind wohl die intensiven Kräuter Ezna und Mishon, die euch nicht munden."

„Ich kann mir nicht vorstellen, dass einem so etwas überhaupt munden kann."

„Man kann seinen Gaumen wohl an einiges gewöhnen.", sagte er schmunzelnd.

„Nehmt hiervon.", sagte er auf ein belegtes Brot deutend.

„Dschedda. Das wird euch sicher schmecken."

Sie nahm eines der beiden Brote und biss hinein. Der Genuss war ihr ins Gesicht geschrieben. Meredeth beobachtete mit Genugtuung, wie begeistert Lara das Brot aß, während er selbst sich ein paar Trefna-Stangen nahm.

„Köstlich.", sagte Lara grinsend. Sie griff nach dem zweiten Brot und bemerkte Meredeth enttäuschten Blick.

Als sie zögerte, sagte er: „Nehmt nur. Ihr müsst ja von irgendetwas satt werden."

„Aber ihr wolltet es gerne haben."

„Ja, ich liebe Dschedda und hätte mich gefreut, wenn ihr auch noch etwas Anderes gefunden hättet, das euch schmeckt."

Lara brach das Brot in der Mitte und reichte Meredeth eine Hälfte. Er dankte ihr mit einem Lächeln und sie lächelte verliebt zurück.

In der Ferne näherten sich zarte Stimmen, die riefen: „Der König! Der König!" Meredeth befahl dem Kutscher, anzuhalten und stieg aus. Über eine Blumenwiese kamen drei Bauernmädchen gelaufen, mit Gänseblümchen in den Haaren und Händen. Meredeth ging in die Hocke. Sie überreichten ihm ihre Sträußchen und eine von ihnen sagte: „Wir haben Prinzessinnen gespielt" während sie auf ihre Blumenkrone deutete. „Ihr seid drei ganz bezaubernde Prinzessinnen." Vom Bauernhaus hatte sich eiligen Schrittes eine Frau genähert, die sich schnell ihre von der Feldarbeit verschmutzten Hände an der Schürze sauber wischte. „Eure Majestät, ich möchte mich für meine Mädchen entschuldigen." Sie reichte ihm zur Begrüßung die Hand, aber statt sie zu schütteln, gab er ihr einen Handkuss. Sie fühlte sich geschmeichelt. „Eure Mädchen sind ganz bezaubernd." Er schaute sich suchend um, warf einen Blick in die Kutsche: „Ich würde den Kleinen gerne etwas geben, aber ich fürchte, ich habe nichts dabei." Dann griff er in seine Hosentasche und reichte der Frau eine Silbermünze: „Nehmt dies!"

„Aber eure Majestät, das kann ich nicht annehmen.", sagte die Frau und hielt sie ihm hin.

Er umfasste ihre Hand und umschloss mit ihren Fingern die Münze und sagte: „Sie gehört euch."

„Vielen Dank, eure Majestät", sagte die Bäuerin und knickste vor dem König. Ihre Töchter taten es ihr gleich.

Der König schmunzelte und streichelte der jüngsten übers Haar. „Ganz bezaubernde Prinzessinnen seid ihr."

Dann stieg er wieder in seine Kutsche. Die Mädchen folgten noch einige Meter lachend und winkend, während die Mutter am Wegesrand stand und ungläubig der Kutsche hinterher sah.

Lara hatte sich still verhalten, damit niemand auf sie aufmerksam wurde.

„Habt ihr keine Angst vor den einfachen Leuten?"

„Nein, habt ihr denn Angst vor Ihnen?"

„Mein Vater meidet sie stets, weil er fürchtet, dass sie ihn angreifen, verspotten oder krankmachen können."

„Wenn man sich gut um sein Volk kümmert, dann lebt es gesund und glücklich. Dann braucht man weder Krankheiten noch Mistgabeln fürchten."

Nach einer Weile fügte er hinzu: „Es sind Bauern. Sie werden wahrscheinlich nie nach Golan kommen, sie werden nie die Türme des Dornenschlosses sehen. Sie kennen den König nur aus Geschichten. Und auch wenn es ihr Leben nicht verändern wird, macht es einen großen Unterschied, ob sie ihren Kindern und Enkelkindern erzählen werden, dass sie die Kutsche des Königs gesehen haben oder dass sie den König selbst kennen gelernt haben."

Meredeth stieg aus und reichte Lara die Hand. Alanda und Magda, die die Kutsche hatten kommen sehen, warfen neugierige Blicke durch eines der großen Fenster. Sie schwärmten angesichts des Königs und der Prinzessin. „Sehen die beiden nicht hinreißend aus."

„Oh ja", seufzte Magda. „Wie ein Königspaar."

„Würde aber auch Zeit, dass der König endlich mal eine Frau bekommt. Meinst du nicht auch."

Idiworf empfing Lara und Meredeth vor dem Schloss. „Oh Prinzessin, ihr seht einfach bezaubernd aus.", rief er aus. Dann wandte er sich an Meredeth: „Eine richtige Augenweide, nicht wahr, eure Majestät?" Meredeth fragte den Schamanen: „Sagt mir, Idiworf, was hat sich in meiner Abwesenheit ereignet?" *Dieser verdammte König! Warum kann er mir nicht auch ein Kompliment machen?* Laras Herz raste vor Wut. Da kam Doras aus dem Schloss und lief geradewegs auf Lara zu. Sein Blick war tiefste Begierde. „Schön euch wiederzusehen, Lara.", flüsterte er und ließ seinen Blick über ihr Kleid schweifen. „Ihr seht wunderschön aus." Lara bedankte sich schüchtern. „Ihr wart bestimmt die Schönste auf der Feier. Neben der Braut natürlich.", schmeichelte er ihr. Meredeth warf den beiden einen strengen Blick zu. „Habt ihr nicht noch etwas zu tun, Doras?" Der Berater entschuldigte sich mit einer Verbeugung und verschwand im Schloss, nicht ohne sich noch einmal nach Lara umzudrehen und ihr ein verführerisches Lächeln zuzuwerfen.

„Habt ihr nicht noch etwas zu tun, Doras?", äffte Lara Meredeth nach. „Ihr widert mich an. Ich ertrage euch keine Sekunde länger.", schrie sie und lief ins Schloss.

Idiworf, der das Schauspiel mit ungläubigen Blicken verfolgt hatte, fragte entgeistert: „Was habt ihr ihr angetan?"

Meredeth antwortete sichtlich ratlos: „Ich weiß es nicht."

„Es ist ein Desaster!", schimpfte der Schamane. „Ihr macht alles kaputt! Die Weissagung. Alles. Sie ist der einzige Hinweis, den wir haben." Meredeth versuchte sich zu erklären: „Es lief alles gut.

Ich habe mit ihr den Eröffnungstanz getanzt. Danach hat sie mit vielerlei Männern getanzt, schien aber stets ausgelassen."

„Das war also eure Taktik? Sie einfach mit jedem dahergelaufenen Schönling tanzen zu lassen?"

„Sie war nur meine Begleitung, weder meine Frau noch meine Tochter."

„Dennoch hättet ihr euer Revier besser verteidigen sollen."

„Sie haben schon genug darüber geschmunzelt, dass ich sie überhaupt mitgebracht habe. Ihren Spott wollte ich sicher nicht auf mich ziehen."

„Dann sagt mir, was danach passiert ist."

„Sie hat sich sehr gut mit Antara verstanden. Bei der Siemara hat sie das Sharabtu gezogen."

„Welches habt ihr gezogen?"

„Das ist wohl nicht Thema dieses Gesprächs."

„Ich bin euer Schamane und sollte über derartige Zeichen informiert sein."

„Danach sind wir zu Bett gegangen. Als ich aufwachte, lag sie schlafend in meinem Arm."

Idiworfs kritischer Blick traf ihn.

„Wir waren beide bekleidet.", erklärte Meredeth.

„Das macht es wohl nicht besser, aber es war keineswegs so verwerflich wie es eigentlich sein sollte."

Nach einer Pause fuhr er fort: „Während dem Frühstück schien sie etwas zu bekümmern. Hulda ist mit ihr und Antara nach draußen gegangen."

„Habt ihr sie danach gefragt?"

„Nein."

„Warum nicht?"

„Ich dachte nicht, dass es mich etwas anginge. Außerdem war ich wohl der Überzeugung, dass es sich um Frauenprobleme handelte."

„Nach eurer Erzählung wundert es mich nicht, dass die Prinzessin fluchtartig weggerannt ist. Es klingt nach der langweiligsten und furchtbarsten Verabredung, die sich ein so junges Ding wohl vorstellen kann."

„Ihr wisst, dass ich nicht dort war, um kleine Mädchen zu belustigen."

„Warum erzählt ihr dies nicht eurem Volk, wenn es euch fragt, warum ihr weder eine Frau noch einen Erben habt?", fragte Idiworf spöttisch. Er wartete nicht die Reaktion des Königs ab, sondern nahm den direkten Weg in den Schlossgarten.

Meredeth ging in sein Arbeitszimmer. Er blieb neben dem Schreibtisch stehen und nahm das Bild, das Lara gezeichnet hatte, in die Hand. Er blickte es lange und intensiv an. Desto länger er es betrachtete, desto mehr konnte er die kühle Luft fühlen, die ihm an diesem Abend durch die Haare und Kleidung gefahren war. Die harte Bank, die gerade breit genug gewesen war, dass sie beide darauf Platz fanden. Das zarte Licht des Mondes und der Sterne, das einen zarten Schimmer in ihr Gesicht gezaubert hatte, sodass er ihr sanftes Lächeln erahnen konnte.

Idiworf kam in das Arbeitszimmer gestürmt.

„Lara ist fort."

„Was meint ihr mit ‚Lara ist fort?'", fragte Meredeth und folgte dem Schamanen in das gelbe Zimmer, das verwaist vor ihm lag. Das Bett war gemacht, der Schreibtisch leer und selbst die Luft schien wie gereinigt. Nichts deutete darauf hin, dass hier in den letzten Wochen jemand gelebt hatte. Lediglich das Kleid, das über der Lehne des Sessels lag, erzählte von Trank und Tanz und tiefen Blicken. Meredeth ging hinüber und strich mit seinen Fingern über das noch warme Kleid.

„Sie ist mit ihrem Pferd fortgeritten.", erklärte Idiworf und sah Meredeth prüfend an.

Dieser blickte lange aus dem Fenster, bis er überzeugt prophezeite: „Sie wird zurückkommen."

Idiworf, der immer noch reglos im Raum stand, schien ihm nicht glauben zu wollen. Meredeth erwiderte mit Nachdruck: „Sie wird wiederkommen."

Kapitel 14

Der Vogel ahnt im Fluge, wohin sein Herz ihn trägt.
Isidors Traum

Tränen liefen über Laras Gesicht. Sie sprang vom Pferd und lief in die Graue Feste. Anhum, der sie hatte in der Ferne kommen sehen, nahm sie am Eingang in die Arme. „Oh, Lara, du bist wieder da." Er drückte sie fest an sich. Sie vergrub ihr Gesicht in seine Brust und atmete tief seinen vertrauten Geruch ein. Ihre Tränen purzelten auf sein Hemd. Sie schluchzte. Anhum drückte sie an die Wand.

„Pass auf, dass dich auch niemand sieht."

„Was ist los, Anhum?"

„Vater ist außer sich."

Lara konnte vor lauter Tränen nur vage den verzweifelten Ausdruck in Anhums Gesicht erkennen.

„Es kam ein Brief von König Kandy. Er berichtet davon, dass du bei einer Elfenhochzeit warst, mit diesem ..., diesem Elfenkönig."

„Meredeth.", schluchzte Lara.

„Vater hat geflucht, wenn du je wieder seine Burg betreten würdest, würde er dich töten."

„Aber das kann er doch nicht ernst meinen!"

„Lara, ich habe Angst um dich.", sagte Anhum mit zittriger Stimme.

Sie sah ihm mit ihrem verweinten Gesicht in die Augen.

„Anhum, du brauchst keine Angst zu haben."

Anhums Blick entspannte sich. Doch dann zeigte sich seine Zornesfalte.

„Und was ist mit ihm, diesem Jechloch ..."

„Bitte, nenn ihn nicht so.", fiel ihm Lara ins Wort.

„Was hat er dir angetan? Hat er dich verletzt?"

„Oh, Anhum, ich habe furchtbare Schmerzen, ich spüre unglaubliche Qualen, und nein, er hat nichts getan. Er hat nicht einmal gewünscht, dass meine Hand in seiner liegt. Er wollte nicht einmal seine Finger in meinem Haar vergraben, nicht einmal meine Schulter streicheln, nicht einmal meine Lippen küssen. Und ich, ich habe es mir gewünscht, immerzu, mit jeder Faser, aus der ich gemacht bin. Doch hat er mich je gesehen, hat er je nach mir geschaut? Oder hat er nur meine Hülle gesehen, die ihm den Blick auf den lichten Tag verwehrte?"

Anhum streichelte ihr sanft über das Haar.

„Lara, du hast eine glückliche Zukunft vor dir. Mit einem liebevollen Prinzen an deiner Seite. Und solange er noch nicht da ist, gebe ich auf dich Acht."

Sie drückte sich fest an ihn und schloss die Augen. Was musste es für ein Gefühl sein, geliebt zu werden? Von dem Richtigen geliebt zu werden?

Lara packte ihren Zeichenblock und das Kästchen, das Meredeth ihr geschenkt hatte aus. Ihre Finger strichen über die eingravierten Rosen.

Miranda öffnete vorsichtig die Tür und linste in das Zimmer. Als sie Lara erblickte, lief sie freudestrahlend auf ihre älteste Tochter zu. Sie drückte Lara fest an sich.

„Du bist wieder da, mein Schatz. Ich hatte schon Angst, dieses Scheusal würde dich nicht mehr gehen lassen."

Lara löste sich aus den Armen ihrer Mutter.

„Er war immer gut zu mir."

„Er ist ein Jennemei."

„Macht ihn das geringer als dich oder mich?"

„Es macht ihn zu unserem Feind, Lara.", belehrte Miranda ihre Tochter, während sie Laras Kopf festhielt und sie dazu zwang, ihr in die Augen zu sehen.

Lara wandte sich ab. „Wo ist Vater?"

„Er möchte dich nicht sehen."

„Aber …"

Lara fehlten die Worte. Sie war doch seine Tochter, seine älteste Tochter. Sie war sein Taramur. Er war immer ganz vernarrt in sie gewesen. Aber vielleicht war gerade das das eigentliche Problem. Welcher Vater sieht schon gerne zu, wenn seine Tochter erwachsen wird? Wenn ihr Blick sich von dem vertrauten Gesicht des Vaters abwendet hin zu einem anderen Mann? Wenn dieser Mann ihr Herz pochen lässt und in ihr Sehnsüchte weckt? Und wenn dieser Mann ihm nicht nur ein Fremder sondern auch noch ein Gegner ist? Lara ließ sich mit Tränen in den Augen auf ihr Bett fallen.

„Mutter, bitte sag' Vater, dass mir nichts geschehen ist." Miranda setzte sich neben sie aufs Bett und streichelte ihr übers Haar. „Ich habe nie an seinem ehrbaren Charakter gezweifelt, Lara", flüsterte sie.

„Es sind nun schon drei Wochen vergangen, seit die Prinzessin gegangen ist.", sagte Idiworf ernst.

Meredeth saß an seinem Schreibtisch und betrachtete die Karte von Enuma. Er tat, als hätte er den Schamanen nicht gehört.

„Ihr solltet das zarte Band, das in die Zukunft weist, nicht zerreißen lassen, Majestät. Ihr solltet die Hoffnung auf einen Thronfolger nicht fahren lassen."

Meredeth hielt nachdenklich inne.

„Sie wird nicht kommen.", beschwor Idiworf den König. Meredeth griff nach dem Bild, das Lara für ihn gezeichnet hatte. Er sah die Szene lange an, wie eine befremdliche, unwirkliche Szenerie, deren Akteure in einer Konstellation zusammengeführt wurden, in der sie nie hätten sein können. Dann war sein Blick, als würde

er etwas erkennen, etwas Vertrautes, das die Situation auflöste.
„Ich werde ihr schreiben.", beschwichtigte Meredeth.
„Ihr solltet sie besuchen, mein König.", schlug Idiworf vor. „Ihr könntet ihre Familie kennenlernen und weiteren Hinweisen nachspüren."
„Idiworf, ihr wisst, dass ich eure Meinung schätze, aber ich werde diese Burg nie wieder betreten."
Da der Schamane wusste, dass Meredeth von diesem Entschluss nicht abzubringen war, schwieg er enttäuscht. Als er das Arbeitszimmer des Königs verlassen hatte, fing dieser sogleich an zu schreiben.

Liebe Lara,

Er knüllte das Papier zusammen und warf es fort.

Prinzessin Lara, ich hoffe, ihr hattet eine angenehme Reise und seid gut auf der Grauen Feste angekommen.

Er betrachtete kritisch den geschriebenen Satz und entschied sich auch diesmal, den Entwurf zu verwerfen, knüllte das Papier und warf es neben das andere.

Eure Hoheit, ich sende euch die besten Grüße … Es ist still geworden, seid ihr das Dornenschloss verlassen habt. Ich hatte gehofft, ihr würdet mich noch einmal besuchen.

Schließlich legte er die Feder nieder und entschied, keinen der begonnenen Briefe zu beenden oder gar zu versenden. Er saß im Kerzenschein seines Arbeitszimmers und ließ den Blick durch den Raum schweifen.

Lara aß allein Juttensuppe in ihrem Zimmer. Neben dem Teller lagen verstreut ihre Zeichnungen. Sie hatte sie nicht wegräumen wollen und gab Acht, dass keine Suppe auf sie spritzte. Hariam und John hatten beschlossen, dass sie zur Strafe für ihr Verhalten nicht mit den anderen speisen würde. Es war ihr auch verboten, ihr Zimmer zu verlassen. Deswegen verbrachte Lara bis auf die wenigen Besuche von Anhum und Meira die meiste Zeit des Tages allein. Sie las und malte und hing Erinnerungen nach. Sie dachte an das Dornenschloss und die schönen Momente mit Meredeth. Wie sie im Theater waren und danach auf der Bank neben dem Schloss gesessen hatten. Wie sie gemeinsam den Hochzeitstanz tanzten. Wie sie sich in jedem Moment, in dem seine Augen ihren Blick trafen, aufs Neue in ihn verliebte, wie jede Berührung ihr Herz dem Zerbersten nahebrachte. Wie sein Geruch in ihr den Wunsch hervorrief, ihn nie wieder gehen zu lassen und mit ihm zu verschmelzen. Wie es war, mit dem Kopf auf seiner Brust zu ruhen und die Welt um sich herum zu vergessen. Sie blieb bei dem Gedanken stehen und hielt ihn fest, da sie wusste, dass danach der Schmerz in ihr hochkommen und diese schönen Erinnerungen zermalmen würde.

Meira kam ausgelassen in Laras Zimmer gelaufen.

„Lara, Lara, wir werden fahren."

„Wohin fahren wir denn?", fragte Lara neugierig.

„Zum Horst."

„Zum Horst?"

„Ja, übers Meer."

„Meinst du das Schloss auf Krautland?"

Meira überlegte lange. Dann antwortete sie sichtlich unsicher: „Ja." Und fügte mit Begeisterung hinzu: „Zur Vogelkönigin."

„Warum sollten wir zu Königin Aramché nach Krautland fahren?"

„Ein großes Fest. Alle kommen."

„Alle?"

„Ja, alle. Und du sollst einen Prinzen wählen."

„Einen Prinzen wählen?"

„Vater sagt, du sollst heiraten."

„Und du bist auch dabei?"

Meira strahlte über das ganze Gesicht. „Ja."

„Aber kein Prinz für mich."

Lara lachte. Ihre Gedanken wanderten unmittelbar zu Meredeth und ihr Blick senkte sich auf die Zeichnungen. Sie würde ihn bald wiedersehen. Sie hoffte, dass er ihr sagen würde, dass er sie genauso vermisst hatte, wie sie ihn. Dass ihm das Herz blutete in jeder Minute, in der sie nicht bei ihm war.

Meira blickte auf die Bilder, an denen Laras Blick haftete. „Wer ist das?"

„Das ist ein Elfenkönig von einem zauberhaften Märchenschloss, das über und über mit Rosen bewachsen ist."

„Du lügst."

„Nein, ich sage die Wahrheit."

„Und woher weißt du das?"

„Weil ich bei ihm gewohnt habe."

„Der Kechtnog.", sagte Meira böse.

„Woher hast du dieses Wort?", fragte Lara schockiert.

„Vater hat ihn so genannt."

„Meira, ich möchte, dass du nie wieder dieses Wort in den Mund nimmst." Meira sah schüchtern auf den Boden und schwieg.

„Hast du mich verstanden?"

Meira nickte schuldbewusst.

Lara lag noch im Bett und betrachtete gedankenversunken ihre Zeichnungen, als Anhum am späten Vormittag mit einem dunkelblauen Kleid über dem Arm hereinkam. „Es wird Zeit, dass du wieder nach draußen kommst. Seitdem du hier gefangen bist, liegst du ja nur noch im Bett.", tadelte Anhum seine Schwester.

Er präsentierte ihr das Kleid. „Vater hat dieses Kleid für dich ausgesucht." Lara stand auf, um es sich aus der Nähe anzusehen und betastete den Stoff. „Wir werden morgen früh zu Aramchés Feier aufbrechen.", erinnerte er sie. Lara betrachtete enttäuscht das Kleid. Es war nicht im Geringsten mit dem Kleid zu vergleichen, dass Meredeth ihr ausgesucht hatte. Der Stoff war viel grober und die blaue Farbe gefiel ihr überhaupt nicht. Sie war sich sicher, dass sie sich in diesem Kleid nicht annähernd so hübsch fühlen würde, wie in Meredeth' Kleid. Anhum bemerkte Laras traurigen Blick.

„Es ist nun mal kein Elfenkleid.", erklärte er.

„Ist schon in Ordnung.", sagte sie und streichelte seine Schulter.

Sein Blick fiel auf die Zeichnungen, die auf ihrem Bett lagen.

„Ich möchte nicht, dass er mit dir spricht."

„Meinst du, er kommt auch?", fragte Lara hoffnungsvoll, während sie eigentlich versuchte, desinteressiert zu wirken.

Anhum bemerkte das hoffnungsvolle Strahlen in Laras Augen.

Er legte das Kleid über den Stuhl und packte Lara an den Schultern. „Er wird da sein und er wird dir nicht zu nahekommen.", redete er ihr ins Gewissen.

Lara wurde wütend. Ihr kamen die Tränen und sie stieß seine Hände von sich. „Warum mischst du dich ein?"

„Weil, wenn ich es nicht tue, wird es Vater tun. Er würde ihm wahrscheinlich die Hand abschlagen, mit der er nach deiner Hand zum Tanzen griff." Lara schluchzte. „Und John würde auch nicht davor Halt machen, dir weh zu tun, Lara", flüsterte Anhum besorgt. „Er wird nicht zulassen, dass du seinen Thron, den er in wenigen Jahren besteigen wird, mit anrüchigen Geschichten über eine mögliche Affäre mit einem Elfen beschmutzt." Lara nahm weinend die Hände vor ihr Gesicht. Ihr Herz schmerzte und sie rang nach Luft. Gequälte Laute drangen aus ihrem Mund. *Warum? Warum ist die ganze Welt gegen mich? Warum kann ich nicht lieben und geliebt werden? Warum ist es so wichtig, wem ich mein Herz schenke? Ist es nicht mein aufrichtigstes Gefühl, wenn ich lausche, was mein Herz mir sagt? Warum soll ich mein Herz, das so ehrlich zu mir ist, belügen?* Anhum nahm seine Schwester, die schwer nach Luft rang und schmerzerfüllte Schreie von sich gab, in die Arme. Sie legte ihren Kopf an seine Schulter. „Anhum, ich kann nicht.", jammerte Lara. „Ich kann nicht ohne ihn sein."

Anhum drückte sie schweigend an sich und streichelte über ihr Haar. Er hatte so viele Gedanken, die er ihr sagen wollte, so viele tröstende Worte, die von seiner Zunge bis in ihre Ohren vordringen wollten. Aber er sagte nicht ein Wort. Denn er ahnte, dass sie alle nicht ausreichen würden, ihren Kummer zu stillen. Dass diese Liebe größer war, als er sich vorstellen konnte.

Kapitel 15

Was nicht sein soll, wird nicht sein.
Der Wille der Damaren

Die Königsfamilie Kordes erreichte nach einer ruhigen Überfahrt die Küste von Krautland, an der bereits verschiedene Elfen- und Menschenschiffe angelegt hatten. Sie gingen den steilen Weg zur Burg hinauf. Diener trugen ihr Gepäck in das nahegelegene Dorf, in dem sie die Nacht verbringen würden.

Königin Aramché, die soeben ihren Bruder Bueno mit seiner Familie am Eingang begrüßt hatte, wandte sich nun mit der gleichen Freundlichkeit den Kordes zu. Den Männern reichte sie Halsketten, an denen jeweils ein Anhänger, ein glitzernder Stein aus Funkelglas, hing. Sie erklärte: „Pintalaketten. Es ist ein alter elfischer Brauch, dass der Mann seiner bevorzugten Tanzpartnerin diese Kette nach dem Tanz um den Hals hängt." Die Bänder der Ketten, die sie in den Händen hielt, hatten unterschiedliche Farben. Sie waren blau, rot und gelb. Die Steine waren wie für gewöhnliches Funkelglas üblich – weiß. Aramché wandte sich mit einem Lächeln an die Prinzessinnen: „Hübsche Töchter habt ihr, König Hariam." Dann sagte sie an Lara gewandt: „Ich bin mir sicher, dass ihr viele Pintalaketten bekommen werdet." John griff nach Laras Hand und zog sie in die Eingangshalle. Sie warteten mit den anderen darauf, dass die noch fehlenden Gäste eintrafen. Lara sah sich in der Halle um und suchte nach Meredeth. Sie sah bekannte Gesichter: Piedro und Amiel standen plaudernd an einer Säule. Gregor grüßte sie mit einem freundlichen Nicken. Prinz Ferres und seine Schwester Mintala hatten sich auf eine steinerne Bank gesetzt, die an der Wand stand, und musterten die Anwesenden. Man konnte ihren Gesichtern ablesen, dass sie über die Elfen abfällige Worte tauschten. Lara suchte noch intensiver nach einem Hinweis zu Meredeth. Selbst Hulda oder Antara konnte sie nicht entdecken. Anhum stieß sie leicht mit seinem Arm an. „Lara, hast du schon den Adler gesehen?", fragte er und deutete mit seinem Kopf in eine Ecke der Empfangshalle, in der ein großer Baum stand, der halb in die Mauer eingewachsen war. Auf einem der dicken Äste saß ein großer Adler. Lara bestaunte den großen Vogel. „Meredeth, wie schön dich zu sehen!", rief Aramché aus. Der Name elektrisierte Lara. Sie starrte zur Tür und sah, wie Meredeth mit Antara und Hulda eintrat. Sie konnte ihre Augen kaum von ihm abwenden. Er trug ein knapp geschnittenes, grünes Jackett, das ihm sehr gut stand und seine breiten Schultern betonte. Dazu eine weiße Hose, die in schwarzen Stiefeln steckte.

Meredeth und Aramché umarmten sich innig. „Deine Pintalakette, Meredeth.", sagte sie lachend und hängte sie ihm um. „Es gibt wohl nur eine Frau, der ich diese Kette geben könnte.", ließ Meredeth seinen Charme spielen. Aramché lächelte Meredeth an. Lara war, als würde ihr Herz schlagartig von einem kleinen Dolch durchbohrt werden. Sie blickte sich hilfesuchend um. Sie wollte diesem Schauspiel an Zuneigung nicht mehr weiter zusehen. Konnte sie sich nicht irgendwo verstecken? Doch überall standen Leute. Die Wege zu den Türen, von denen sie nicht wusste, was sich hinter ihnen verbarg, waren versperrt. Anhum nahm ihre Hand und küsste ihre Finger.

„Ich bin für dich da, Lara.", flüsterte er. „Wir schaffen das gemeinsam."

Lara lächelte ihn an. „Wenn ich dich nicht hätte, Anhum, dann wäre ich schon längst verloren."

Aramché wandte sich den beiden Frauen zu.

„Groß bist du geworden, Antara. Und hübsch wie eh und je."

„Danke.", sagte Antara geschmeichelt.

„Hulda, meine Gute, schön dich zu sehen."

Die drei gingen an den anderen Gästen entlang und begrüßten diese. Als sie bei der Familie Kordes ankamen, lächelte Antara Lara freundlich zu. Hulda schenkte ihr ein vieldeutiges Lächeln.

Beide zeigten ihre Ehrerbietung, indem sie vor dem König knicksten. Meredeth begrüßte alle mit einem ernsten Nicken. John warf ihm einen wütenden Blick zu. Er wäre ihm am liebsten an den Hals gesprungen. Aber er hielt sich zurück, da Hariam ihm eingebläut hatte, sich nicht zu unüberlegtem Handeln verleiten zu lassen. Lara sah Meredeth erwartungsvoll an. Sie suchte nach einem Zeichen, dass er sie begehrte wie sie ihn, einen Blick, der ihr sagte, dass er sie aus tiefstem Herzen vermisste. Stattdessen schenkte er ihr keinerlei Beachtung. Lediglich Anhum warf er einen freundlichen Blick zu, als er ihn wiedererkannte. Dann gingen die drei zur Königsfamilie Versasca und begrüßten König Gregor. Lara sah Anhum enttäuscht an.

„Er hat mich nicht einmal angesehen.", flüsterte sie.

Anhum drückte seinen Kopf an ihren. „Lara, wenn er dich nicht mag, dann ist er dumm und blind.", flüsterte er.

„Möchtest du einen dummen Blinden als Mann?"

Lara kicherte. „Nein."

„Na, siehst du, er ist deiner nicht würdig."

Als sie an ihren Tisch kamen, legte König Hariam seine Pintalakette seiner Frau Miranda um den Hals. „Wenn ich tanzen würde, dann nur mit dir." Miranda dankte ihm mit einem milden Lächeln, auch wenn sie sich gewünscht hatte, wenigstens zu einem Tanz auf die Tanzfläche geführt zu werden.

„Vielleicht sollte ich dir meine geben.", scherzte Anhum gegenüber Lara, die neben ihm und Miranda saß. Lara entgegnete entsetzt: „Auch wenn ich keine einzige bekommen sollte, nehme ich garantiert nicht deine."

Lara sah, dass Meredeth mit Antara und Hulda zwei Tische weiter zu ihrer Linken saßen. Anhum folgte ihrem Blick. „Lara, mach' dich nicht unglücklich.", flüsterte er, damit niemand am

Tisch ihre Unterhaltung mitbekam. Meira, die neben ihm saß, zog an seinem Ärmel.

„Was habt ihr für Geheimnisse?"

„Erwachsenensachen. Wenn du groß bist, darfst du auch mitreden.", antwortete Anhum.

„Das ist gemein.", protestierte seine kleine Schwester. John beobachtete Lara, deren sehnsüchtige Blicke ihm längst aufgefallen waren, kritisch. Wenn er auch nur den Verdacht hätte, dass der König ihr Hoffnungen machte, ihre Blicke erwiderte, würde er ihm sein Schwert durchs Herz bohren. Und er wäre das letzte, was er in seinem Leben sehen würde. Die Musiker nahmen Platz und die Gäste sammelten sich eifrig auf der Tanzfläche. Anhum forderte Jaina zum Tanzen auf. John wollte nicht tanzen, aber sein Vater forderte ihn auf, mit Mintala zu tanzen. John folgte. Lara blickte erwartungsvoll in Meredeth' Richtung. Doch der ging mit Aramché auf die Tanzfläche.

„Prinzessin.", erklang eine schüchterne Stimme hinter Lara. „Darf ich bitten?", stotterte der verunsicherte Prinz Pitre. Lara, die sich eigentlich einen anderen Tanzpartner ausgemalt hatte, wusste, dass ihr kaum eine Alternative blieb, und ging mit ihm. Pitre war ein furchtbarer Tänzer. Alle sechs bis acht Tanzschritte hatte sie seinen Schuh auf ihrem Fuß. Nach dem dritten Mal hörte er auch auf, sich zu entschuldigen und lächelte nur beschwichtigend. Er redete kaum ein Wort mit ihr und schien nur Augen für ihren Busen zu haben. *Zum Glück bin ich so hochanständig gekleidet. Vater, sei Dank.* Lara sehnte das Ende des Tanzes herbei. Sie wollte weder mit Pitre tanzen noch weiterhin beobachten, wie sich Meredeth und Aramché Worte zuflüsterten und sich köstlich zu amüsieren schienen. Warum musste diese Königin so perfekt sein? Sie war hübsch. Sie war in seinem Alter und zu allem Übel war sie auch noch eine Elfin. Lara wurde schlecht bei dem Gedanken, dass sie sich in Meredeth verliebt hatte, dessen Herz anscheinend schon lange vor ihrem Erscheinen in festen Händen war.

Die Musik verklang. Pitre stockte: „Lara, ich möchte euch meine Kette geben." Er holte die Kette, die ein gelbes Band hatte, aus seiner Hosentasche und legte sie um Laras Hals. Sie bedankte sich. Im Augenwinkel sah sie, wie Meredeth seine blaue Kette Aramché umlegte und ihr Worte ins Ohr flüsterte. Sie umarmte und küsste ihn entzückt. „Meredeth, du bist ein Charmeur."

„Bitte entschuldigt mich.", sagte sie zu dem sichtlich verwirrten Prinzen. Sie kämpfte sich vorbei an den anderen Paaren zu ihrem Platz. Hariam, der mit seiner Frau und der kleinen Meira sitzen geblieben war, beäugte mit Genugtuung die Kette um ihren Hals. „Pitre würde eine überaus gute Partie abgeben. Das Eisenland ist reich an Ressourcen." Lara rang sich ein Lächeln ab. Anhum, der das gesamte Schauspiel aus nächster Nähe verfolgt hatte, führte Lara in den Garten.

Als sie sich abseits der anderen Gäste auf einer Bank niedergelassen hatten, brach Lara in Tränen aus. Anhum hatte befürchtet, dass diese Feier für Lara in Tränen enden würde. Dennoch trafen die Umstände ihn komplett unvorbereitet. Er hatte erwartet, dem König ins Gewissen reden zu müssen, dass eine Verbindung der beiden in jeder Hinsicht unangebracht wäre. Er hatte schon seine Worte gewählt. Aber dass er Lara trösten musste, weil der König vor ihren Augen einer anderen Frau den Hof machte, hatte er nicht erwartet. Was sollte er ihr sagen? Er entschied sich, eine der Geschichten, die sie in ihren Kinder- und Jugendtagen verschlungen hatten zu zitieren.

„'Sei dir immer gewiss, mein Kind', hatte der Großvater gesagt. 'Was nicht sein soll, wird nicht sein.'"

„Und was sein soll, wirst du erkennen, wenn dein Herz nach dem ersten Aufbäumen sich in die wogenden Wellen wirft und lebt.", setzte Lara fort.

„Denn alles, was ist, ist nicht hier, weil du es wünschst. Es sind die Damaren, die diese unsere Welt lenken, damit sie den besten Weg einschlägt. Sie wissen, was unsere Bestimmung ist und wo wir sein werden, wenn wir sterben." Anhum nickte bestätigend.

„*Der Wille der Damaren*", schmunzelte Lara. „Was meinst du, wie oft wir diese Geschichte gelesen haben?"
„Zwanzig-, dreißigmal?", schätzte Anhum.

Sie waren wieder auf dem Weg zu ihren Sitzplätzen, als die Musik einsetzte. „Tanz mit mir.", forderte Anhum seine Schwester auf. Diese griff bereitwillig nach seiner Hand. Meredeth saß nun am Tisch von König Gregor und war in ein Gespräch mit diesem vertieft. Als Lara mit ihrem Bruder über die Tanzfläche wirbelte, erkannte der König des Waldlandes die schöne Prinzessin und deutete mit seinen Augen in ihre Richtung. Meredeth sah nur flüchtig zu dem Tanzpaar herüber und führte sein Gespräch mit Gregor fort.
Anhum, der den kurzen Blick des Königs wahrgenommen hatte, ahnte nichts Gutes. Vielleicht war es ein kluger Schachzug des scheinbar freundlichen Königs, Lara um den Verstand zu bringen, um sie dann zu lehren, was es heißt, Eifersucht zu spüren und ihr den Todesstoß zu versetzen. Lara tanzte ausgelassen mit ihrem Bruder. Er war ein guter Tänzer und zudem ein gutaussehender Bursche, sodass es Lara egal war, dass sie mit ihrem Bruder tanzte. Er konnte womöglich der schönste Mann sein, der sie heute über die Tanzfläche führen würde. Sie lächelte ihn zufrieden an und er wusste, dass er jetzt nicht mit ihr über Meredeth sprechen sollte.
Lara suchte als Erste den Weg zu ihrem Tisch, als die Musik aussetzte. Antara fing sie auf dem Weg ab. Sie flüsterte ihr ins Ohr. „Wer ist der junge Mann, mit dem du getanzt hast?"
„Das ist mein Bruder Anhum."
Antara fragte kichernd: „Doch wohl nicht der Bruder, den Meredeth mit Lacsons Geschichte verjagt hat?"
„Ich frage mich, mit welchen Geschichten er sich sonst noch gebrüstet hat.", sagte Lara entrüstet.

„Ach Lara, er wollte deinen Bruder doch nur nicht auf seinem Schloss haben."

„Das ist ihm wirklich gut gelungen."

„Eines hat er mir allerdings nicht erzählt.", merkte Antara an. „Ich habe meinen Onkel lange nicht so glücklich gesehen wie in den letzten Wochen. Wie hast du das angestellt?"

„Ich habe damit sicherlich nichts zu tun.", antwortete Lara überzeugt.

„Wenn ich nicht wüsste, wie absurd es klingt, würde ich fast annehmen, dass du ihm den Kopf verdreht hast."

„Erzähl' nicht so einen Unsinn.", entgegnete Lara. Ihr war dieses Thema äußerst unangenehm. Sie hatte Angst, sich womöglich durch ihre Gefühle zu verraten, versehentlich die falschen Worte zu wählen und Meredeth' Nichte, die es womöglich nicht für sich behalten könnte, ungewollter Weise ihre Liebe zu gestehen. Deswegen war sie froh, dass nun Anhum, der auf der Tanzfläche von Ferres angesprochen worden war, zu ihnen kam. „Ich kann ihn echt nicht ausstehen.", fluchte Anhum leise über den Prinzen. „Anhum, ich möchte dir meine Freundin Antara vorstellen.", sagte Lara. Anhum musterte die hübsche Elfin und verbeugte sich lächelnd. „Warum hast du mir nicht gesagt, dass du seit Neuestem so reizende Freundinnen hast?", scherzte er mit seiner Schwester. Antara lächelte schüchtern mit errötenden Wangen. Lara ergriff die Gelegenheit und schlug vor. „Warum tanzt du nicht mit ihr?"

Lara war erleichtert, ihre Anstandsdame, die zwar überaus nett und männlich war, los zu sein, und hielt Ausschau nach Meredeth. Sie sah den König mit Aramché in den Garten gehen. Die Eifersucht ließ erneut Wut in ihr hochkochen. War es notwendig, dass er der Wirren Königin am Rockzipfel hing? Sie ging ihnen hinterher, stoppte unauffällig neben Piedro und flüsterte ihm ins Ohr: „Folge mir!" Er blickte ihr lange nach. Als sie die Tür in den Garten genommen hatte, folgte er ihr. Lara rang nach Luft. In der Ferne sah sie Meredeth, der Aramchés Hände hielt.

Als Piedro zu ihr kam, nahm sie seine Hand und führte ihn in die Mitte des Gartens neben eine Gruppe kleiner Bäume. „Was willst du hier, Lara?", fragte er verunsichert. „Wir sollten nicht hier sein, das weißt du.", fügte er an, als er keine Antwort bekam. Lara bemerkte, dass Meredeth und Aramché wieder in Richtung Burg gingen.

„Du wolltest mich küssen, Piedro." Der Prinz sah sie unsicher an, während sie ihre Hände um seine Taille legte. Lara hatte nicht erwartet, dass Piedro, der so heftig mit ihr geflirtet hatte, sich nicht traute, sie zu küssen. Doch er war zutiefst verunsichert. „Bist du sicher? Wir sind nicht allein."

„Kümmer dich nicht um die beiden. Denen sind wir doch gleich." Piedro drückte seine Lippen auf ihre. Sein Kuss schmeckte salzig. Lara bemühte sich, dem Kuss seine nötige Länge zu verleihen, dass er nach leidenschaftlicher Begierde aussah. Sie war dennoch enttäuscht, dass der König und die Königin bereits an der Tür waren, als der Kuss vorüber war, sodass sie nicht wusste, wie Meredeth, der sie hatte sehen müssen, auf den Kuss reagierte. Enttäuscht ging sie zurück zur Burg. Piedro rief ihr verwirrt nach: „Und das war es jetzt?"

„Du hast recht. Wir sollten nicht hier sein."

Antara lief zu Lara, die aus dem Garten hereinkam. „Ich habe eine Pintalakette bekommen.", sagte sie begeistert und zeigte Lara den Stein. „Dein Bruder hat sie mir gegeben." Lara freute sich für Antara und versuchte, von ihrer Freundin weitere Hinweise zu bekommen.

„Warst du schon öfters zu Besuch bei Königin Aramché?"

„Ja, Meredeth hat mich sehr oft mitgenommen, wenn er Aramché besucht hat. Es war immer sehr schön. Besonders im Frühjahr, wenn alle Vögel zum Horst zurückkehren, ist es hier himmlisch. Aramché und Meredeth zusammen zu erleben, war auch immer etwas ganz Besonderes. Auch heute ist es, als ob sie etwas Sonderbares vereint. Als sei er das Buch und sie die Buchstaben darin. Findest du nicht auch, dass sie ein entzückendes Pärchen abgeben würden?"

Lara merkte, wie sich ihr Hals zuschnürte und ein Schmerz in ihrer Brust ihr den Atem nahm. Antara sah sie fragend an.

„Und hast du die große Liebe, die dir versprochen wurde, schon gefunden?"

„Nein.", lachte Antara.

„Ich dachte, da meine Eltern tot sind und Meredeth nun mein Vormund ist, dass er einen Mann für mich wählen wird. Aber er hat mir gesagt, dass ich frei bin in meiner Wahl."

„Egal, wer es ist?"

„Ja, ich soll nur nicht so lange warten wie er."

Lara hatte mit einigen jungen Männern getanzt, ehe sie zu ihrem Sitzplatz zurückkehrte. Miranda hatte ihr einen Teller Suppe an ihren Platz gestellt. Lara rührte missmutig darin herum. Meredeth hatte sie nicht einmal angesprochen, geschweige denn mit ihr getanzt. Es war, als wäre sie Luft für ihn. Konnte es sein, dass er nun, da sie abgereist war, keine Verwendung mehr für sie hatte?

„Du musst etwas essen, Lara.", befahl ihre Mutter. Lara sah gedankenverloren vom Teller auf und gab ihrer Mutter ein gespieltes Lächeln zurück, ehe sie einen Schluck Suppe löffelte. Sie schmeckte besser, als Lara erwartet hatte. Es musste Monja darin sein. Lara erinnerte sich an ihr erstes Essen mit Meredeth und lächelte.

„Wer ist der junge Mann, der dort drüben sitzt und zu uns herübersieht?", fragte Miranda.

„Das ist Prinz Amiel."

„Du hast vorhin mit ihm getanzt. Er scheint sehr interessiert an dir zu sein."

„Er ist ein charmanter junger Mann. Ein guter Tänzer.", sagte Lara verunsichert.

Miranda grinste. „Du musst ihn ja nicht gleich heiraten."

John sah seine Schwester finster an. „Du wirst ihn nicht heiraten, keinen dieser Churre."

„John, bitte nicht vor der Kleinen", flüsterte die Königin.

„Was ist ein Churre?", fragte Meira neugierig.

Als John antworten wollte, klopfte Miranda ihm auf die Hand und gab ihm mit einem Wink zu verstehen, dass er gehen soll.

„Meira, wir sagen solche Worte nicht."

Lara trank ihr sechstes Glas Gloras und sah gedankenversunken auf die Tanzfläche, auf der sich die Tanzenden dem Ende des Musikstücks entgegenbewegten. „Darf ich um den nächsten Tanz bitten?" Die Stimme hinter ihr nahm ihr den Atem. Sie war nicht im Stande, sich zu rühren. Sie wollte aufstehen und ihm um den Hals fallen und jubeln. *Ja, ja, ja, dürfen sie, eure Majestät.* Doch statt ihrer antwortete ihre Mutter: „Aber natürlich." Und erst als sie das strahlende Lächeln ihrer Mutter sah, deren Hand ergriffen wurde, um sie auf die Tanzfläche zu führen, begriff sie, dass Meredeth nicht sie, sondern ihre Mutter zum Tanz aufgefordert hatte. Lara stürmte heulend aus dem Tanzsaal, als die Musik zu spielen begann. Warum tanzte er nicht mit ihr? Als sie im Garten angekommen war, ergriff eine Hand ihren Arm.

„Nicht weinen, mein Kind.", flüsterte Hulda und nahm Lara in die Arme. Lara schluchzte.

„Er tanzt nicht mit mir."

Hulda sagte beschwichtigend: „Du solltest dich mit den Prinzen begnügen."

Sie führte Lara vor eines der Fenster, durch das man in den Tanzsaal blicken konnte.

„Das ist keine Feier, um einem König schöne Augen zu machen. Es ist alles Politik." Sie wies mit den Augen zu dem Tisch, an dem König Kandy und Elmor saßen und tuschelten.

„Sie tauschen sich aus über politische Strategien. Genau wie die Elfen."

Lara schaute sich um.

„Und sieh nur, das Buffet, reinste Politik! Solange ein Elf daran steht, kommen nur Elfen und nehmen sich reichlich. Sobald sie sich gesetzt haben, kommen die Menschen. Und bei denen wiederum genauso. Tabitha wird sich nun setzen und das Buffet wieder für die Menschen freigeben. Du könntest schnell laufen und dir etwas holen."

Lara schüttelte missmutig den Kopf. Dann blickte sie auf ihre Mutter und Meredeth, die sich gegenseitig anlächelten.

„Und das, ist das auch Politik?"

„Was das ist, meine Kleine, kann ich dir wahrlich nicht sagen."

Laras Herz pochte noch immer vor Wut. Sie sollte die Frau auf dieser Tanzfläche sein. Sie sollte diejenige sein, der Meredeth' Lächeln galt. Hulda ergriff Laras Hand und drückte sie an ihre Brust.

„Lara, lass nicht zu, dass die Liebe, die ihren Platz in deinem Herzen gefunden hat, von Hass überwuchert wird. Liebe ist das reinste und schönste Gefühl, das in deinem Innern erwachsen kann. Lass nicht zu, dass dieses zarte Pflänzchen von Dornen überwuchert wird."

Lara versuchte, die Wut, die sich in ihr aufbäumte, ziehen zu lassen.

„Meredeth ist ein wunderbarer Mann, der deine Zuneigung und Bewunderung in jeglicher Hinsicht verdient. Sei ihm dankbar, dass er dir freundlich zugetan ist, dass er deine Liebe nicht mit seinen Fäusten zerschmettert. Dass sie irgendwo in der Sphäre zwischen euch existieren kann."

Lara betrachtete Meredeth. Sie liebte seine Augen, wenn ihr Blick nur vage an etwas haftete, so wie er nun ihre Mutter betrachtete. Sie war entzückt, wie gewandt er sich auf der Tanzfläche bewegte. Als sei er die Musik selbst. Sie liebte seine ganze Erscheinung, die ihr von Zeit zu Zeit ganz unwirklich erschien. Dann dachte sie sich, dass es nicht sein konnte, dass er so gut aussah und ihr so gut gefiel. Aber jetzt war sie sich sicher, dass es ihn gab, dass er da war und dass er der einzige Grund dafür war, dass ihr Herz schneller schlug und ein wohlig-warmes Gefühl durch ihren Körper strömte. Sie wollte auch tanzen und in seiner Nähe sein. Als Lara hineinstürmte, versuchte Hulda vergebens, sie aufzuhalten.

„Tanz mit mir", forderte Lara den schüchternen Pitre auf und zog ihn auf die Tanzfläche. Sie fügten sich in das wallende Bild der Paare. Lara tanzte sehr eng mit dem Prinzen, den schicklichen Abstand missachtend. Sie war verliebt und wollte ihre Freude in diesem Tanz leben, auch wenn es nicht Pitre war, dem ihr Herz gehörte. Sie sah zu ihrer Mutter und Meredeth herüber. Die beiden unterhielten sich angeregt. Lara wollte gerne wissen, worüber, aber aus der Mimik konnte sie keine Antwort lesen. Als ihr Blick bei der nächsten Umdrehung zu den beiden wanderte, schaute sie direkt in Meredeth' Augen. Sein Gesicht, das noch eben zaghaft gelächelt hatte, versteinerte sich zu einer finsteren Maske, die sich sogleich von Lara abwandte.

Ich muss eine Gelegenheit finden, mit ihm zu reden. Ich muss ihm sagen, was er mir bedeutet. Er wird mich nie lieben, aber er kann mich vielleicht ein bisschen mögen. Pitre war mit seinen Augen verliebt in Laras Gesicht versunken. Lara lächelte ihn unsicher an. Sie hoffte, dass die Musik bald aufhörte zu spielen. Und so war es auch. Die Musik verstummte. „Bitte setzen sie sich noch nicht. Jetzt folgt ein Dschadanna. Stellen sie sich entsprechend auf." Lara wusste, was das hieß. Es war ein Tanz, bei dem der Tanzpartner immer wieder getauscht wurde. Sie ließ in ihrem Kopf den Tanz durchlaufen, um die perfekte Position zu ergründen. Sie zog Pitre hinter sich her und quetschte sich mit ihm zwischen zwei Paare, die nur widerwillig Platz machten. So würde ihr letzter Tanzpartner in dem Musikstück Meredeth sein. Sie würde mit ihm sprechen können. *Aber wie soll ich es ihm sagen? … Meredeth, ich liebe dich! Ich liebe dich mehr, als ich je wieder im Stande sein werde, jemanden zu lieben! Nein, ich kann ihm nicht die Wahrheit sagen. Ich werde andere Worte finden müssen.*

Nachdem Pitre sie weitergereicht hatte, tanzte sie mit einem älteren Mann aus Fuora. Er sprach kein Wort mit ihr und anhand des skeptischen Blicks, mit dem er Lara betrachtete, konnte sie nur erahnen, dass er kein Menschenfreund war. Sie suchte auf der Tanzfläche nach Meredeth, der mit Mintala tanzte, die sich eher reserviert mit ihrem großgewachsenen Tanzpartner unterhielt.

Anhum, der das Schauspiel auf der Tanzfläche schon seit geraumer Zeit beobachtet hatte, folgte Laras Blick und erkannte nach kurzem Innehalten, dass sie nach zwei Partnerwechseln mit dem König aus dem Seenland tanzen würde. Er studierte John und Hariam und sah, dass das Interesse der beiden an dem Tanzgeschehen mittlerweile abgeflaut war. Dennoch wusste Anhum, dass er etwas tun musste. Er entdeckte Pitta, die sehnsüchtig neben der Tanzfläche die vorbeirauschenden Paare anhimmelte. Anhum zerrte sie ohne große Worte auf die Tanzfläche. Pitta folgte ihm ohne Einwände. Sie war froh, dass sie nun doch noch tanzen würde. Dass sie lediglich dem Plan diente, Meredeth und Lara nicht zusammen tanzen zu lassen, sollte sie nie erfahren.

Lara, die nun in Josofs Armen tanzte, fieberte schon dem Moment entgegen, in dem Meredeth sie erblicken würde. Und dem Augenblick, in dem sich ihre Hände berührten und sie über die Tanzfläche schweben würden. Sie würde ihn verführerisch anlächeln und ihm mit der Hand über den Arm streicheln, ganz sanft, dass er sich fühlte, als hätte ihn eine Damate aus dem Schlaf geküsst.

Anhum grinste Pitta an. Er freute sich auf Laras entsetztes Gesicht, wenn nicht Meredeth sondern er den Tanz mit ihr fortsetzen würde. „Ich bin nicht interessiert.", insistierte die Prinzessin.

Laras Herz schlug immer schneller. Sie konnte es kaum erwarten, Meredeth wieder in ihrer Nähe zu haben, ihn zu sehen, riechen, spüren. Anhum ging noch einmal gedanklich die weiteren Schritte durch. Gleich müsste er an der Westseite des Saals Pitta an den wartenden Kandy übergeben, während er dessen Position einnahm. Meredeth würde Amiel seine Tanzpartnerin überlassen und rechts neben Anhum auf seine nächste Tanzpartnerin warten. Anhum würde dann mit Lara weitertanzen und Meredeth … Anhum kam beinahe aus dem Takt, als ihm auffiel, dass er sich an der falschen Stelle in den Tanz eingereiht hatte. Er würde nicht vor Meredeth an der Westseite ankommen und deswegen rechts neben dem König stehen. Lara würde also mit Meredeth tanzen.

Wie geht es Magda? Und Doras? Ich vermisse das Dornenschloss. Lara dachte an so vieles, das sie Meredeth fragen wollte. Aber wäre es nicht besser, wenn sie nur schweigen würde? Sie könnte ihm in seine tiefgrünen Augen schauen und den Moment genießen, sich ganz von seinem Anblick und seiner Gegenwart einnehmen lassen. Ein Moment, den sie nie wieder vergessen würde.

Anhum sah sich hilfesuchend um. John und Hariam verfolgten mittlerweile wieder das Geschehen auf der Tanzfläche. Ahnten sie das Unheil, das sich anbahnte? Anhum bezweifelte es. John wäre schon längst auf die Tanzfläche gestürmt und hätte Lara zu ihrem Tisch zitiert. Anhum grübelte. Er konnte nichts mehr tun. Es war schon zu spät. Sie waren nur noch wenige Schritte von der Stelle entfernt, an der Kandy und Amiel warteten.

Liebe ist das reinste und schönste Gefühl, das in meinem Innern erwachsen kann. Lara näherte sich mit Josof der Westseite des Saals. Anhum gab Pitta in die Arme von Amiel und bemerkte überrascht, dass der Platz, an den er sich stellen sollte, schon belegt war. Anhum stand nun links neben Meredeth, den er fragend von der Seite ansah. Der König nickte ihm wohlwollend zu und verschwand im nächsten Moment mit Aramché auf der Tanzfläche, während Josof Lara an Anhum übergab.

Laras Lächeln verwandelte sich sogleich in eine entsetzte Miene.

„Warum tust du das, Anhum? Warum tust du mir das an?", zeterte sie.

Anhum grinste.

„Lara, ich habe damit nichts zu tun."

„Ich sollte mit ihm tanzen!"

„Lara, er wollte nicht mit dir tanzen. Er hat sich auf meine Position gestellt.", flüsterte Anhum. „Ich konnte nichts dagegen tun."

Lara entdeckte Meredeth, der lachend mit Aramché tanzte und ihre Freude, die sie eben noch empfunden hatte, wich großer Traurigkeit. Nur mit größter körperlicher Anstrengung verhinderte sie ein Schluchzen und dass ihr Tränen wie reißende Flüsse über die Wangen liefen. Sie wünschte sich nur noch eines: dass dieser Tanz bald endete.

Anhum, noch immer erleichtert über die glückliche Fügung, nahm mit Bestürzung Laras Traurigkeit wahr. Was hatte er getan? War es richtig einzuschreiten? Hatte er nicht alles noch schlimmer gemacht? Hatte er überhaupt eine Vorstellung davon, was Lara und Meredeth verband? Hatte er jemals wirklich geliebt? Anhum versuchte sich an einem aufmunternden Lächeln. Doch Lara strafte ihn mit einem bösen Blick. „Lara, ich war es nicht.", protestierte Anhum.

„Was kann ich dafür, dass er nur Augen für diese Königin hat?" Lara trafen die Worte ihres Bruders mitten ins Herz und obwohl der Tanz in wenigen Schritten beendet sein würde, verließ Lara wortlos die Tanzfläche und setzte sich zu John und Hariam an den Tisch. Anhum folgte ihr mit schnellen Schritten. Er saß stumm neben ihr und beobachtete sie. John und Hariam schienen sich nicht sonderlich für die beiden zu interessieren. Lara starrte auf den Tisch. Sie wollte keine Sekunde länger hier sein. Sie wollte fortlaufen, sich in die Wellen stürzen und hoffen, im Meer zu ertrinken. Was hatte das Leben noch für einen Sinn, wenn sie nicht bei ihm sein konnte?

Die Musik verstummte. Anhum studierte nun Meredeth und Aramché, die noch immer auf der Tanzfläche verweilend in ein angeregtes Gespräch vertieft zu sein schienen. Dem Prinzen entging nicht, dass die beiden vertraute Blicke tauschten und Aramché nach Meredeth' Hand griff. Anhum warf einen kurzen Blick auf Lara, um sich zu vergewissern, dass sie von dem Geschehen nichts mitbekam. Dann sah er, dass Aramché dem König etwas ins Ohr flüsterte und die Tanzfläche verließ. Sie ließ Meredeth schmunzelnd zurück.

„Mama hat auch getanzt.", schwärmte Meira und wurde mit einem finsteren Blick ihres Vaters gestraft. Miranda, der dies nicht entgangen war, schwärmte: „König Meredeth ist ein begnadeter Tänzer. Der Beste, mit dem ich je das Vergnügen hatte, zu tanzen." Lara verdrehte die Augen. Sie machte Meredeth an einer Säule aus, wo er mit zwei Männern stand. Sie tranken Gloras und unterhielten sich ausgelassen. „... ein wahrhaftes Erlebnis ...", schmachtete Miranda. Lara konnte nicht mehr zuhören und auch ihrem Vater wurde es zu viel. Er stand auf und ging mit John zum Buffet. Anhum schmunzelte. „Ich will auch tanzen!", protestierte Meira und lief los, geradewegs in Meredeth' Richtung. Lara, Miranda und Anhum beobachteten das Schauspiel aus der Ferne. „Das ist alles dein schlechter Einfluss schuld.", beschimpfte Lara ihren Bruder. „Soll ich sie holen gehen?", fragte Anhum. Miranda antwortete: „Lass sie nur. Seine Zurückweisung wird sie wohl eher verkraften, als wenn du es ihr verbietest." Anhum blickte Lara herausfordernd an. Lara erwiderte seinen Blick kampfeslustig.

Die kleine Meira zupfte, bei dem König angekommen, an seinem Hosenbein. Meredeth und die beiden Männer sahen zu der kleinen Meira herunter. „Tanzt du mit mir?" Die drei Männer lachten.

Meredeth hockte sich lächelnd neben Meira: „Hör zu: Wie du siehst, bin ich beschäftigt und mein Glas ist noch halb voll. Warum kommst du nicht später nochmal vorbei?" Meira sah ihn mit zugekniffenen Augen an, blickte auf sein Glas und nahm es Meredeth aus der Hand. Mit einem großen Zug trank sie es aus. „Dein Glas ist leer. Jetzt musst du mit mir tanzen." Meredeth grinste. „Bitte. Bitte. Bitte." Er drehte sich zu den anderen um: „Ihr müsst mich wohl entschuldigen." Dann griff er nach Meiras Hand und führte sie neben die Tanzfläche vor die bodentiefen Fenster, die den Blick in den Garten freigaben.

Er zeigte und erklärte ihr die Tanzschritte, bis sie dann letztendlich tanzten.

„Meine Mutter hat gesagt, dass du ein sehr guter Tänzer bist."

„Also kann ich mich bei ihr dafür bedanken, dass ich mit einer so bezaubernden kleinen Lady wie dir tanzen darf?"

Meira strahlte über das ganze Gesicht. Sie winkte ihrer Mutter und Lara beim Tanzen zu. Dann schaute sie Meredeth prüfend an.

„Du bist der von den Bildern."

„Du musst mich verwechseln.", antwortete er überzeugt.

„Nein, ich habe dich gesehen. Du bist der, den Lara gemalt hat."

Meredeth lächelte.

„Lebst du auf einem Märchenschloss?"

„Nein, sicherlich nicht."

„Hab ich's doch gewusst."

„Was meinst du?"

„Dass Lara gelogen hat."

John kam zu den beiden Tanzenden und zerrte Meira von Meredeth weg. Er schenkte dem König einen bösen Blick, während er Meira belehrte: „Du sollst nicht mit Elfenmännern tanzen!"

„Aber Mama hat auch mit ihm getanzt."

Aramché steuerte direkt auf den Tisch der Kordes zu. John bemerkte, dass sich die Königin zielstrebig näherte. „Jechloch!", schimpfte er leise. „Schscht!", machte Miranda. „Lara, ich möchte, dass du mit mir kommst.", forderte Aramché die Prinzessin auf. Anhum wollte schon aufstehen, um seine Schwester zu begleiten. „Bleibt nur sitzen.", sagte die Königin zu ihm gewandt und hielt Lara freundschaftlich ihre Hand entgegen. Lara ergriff Aramchés Hand nicht, stand aber dennoch auf und folgte ihr. Sie gingen dunkle Gänge entlang. „Ich habe von deinem besonderen Talent erfahren, mein Kind.", erklärte Aramché. Lara hörte nur halb zu. Sie war viel zu sehr damit beschäftigt, sich den Weg, den sie gingen, einzuprägen. Vielleicht wollte die Königin ihr weh tun und sie müsste schnell fliehen können. Aramché öffnete die Tür zu ihrem Schlafgemach, in dem ein imposanter Baum stand, der mit dem Mauerwerk verwachsen war. Auf dessen größtem Ast saß ein großer Inselbussard. Sein schillernd silberfarbenes Gefieder glänzte im Schein mehrerer Kerzen, die auf dem Tisch und Kerzenständer brannten. Lara konnte ihren Blick nicht von dem imposanten und gleichzeitig furchteinflößenden Greifvogel lösen. Sie stand wie versteinert in der Mitte des Raums.

„Setz' dich!", wies Aramché ihr den Stuhl. „Meredeth hat mir erzählt, dass du eine begnadete Malerin bist.", sagte sie, während sie auf die leeren Blätter und Zeichenfedern zeigte. Lara, die nun erstmals das Ansinnen der Königin begriff, ließ sich beruhigt auf dem Stuhl nieder.

„Ich war mir nicht sicher, auch wenn ich viel auf seine Meinung gebe, ob ich dir meinen kleinen Djeodomei anvertrauen kann." Lara lächelte freundlich. Aramché griff ihr Kinn und blickte ihr in die Augen. „Aber du bist unschuldig und verliebt. Das gefällt mir. Niemand sollte ohne Liebe im Herzen malen." Aramché beobachtete fasziniert, wie Lara mit geübter Hand die ersten Striche auf das Papier brachte.

Die Stille in dem Gemach der Königin wurde durch ein Klopfen unterbrochen. Aramché öffnete die Tür einen Spalt. „Kann ich dich einen Moment sprechen?", fragte die Stimme, die Lara innerlich in Verzückung brachte. Sie sah unauffällig über ihre Schulter, um nach Meredeth zu sehen, der Aramché mit einem bittenden Lächeln zu überzeugen versuchte. Lara hätte zu allem ja gesagt, wenn er sie so angesehen hätte. Aramché warf einen Blick zu Lara und sagte dann: „Gut, aber nur einen Moment." Wenige Minuten, nachdem die beiden Lara allein gelassen hatten, konnte diese Meredeth und Aramché vor dem Fenster im Garten beobachten. Sie hatten sich auf eine Bank gesetzt und Meredeth hatte einen Arm um die Königin gelegt. Lara konnte sie nur von hinten und aus einiger Entfernung betrachten, aber die feinen Details entgingen ihr nicht. Meredeth redete. Aramché lachte. Sie lehnte ihren Kopf an seine Schulter. Lara biss sich auf ihre Unterlippe. Tränen tropften auf die Zeichnung. Lara tupfte schnell mit dem Ärmel ihres Kleides die Feuchtigkeit von dem Bild, aber es war nicht zu retten. Verzweiflung machte sich in ihr breit. Sie hatte den Vogel schon fast vollständig gemalt. Der Anblick der beiden einander vertrauten Gestalten rief starke Übelkeit in Lara hervor. Sie schluchzte. Djeodomei tänzelte unruhig auf dem Ast hin und her. Er gab einen gellenden Schrei von sich. Lara schrak hoch. Der Vogel ängstigte sie. Doch in dem Blick des Jägers erkannte sie nur Mitgefühl. Als fühlte diese Bestie der Lüfte ihren Schmerz und wollte sie trösten. Lara wischte sich die Tränen aus dem Gesicht und verkündete mit gebrochener Stimme: „Er ist glücklich. Es freut mich, dass er glücklich ist." Dann begann sie mit einer neuen Zeichnung. Vertieft in den Malprozess und die detailgenaue Abbildung des Vogels bemerkte sie gar nicht, dass Meredeth und Aramché wieder zurück zur Burg gingen. Sie rührte sich auch nicht, als die Tür vorsichtig geöffnet wurde und Aramché hineinschlüpfte.

Sie flüsterte begeistert: „Das ist traumhaft schön."

Lara machte ein paar letzte Striche und blickte erst dann auf.

„Es ehrt mich, dass es euch gefällt, Majestät."

„Aber was ist das?" Aramché deutete auf die ruinierte Zeichnung. Lara schob sie unter die anderen Blätter.

„Das, ..., das war nur ein erster Versuch."

Aramché holte das Blatt unter dem Stapel hervor und besah es sich genau. „Schade.", sagte sie enttäuscht. „Schade, dass dieses Bild nicht gelungen ist. Versteht mich nicht falsch, Lara, aber in diesem ersten Versuch war eure Linienführung viel weicher und ehrlicher."

Lara senkte schuldbewusst ihren Blick. „Das fertige Bild ist in jeder Hinsicht gelungen, aber ihm wohnt eine Energie inne, die es einerseits geheimnisvoll schön, andererseits beängstigend einschüchternd wirken lässt." Lara kamen wieder die Tränen. „Aber mein Kind, das ist doch kein Grund zu weinen."

Lara wischte schnell mit dem Ärmel ihres Kleides über ihre Wangen. „Was ist passiert?", fragte Aramché, als sie über die fleckigen Stellen des Bildes strich.

Lara blickte sie wie als Antwort traurig an.

„Hat Djeodomei dir Angst eingejagt?" Lara schüttelte den Kopf. Lara griff gedankenversunken nach den Ketten, die die Männer ihr an diesem Abend geschenkt hatten. Es waren unzählige, die sie jetzt um ihren Hals trug. Sie hatte sie nicht gezählt. Aber die einzige, die sie hätte haben wollen, hing um Aramchés Hals.

„Ach, es ist die Liebe.", bemerkte die Königin. „Sie sticht auf uns alle ein, wenn wir nicht mit ihr gerechnet haben. Und wenn wir nicht aufpassen, ersticht sie uns mit einem Treffer mitten ins Herz."

Lara fühlte sich verstanden. Aramché bot ihr an, sich mit ihr aufs Bett zu setzen. Die Königin hielt Laras Hand. Die Prinzessin fühlte sich äußerst unwohl, sah aber keine Möglichkeit, zu fliehen. „Möchtest du über ihn reden, meine Kleine?", fragte sie sanft.

„Er … er ist wie der Mann, den ich mir in meinen mädchenhaften Träumen erdacht habe. Er ist wie jemand, der schon immer da war. Als hätte es in meinem Inneren seit meiner Geburt einen verdorrten Garten gegeben, der nur darauf wartete, dass er in mein Leben träte und ihn erblühen ließe."

Aramché drückte Laras Hand. „Aber das ist doch das Wunderbarste, das man sich erträumen kann."

Lara stotterte: „Ich werde ihm nie nahe sein. Er gehört bereits einer anderen." Aramché legte mütterlich den Arm um Lara. Lara verunsicherte die Nähe der Königin. Aber es tat gut, dass sie nichts sagte. So saßen sie schweigend nebeneinander.

Es klopfte an der Tür. Anhum linste in das kerzenbeschienene Zimmer. Er stürmte zu seiner Schwester.

„Lara, ich habe dich überall gesucht. Geht es dir gut?"

Lara nickte stumm.

„Sie war die ganze Zeit bei mir. Sie hat ein Bild für mich ge- malt.", entschuldigte Aramché die Prinzessin.

„Wir müssen los! Vater und John wollen in das Dorf zurückkeh- ren.", sagte Anhum an seine Schwester gewandt.

„Oh, das ist äußerst bedauerlich.", warf Aramché ein. „Ich hätte mich gerne noch ein wenig mit Prinzessin Lara unterhalten. Und ich muss ihr auch noch etwas für das schöne Bild geben."

„Das hat auch Zeit bis morgen.", entgegnete Anhum genervt. Er zog Lara vom Bett hoch. Lara warf Aramché nur ein entschuldi- gendes Lächeln zu. Diese antwortete mit einem verständnisvollen Nicken. Hariam und John warteten ungeduldig vor der Burg. Miranda und Meira waren bereits ein paar Schritte vorgegangen und genossen den Anblick der nächtlichen Natur, die nur vom Mondschein erhellt wurde.

Lara lag mit ihrem Kopf auf Anhums Schulter. Ihre Eltern hatten befohlen, dass sie sich ein Zimmer teilten. Sie hatten Angst, dass sich einer der Jünglinge zu Lara ins Schlafgemach schlich, wenn sie allein oder mit der kleinen Meira in einem Zimmer schlafen würde. Lara war froh, ihren Bruder bei sich zu haben. Sie schloss die Augen. Sofort schossen ihr Bilder durch den Kopf. Meredeth, der sich neben dem Bett umzog, auf dessen Brust ihr Kopf ruhte, dessen Herzschlag sie lauschte. Laras Herz schlug schneller. Die Erinnerungen waren nicht wie ferne Bilder, sondern wie greifba- re, fühlbare Erfahrungen. Sie schmunzelte. Anhum, der selbst in seine Gedanken geflüchtet war, lag mit verschlossenen Augen neben ihr. Lara flüsterte: „Kann ich dir ein Geheimnis anvertrau- en?"

Anhum zögerte.

„Du darfst niemandem davon erzählen."

„In Ordnung."

Lara blickte ihrem Bruder, der nun die Augen geöffnet hatte und sie erwartungsvoll ansah, tief in die Augen.

„Ich habe mit Meredeth in einem Bett geschlafen."

Anhums Blick wandelte sich von anfänglichem Unglauben in Wut, als er merkte, dass es Lara ernst war. Er sprang auf.

„Ich werde ihm meinen Dolch ins …"

Lara hielt ihn zurück.

„Nein, Anhum, nein.", rief sie.

„Es war gar nicht so, wie du meinst."

Anhum blickte sie fragend an.

„Er hat auf mich aufgepasst. So wie du jetzt."

Anhum legte sich wieder.

„Hat er dich angefasst?"

„Nein, Anhum.", flüsterte Lara mit Tränen in den Augen.

„Ich habe ihn nicht interessiert."

Anhum streichelte ihren Arm.

„Wie kann ein Mann, der mit einem hübschen Mädchen wie dir das Bett teilt, kein Interesse an dir haben?"

Lara liefen Tränen über die Wangen. Sie schüttelte den Kopf. Sie wusste die Antwort nicht. „Er muss ein Narr sein.", sagte Anhum und drückte Lara an sich. Sie lachte.

Die anderen hatten schon einige Minuten auf Lara gewartet, als diese aus dem Haus trat, um ihre heutige Garderobe freudestrahlend zu präsentieren. Sie hatte ein kurzes Kleid gewählt, das nicht nur ihre Unterschenkel, sondern auch ihre Schultern entblößt zeigte. Hariam war entsetzt. Miranda hingegen verteidigte das Kleid ihrer ältesten Tochter: „Sie wird wahrscheinlich nie wieder die Gelegenheit haben, sich so jugendlich und hübsch zu zeigen. Da du sie ja schnellstmöglich verheiraten willst."

„Und es wird sicherlich die Chancen auf eine gute Partie erhöhen.", gab Anhum ihr amüsiert recht. Hariam nickte zustimmend. Lara freute sich. Sie fühlte sich schön und es war ihr gleich, dass alle nur daran dachten, dass sie bald heiraten sollte. Wenn es nach ihr ginge, würde sie noch mindestens fünf Jahre in Mädchenkleidern laufen und die Blicke der Männer auf sich ziehen. Sie wollte keine Ehefrau werden, die sich hinter langen, weiten Gewändern versteckte und von der man nur noch ahnen konnte, dass sie dereinst eine Schönheit gewesen war. Anhum bot Lara seinen Arm an und sie hakte sich bei ihm ein. Sie gingen wie ein verliebtes Pärchen lachend und scherzend den Weg zur Burg hinauf. Hariam und John folgten mit Miranda und Meira in einiger Entfernung.

Aramché, die allein in der Eingangshalle stand, musterte Lara, als diese mit ihrem Bruder die Burg betrat.

„Schön, euch beide so heiter zu sehen."

„Danke. Ihr seht auch gut aus, Königin.", antwortete Lara. Aus dem Speisesaal drangen Gespräche herüber.

„Ich wollte euch noch etwas geben." Aramché griff in die Tasche ihres Kleids.

„Ich dachte an einen der Vögel, war mir aber nicht sicher, welcher am besten zu euch passt. Deswegen habe ich Meredeth gefragt. Er scheint euch gut zu kennen." Aramché hielt inne und blickte Lara forschend in die Augen. „Er sagte mir, ich solle den Olster nehmen.", fügte sie hinzu und überreichte Lara eine Schmetterlingsbrosche.

„Wofür steht er?", fragte Lara.

„Nun, die Geschichte von Isidor und Leonore kennt ihr gewiss.", sagte Aramché.

Lara nickte, auch wenn ihr der Inhalt der Geschichte unbekannt war.

„Der Olster ist äußerst selten. Sobald man meint, ihn entdeckt zu haben, entzieht er sich schon wieder dem Blick. Die wenigsten bekommen je einen zu sehen. Dennoch gilt er den meisten Elfen als der schönste Schmetterling auf Enuma."

Nach einer Pause sagte sie: „Er steht für ein unstetes Wesen mit intensiven Gefühlsausbrüchen, für etwas, das stark und zugleich sehr verletzlich ist."

„Das klingt ganz nach meiner Schwester.", warf Anhum ein.

Aramché sah Lara prüfend an, die nicht wusste, ob sie sich über die Brosche freuen sollte. Ihr wäre lieber gewesen, Meredeth hätte ein schöneres Bild von ihr vor Augen gehabt, einen grazilen Fuchsschwan vielleicht oder zumindest einen Farofalken, der so zutraulich war, dass man ihn einfach zähmen konnte.

Lara zögerte einen Moment. Sie wollte die Königin schon lange etwas fragen, wollte aber nicht unhöflich erscheinen. Doch ihre Neugier war zu groß.

„Eure Majestät, darf ich mit meinem Bruder vielleicht eure Bibliothek aufsuchen?"

„Ihr solltet mich besuchen kommen, wenn ihr das nächste Mal in Ostend seid.", schlug Finnes vor, der in Jenna Leutnant der Stadtwache war. Meredeth hob sein Glas und stieß mit ihm an.

„Aber natürlich, mein Freund.", versicherte er ihm. „Ihr werdet mich wahrscheinlich früher wiedersehen als euch lieb ist."

„In Jenna haben wir nicht nur den besten Gloras, den ihr auf Enuma … "

Die Tür der Bibliothek, in der König Meredeth und Finnes es sich auf zwei Sesseln eingerahmt von raumhohen Bücherregalen bequem gemacht hatten, wurde geöffnet und fiel sogleich wieder in das Schloss. Meredeth hatte aufgehört, seinem Gesprächspartner zuzuhören und lauschte nach der Person, die den Raum betreten hatte. Er vernahm Schritte. Dumpfe, schwere Schritte, die sich einem der äußeren Regale näherten. Und zarte, leise Schritte, die zögernd folgten.

„Eine beeindruckende Bibliothek.", bemerkte eine männliche Stimme.

„Auch die Frauen solltet ihr ..." Finnes sprach noch immer von Jenna, der Stadt, die er nicht nur beschützte, sondern auch hörbar vergötterte.

„Vielleicht finden wir ja ein Wörterbuch."

Meredeth stand beinahe erschrocken auf, nachdem er Laras Stimme vernommen hatte. Finnes war sichtlich überrascht.

„Wollt ihr schon gehen?"

Meredeth deutete mit dem Arm in die Richtung, in der er die beiden Eindringlinge vermutete und setzte sich wortlos in Bewegung. Lara nahm die beiden Männer zuerst wahr, die den langen Gang der Bibliothek entlangkamen. Finnes, der vergeblich versuchte, mit dem Schritt des Königs zu mitzuhalten, obgleich er athletisch gebaut war. Meredeth, der schnell und mit erhobenem Haupt unbeirrt voranschritt. Seine Augen waren dabei auf Finnes gerichtet, mit dem er sich weiter unterhielt.

„Wann werdet ihr abreisen?"

Lara konnte die Worte der beiden nicht verstehen. Sie starrte unentwegt auf den König, dessen Hemd seine breiten Schultern zur Geltung brachte. Sie bedauerte, dass er sich hingegen nicht für sie zu interessieren schien. Sie fuhr sich durch ihr Haar und legte es über ihre rechte Schulter nach vorne, während sie weiterhin daran herumspielte. Anhum blickte neugierig von dem Buch auf, das er zur Hand genommen hatte und steckte es sogleich in das Regal zurück. Als er sich seiner Schwester näherte, waren die beiden Männer schon einige Schritte herangekommen. Anhum stieß seine Schwester sachte an und als er begann, sich zu verbeugen, tat sie es ihm gleich.

„Eure Majestät", hallten zwei einsame Stimmen durch die Bibliothek. Meredeth' Blick glitt zu seiner Rechten, wo Lara stand. Von ihren Füßen herauf, über die schlanken Waden, den Rock ihres Kleides, zur eng geschnürten Taille, dem Busen und den unbekleideten Schultern. Bis hin zu ihrem Gesicht, den schmalen Lippen und rosigen Wangen. Der kleinen Nase und den bunten Augen, die immerzu funkelten, wenn sie ihn erblickten, aber nun zu Boden gerichtet waren. Als er ihre ganze Erscheinung in Augenschein genommen hatte, erschien ein zaghaftes Lächeln auf seinen Lippen. Lara hob bereits den Kopf, da die beiden Herren nun an ihnen vorüber waren. Ihr Blick folgte Meredeth. Dieser wandte sich wieder Finnes zu.

Als der Leutnant die Tür hinter ihnen schloss, sagte er: „Meint ihr, wir haben die beiden bei, … Na, ihr wisst schon, was ich meine, gestört?"

„Wohl kaum. Es sind Geschwister. Prinz Anhum und Prinzessin Lara aus der Weiten Steppe."

„Oh, zu schade. Ein junger, adretter Mann und ein hübsches, junges Fräulein, von dem man sich nur wünschen kann, dass es verdorben ist."

Lara starrte auf die geschlossene Tür.

„Lara, er ist weg."

„Ist er nicht majestätisch? Ich meine, richtig wirklich majestätisch. Mehr als alle anderen Könige. Diese Haltung, diese Eleganz, diese Erhabenheit."

„Arroganz trifft es wohl eher."

„Hast du das leichte Lächeln bemerkt? Die süßen Fältchen, die seine Augen umschlossen? …"

Noch ehe sie weitersprechen konnte, unterbrach Anhum sie genervt.

„Lara, vergiss ihn!"

Der Prinz war zu erzürnt, weil er nicht nur das Lächeln des Königs gesehen hatte. Nein, er hatte bemerkt, wie beide Männer seine Schwester ausführlich gemustert hatten. Er hätte sich am liebsten zwischen Meredeth und Lara gestellt, damit der König sie nicht hätte betrachten können. Er war außer sich. Dieser König sollte Lara keine Hoffnung machen, wo kein Platz für Hoffnung war. Er sollte mit seinen Augen bei sich und Königin Aramché bleiben. Lara sollte nicht mehr weinen müssen.

„Er hat mich angesehen.", flüsterte seine Schwester sehnsüchtig, während sie sich erneut den Büchern zuwandte.

Lara blätterte in einem schweren Wörterbuch Damarisch – Enumisch, das sie auf dem Tisch, der nahe am Fenster stand, abgelegt hatte. Sie hatte *bzeta* nachgeschlagen und suchte nun weiter.

„Medor, Meñes.", murmelte Lara. „Meña.", sagte sie laut und ließ Anhum aufschrecken, der in einem Buch über Heilkräuter blätterte.

„Kleine Sonnenblume.", las Lara nachdenklich vor. Dann sah sie verzweifelt zurück in das Buch.

„Das ergibt keinen Sinn."

Anhum schmunzelte: „Hat er das etwa zu dir gesagt?"

„Ja."

Auf ihre Antwort schien er nicht gefasst. Lara blätterte in dem Wörterbuch zurück, um erneut nach dem Eintrag für *bzeta* zu sehen. Anhum zog einen dicken Wälzer aus dem Regal. Staub rauschte hinterher und ließ ihn aufhusten.

Er schlug das Buch auf und las laut vor: „Die Sonnenblume verkörpert die unschuldige Schönheit der Jungfrauen. Sie ist pure Lebensfreude und bringt Frohsinn in das Leben der ihr Nahestehenden."

„Was ist das?"

„Die Bedeutung von Tieren und Pflanzen in der elfischen Kultur", sagte er und legte das Buch aufgeschlagen auf den Tisch. „Im Damarischen sind alle weiblichen Kosenamen nach Blumen benannt. Jede Blume hat eine andere Bedeutung."

„Aber warum dann eine Sonnenblume? Warum keine Rose?"

Anhum blätterte und las vor: „Rosen sind anmutig und schön. In ihnen steckt ein edler Geist. Aber sie sind auch mit der Arroganz verheiratet. Wenn man sie nicht zu handhaben weiß, verletzen sie einen."

Dann fügte er neckisch hinzu: „Mit der Arroganz verheiratet, das passt ja zu deinem Angebeteten!"

Lara murmelte gedankenversunken: „Aber sein Garten ist voller Rosen! Warum sollte er mich eine Sonnenblume nennen, wenn er gar keine Sonnenblumen hat."

Anhum fuhr schelmisch fort: „Vielleicht will er dir damit sagen, dass er dich nicht will."

„Du Dummkopf.", sagte Lara, „Das ist gemein."

Dann schubste sie ihn von dem Buch weg. Sie suchte nach einem Eintrag. Er war nicht da. Aber das konnte doch gar nicht sein! Sie blätterte vor und wieder zurück. Hatte sie sich etwa in der Schreibweise geirrt? Aber dann erkannte sie, dass die Seite zwischen *oñasa* und *osme* herausgerissen war. Enttäuscht schlug sie das Buch zu. Jetzt würde sie vielleicht nie erfahren, was es mit ihm auf sich hatte. Sie griff in die Tasche ihres Kleides. Die Brosche war immer noch da.

Lara schlenderte mit Anhum durch den Schlossgarten. Ihr Bruder hatte den König des Seenlandes, der auf einem anderen Pfad des Gartens mit Antara ging, fest im Blick.

„Weißt du, was mit Lara ist?"

„Was meinst du, Onkel?"

„Sie wirkt aufgebracht."

„Das mag sein.", bestätigte Antara. „Lara ist verliebt und enttäuscht, dass sie einen anderen heiraten wird."

Aramché nahm Laras Hand und sagte: „Kommt, Prinzessin, begleitet mich!"

Anhum nickte ihr bestätigend zu. Aramché führte Lara abseits des Weges zwischen den Bäumen entlang. Erst als sie weit genug von den anderen Gästen entfernt waren, ließ sie ihre Hand wieder los und begann, Äste abzuhalten, damit sie bequem an diesen vorbeikamen.

„Verliebt?", fragte Meredeth ungläubig.

„Ja, es ist wohl Amiel. Sie hat gestern zweimal mit ihm getanzt."

„Sie hat wohl mit jedem getanzt, der zwei Beine hat und sich nicht gewehrt hat.", entgegnete Meredeth.

„Glaub mir, es ist Amiel."

„Wie steht ihr zu Meredeth?" Die Frage erreichte Lara so unvermittelt, dass sie zunächst gar nicht wusste, wie ihr geschah. Hatte Aramché etwa gemerkt, dass Laras Blick sehnsüchtig an seiner Gestalt heftete? Und wollte sie Lara prüfen, weil sie sie als Nebenbuhlerin fürchtete? Hatte sie ihre Erkenntnisse bereits mit Meredeth geteilt? Lara blickte nachdenklich durch die Äste hindurch und erkannte in der Ferne Meredeth, der mit Antara auf einem der Wege durch den Garten ging. Sie merkte, wie ihr Herz schneller schlug.

„Wohl eher Piedro."

„Piedro?" Antara lachte.

„Ich habe die beiden gestern Abend im Garten gesehen. Sie ...", stockte Meredeth.

Antara sah ihn erwartungsvoll an. „Sie ... Sie schienen sehr verliebt."

Aramché, die immer noch vor Lara ging, drehte sich lächelnd um, während sie einen der Äste aus dem Weg hielt. Die Prinzessin ging an ihr vorbei und sagte schließlich mit fester Stimme: „Er ist nur ein Freund." Nach einer kurzen Pause fügte sie hinzu: „Das ist wahrscheinlich schon zu viel gesagt. Eigentlich sind wir nur zufällig miteinander bekannt."

„Nein, Lara kann Piedro nicht ausstehen.", wehrte Antara ab.

Lara drehte sich um, um einen Blick auf Königin Aramchés Reaktion zu werfen. Diese schien überrascht über Laras Antwort.

Nach ein paar Schritten fragte sie dann: „Hat euch euer Vater je erzählt, was zwischen den Kordes und den Jennemei vorgefallen ist?"

„Nein."

Lara hoffte, dass Aramché sie nun aufklären würde, aber diese schwieg.

„Wir sollten zu den anderen zurückkehren", sagte die Königin und schlüpfte zwischen Bäumen hindurch auf den Rasen, der den Garten begrenzte. Lara folgte ihr.

Lara hatte mit Anhum die ersten Abreisenden zur Küste begleitet, während ihre Eltern und Geschwister auf der Burg geblieben waren. Antara drückte Lara an sich und sagte: „Wir müssen uns unbedingt bald wiedersehen." Lara nickte gedankenversunken. Antara reichte Anhum die Hand zum Kuss. Meredeth war bereits mit Hulda in das Boot gestiegen, dass sie zusammen mit Antara zum Schiff bringen würde. Es war eines der großen Handelsschiffe, das Hulda besaß. Aramché winkte Antara zu sich. Aramché umarmte Antara und überreichte ihr ein kleines Geschenk. „Erst öffnen, wenn du daheim bist." Antara freute sich und schüttelte neugierig das Päckchen, um zu erahnen, was sich darin befand. „Hast du mich gehört?", fragte Aramché. Antara nickte.
Lara sah zu Meredeth, der, nachdem er seinen Blick über die Anwesenden hatte schweifen lassen, mit einem grimmigen Ausdruck bei ihr verweilte. *Ich muss zu ihm. Ich muss ihm sagen, was er mir bedeutet.* Lara wollte sich schon in Bewegung setzen, als sie den festen Griff an ihrem Arm verspürte.
„Du bleibst hier.", befahl Anhum. Lara sah verblüfft von ihrem Arm in sein Gesicht. Woher hatte er gewusst, was sie vorhatte? Wie konnte sie Meredeth jetzt sagen, dass sie ihn liebte? Vielleicht genügte ein Lächeln? Ein Lächeln, das mehr sagte als tausend Worte je ausdrücken konnten? Ein Lächeln, das dem Innersten ihres Herzens entsprang? Dieses Lächeln wollte sie versuchen, hervorzuzaubern. Doch als sie wieder zur Küste sah, war es längst zu spät. Das Boot mit seinen drei Reisenden hatte sich bereits in Bewegung gesetzt. Meredeth war in ein Gespräch mit Hulda vertieft und hatte keine Augen mehr für die Menschen und Elfen, die an der Küste standen und ihnen hinterherblickten. Lediglich

Antara blickte sehnsüchtig Richtung Küste. Lara war sich nicht sicher, ob Antara sie sehen konnte. Aber sie winkte dem Boot zum Abschied.

Kapitel 16

Der Kummer ist nie das Ende, sondern immer der Anfang von
etwas Großem.
3/62, *Buch der Damaren*

Lara lag weinend auf ihrem Bett. Miranda strich ihr über
das Haar.
„Ich will niemand anderes heiraten.", schluchzte Lara.
„Lara, du kannst Meredeth nicht heiraten.", erklärte Miranda.
„Aber warum nicht?", fragte Lara verzweifelt.
„Es wächst kein Halm zwischen der Weiten Steppe und dem
Seenland. Zwischen unseren beiden Familien ist nur ein unüber-
windbares Meer aus Blut, gefüllt mit Hass und Niedertracht."
„Ich glaube nicht, dass er mich hasst.", flüsterte Lara hoffnungs-
voll.
Miranda nickte. „Es wird keine Verbindung zwischen den
Jennemeis und den Kordes geben, mein Kind." Lara liefen weite-
re Tränen über das bereits hochrote Gesicht. „Du magst ihn viel-
leicht jetzt noch nicht, aber du wirst schon lernen, ihn zu lieben."
„Das werde ich niemals.", protestierte Lara.
Miranda schmunzelte.
„Du bist nicht die einzige, die ihren Mann an ihrem Hochzeitstag
nicht liebte."
Lara blickte ungläubig in das Gesicht ihrer Mutter.
„Doch.", nickte diese. „Mir ging es einst ähnlich wie dir. Nur dass
ich nicht verliebt war. Nicht in deinen Vater und auch nicht in
einen anderen."
„Aber du liebst ihn doch heute."
„Natürlich, mein Kind. Und genauso wird es dir auch ergehen."
Als Lara sich beruhigt und die Tränen aus ihrem Gesicht gewischt
hatte, erzählte Miranda: „Ich erinnere mich noch gut an damals.
Meredeth war ein überaus gutaussehender und charmanter Prinz.

Auf allen Feiern ließ er es sich nicht nehmen, mit jedem anwesenden Fräulein zu tanzen. Viele der Mädchen schwärmten für ihn. Deine Tante Dori war ganz und gar vernarrt in ihn."

Miranda schmunzelte und auch in Laras Gesicht zeichnete sich ein sanftes Lächeln ab. „Aber ihn schien keine der jungen Frauen zu interessieren. Er behandelte jede gleichermaßen charmant und aufmerksam. Bis er Anastasia kennen lernte. Danach tanzte er nur noch mit ihr. Sie war eine ausgesprochene Schönheit, von bestechendem Liebreiz und konnte jeden innerhalb von Sekunden für sich gewinnen."

„Und nachdem sie ihn verlassen hat?"

„Ach, Lara, er war nicht mehr wiederzuerkennen. Er hat nie wieder größeres Interesse an irgendwem gezeigt. Auch das Tanzen schien ihm seither wie eine notwendige Bürde, die es schnell hinter sich zu bringen gilt."

Lara schloss die Augen und dachte zurück an ihren Tanz mit dem König. Sie hatte es genossen, bei Ophelias Hochzeit in seinen Armen über die Tanzfläche zu schweben. Miranda streichelte ihr über die Wange.

„Du wirst ein schönes Leben haben, Lara."

Meredeth stand in seinem Arbeitszimmer am Fenster und blickte in die Ferne. Auf seinem Schreibtisch warteten unzählige Aufgaben auf ihn. Schriftstücke, die er zu unterzeichnen hatte, Anfragen, die er beantworten musste. Und etliche Briefe seiner Nichte Antara, die er noch nicht beantwortet hatte. Es klopfte an der Tür. „Herein.", sagte Meredeth, ohne seinen Blick von der Landschaft vor den Mauern seines Schlosses abzuwenden. Idiworf trat erregt ein. „Eben kam ein Bote. Er bringt dies von König Gregor und meinte, es sei von hoher Dringlichkeit, dass ihr es augenblicklich lest." Idiworf reichte dem König einen Brief. Dieser nickte und wies dem Schamanen die Tür. Meredeth betrachtete den Brief lange geistesabwesend, drehte ihn herum und besah sich auch die Rückseite ausführlich. Er schritt zum Tisch herüber und hatte schon den Arm ausgestreckt, um ihn zu den anderen unerledigten Papieren zu legen. Er hielt inne und öffnete ihn schließlich. „Lieber Freund, ..., dass der Feind sich verbündet.", murmelte der König. „... König Hariam seine älteste Tochter vermählen wird ..." Seine Stimme wurde immer leiser. „... kein geringerer als der Kronprinz des Eisenlandes. Wir müssen uns hüten, Meredeth. ..." Kaum hatte Meredeth die letzten Worte gelesen, glitt ihm der Brief aus den Händen. Einen Moment stand er reglos da. Im nächsten eilte er los. Er nahm den direkten Weg in den Schlossgarten, wo er vor dem großgewachsenen Baum stehen blieb. „Warum führst du mich in die Irre?", schrie er. „Macht es dir Spaß, Spiele zu spielen?" Er starrte auf Marduk, als warte er auf eine Antwort. Dann zog er sein Schwert und schlug auf den Baum ein, aber statt die Rinde zu verletzen, erzeugte er durch den Aufprall des Schwertes lediglich Funken. Er holte ein weiteres Mal aus. Nur ein Funkenregen. Dann wandte er sich wütend um und schwang das Schwert durch die Rosenbüsche, deren Blüten sogleich wie Schneeflocken auf die Wege schwebten. Der König drehte sich hin und her, hieb das Schwert durch die blühenden Pflanzen, bis ein Teppich aus zerfledderten Blättern und Blüten den Boden bedeckte. Als er einen Moment innehielt, um durchzuatmen, sah er das Werk, das er angerichtet hatte und ließ erschrocken das Schwert fallen, das scheppernd in dem Blütenmeer verschwand.

Der König sank zu Boden und fuhr mit den Fingern durch das Gemetzel, als könne er immer noch nicht glauben, was er sah.

Er zerquetschte die Blätter und Blüten in seinen geballten Fäusten. Drei kleine Tränen kullerten über seine Wangen.